*Este livro é de*

Melissa

# O Decreto

## A TODOS OS CIDADÃOS

Comunicamos à população que não existe nenhum "vírus" capaz de fazer as antigas estátuas da nossa cidade saírem voando: monumentos e esculturas são imóveis e assim continuarão.

Quem quer que afirme que o Leão Alado de São Marco está vivo graças a uma magia será acusado de subversão, perturbação grave do sossego da laguna, incitação à desmoralização de Veneza.

Os transgressores serão acorrentados, levados à Prisão do Chumbo e jogados nas celas escuras e úmidas do Palácio Ducal, à espera do processo, que se realizará em praça pública.

*O prefeito de Veneza*

LSL

# NINA e o MISTÉRIO da Oitava Nota

EDITORA BEST SELLER

CIP-Brasil. Catalogação-na-fonte
Sindicato Nacional dos Editores de Livros, RJ.

W777n Witcher, Moony
Nina e o mistério da oitava nota / Moony Witcher; tradução de Therezinha Monteiro Deutsch. – Rio de Janeiro: Best Seller, 2005.

Tradução de: Nina e il mistero dell'ottava nota
ISBN 85-7123-885-5

1. Literatura infanto-juvenil. I. Monteiro, Therezinha . II. Título.

05-3556 CDD 028.5
CDU 087.5

*Para minha mãe, Liliana, que me deu uma vida de amor.*
*Para meu pai, Renato, que me ensinou o que é a liberdade.*
*De coração, um agradecimento à Bruna.*

Título original italiano
NINA E IL MISTERO DELL'OTTAVA NOTA



Editoração eletrônica: DFL
Adaptação de capa e ilustrações: Studio Creamcrackers



Direitos exclusivos de publicação em língua portuguesa para o Brasil
adquiridos pela
EDITORA BEST SELLER LTDA.
Rua Argentina, 171, parte, São Cristóvão
Rio de Janeiro, RJ CEP 20921-380

Impresso no Brasil

ISBN 85-2123-885-5

# Prólogo

Durante a noite de 3 de setembro, mais de duas mil cópias do ameaçador *Decreto* foram afixadas em todas as paredes e muros da cidade da laguna. Ao acordar, a maioria dos venezianos não parecia muito surpreendida. Isto porque o novo prefeito, o marquês Loris Sibilo Loredan (LSL), já havia anunciado nos dias anteriores que tomaria sérias providências, e as pessoas, cansadas e amedrontadas, não queriam mais ouvir falar daquela amaldiçoada estátua de mármore.

No entanto, havia quem jurasse que a vira movimentar o rabo, outros diziam que seus olhos emitiam um estranho feixe de luz violácea que à noite iluminava, de modo intermitente, o Palácio Ducal e a praça San Marco. Mas ninguém tinha coragem de dizer abertamente que a estátua do Leão Alado estava... viva!

Claro, muitos assistiram à rumorosa cena acontecida havia dois meses, quando o Leão de mármore, que tinha desaparecido de repente em uma manhã quente de julho, depois de algumas horas voltou a pousar em sua histórica coluna. Mas, na verdade, pouquíssimos acreditavam que uma estátua pesadíssima pudesse voar, como se fosse normal. Tudo fazia pensar num acontecimento mágico.

A incrível história havia se espalhado rapidamente, criando grande confusão na cidade, o que obrigou o prefeito anterior a renunciar. Em seu lugar, foi nomeado, com inexplicável pressa, um dos nobres mais notáveis de Veneza, o marquês LSL. Com cerca de cinqüenta anos, de caráter forte e decidido, cabelos lisos e ligeiramente grisalhos, rosto marcado, pele amorenada e olhos de um verde turvo, o novo prefeito aceitou o cargo porque, pelo que diziam, um riquíssimo personagem veneziano tinha lhe dado uma mina de ouro.

A primeira atitude do marquês, apoiado por alguns indivíduos duvidosos, foi tentar acalmar os ânimos, ordenando uma imediata investigação sobre os fatos misteriosos. Os peritos, que tinham chegado do mundo inteiro para estudar o estranho fenômeno, não conseguiram qualquer resposta satisfatória. Apenas um importante professor inglês propôs a hipótese de que o Leão poderia ter sido atacado por uma espécie de "vírus" que infectava estátuas antigas. No entanto, essa tese, se bem que sugestiva, logo foi descartada, talvez porque não quisessem despertar mais clamores. Justamente por isso Loris Sibilo Loredan, depois de uma longa e estimulante reunião *top secret* com seus mais poderosos e servis eleitores, mandou afixar o *Decreto* nos muros e paredes da cidade, esperando, assim, terminar com toda e qualquer discussão. E conseguiu... Ou quase.

Na realidade, o mistério que envolvia o famoso Leão continuava a despertar a curiosidade das crianças venezianas, que se lembravam muito bem do vôo do animal de mármore e continuavam a acreditar que se tratava de uma criatura encantada. Assim, começaram a imaginar mil coisas em segredo. Sim, apenas em segredo, porque, cada vez que uma delas falava sobre isso em público, mandavam-na calar-se imediatamente. Nem mesmo os professores tinham a menor vontade de falar a respeito, ainda mais agora, que o ano escolar estava por começar e eles temiam ter que debater em classe sobre magia e alquimia, temas severamente proibidos!

Portanto, só restava às crianças uma solução: pedir a ajuda de uma menina com poderes mágicos. E quem poderia ser senão Nina De Nobili, a menina da Sexta Lua, que, com seus amigos Dodô, Cesco, Flor e Roxy, havia se empenhado em combater o Mal para salvar um planeta chamado Xorax?

Capítulo 1

# O Cubo de Prata

Às 23:00 do dia 12 de setembro, Ljuba, a governanta russa de Nina, a quem ela chamava carinhosamente de Merengue, entrou na Vila Espásia fazendo um barulhão. Jogou as sacolas de compras no chão e gritou:

– O quitandeiro disse baixinho no meu ouvido que viu "ele" mexendo a juba. E eu acredito no quitandeiro! Acredito, sim! Ele é um homem sério, não é criança e não tem motivo algum para andar contando mentiras.

Nina engoliu depressa o pedaço de chocolate que tinha na boca, fechou o livro de alquimia, ergueu-se de um salto da poltrona e olhou, perplexa, para a governanta russa.

– A juba?

– É, sim! A juba! O Leão Alado está vivo. O quitandeiro não mente – afirmou Ljuba, agitada, enquanto catava as maçãs, os aipos e os tomates que tinham saltado das sacolas.

– Ora, Merengue, que é isso? – Nina estava curiosa, mas não queria que a governanta percebesse.

– Olhe aqui, Ninotchka, acho que você sabe muito bem do que estou falando – disse a mulher, elevando a voz. – Não me venha dizer que nada tem a ver com essa estranha magia que fez o Leão voar. Até agora eu não lhe perguntei, mas... Bem, agora eu quero saber se aquele animal... Enfim, se aquela estátua é perigosa ou não.

– Não sei. Talvez seja melhor não falarmos dessas coisas... Foi o que o prefeito disse – lembrou a menina, secamente. – Você quer ir para a cadeia?

A boa senhora, com todo o seu imponente tamanho, endireitou-se diante de Nina, apoiou as mãos nos quadris e olhou-a com severidade:

– Quer dizer que você concorda com Sibilo Loredan?

– Não, não. De jeito nenhum – Nina respondeu de imediato. – Não gosto desse prefeito. Ele é viscoso como um verme.

– Ah! Então, sabe alguma coisa dele! – Ljuba aproximou seu rosto gorducho e rosado ao rostinho da menina.

– Sei que ele não é boa gente, que não gosta de magia e nem de alquimia – respondeu Nina, recuando.

– Essa história do Leão deveria assustar você também! – rebateu Ljuba, decidida. – Outra coisa, menina: procure me dar ouvidos de vez em quando. Até seu avô, de quem cuidei com amor e que entendia muito de alquimia, costumava me dar atenção. Cuidado que o Leão Alado é perigoso. Continue o seu caminho, mas não olhe apenas para longe, observe o que acontece por perto de você. As coisas pequeninas, até mesmo as mais simples, podem ajudar a entender o que realmente importa na vida.

Merengue jamais havia demonstrado ser tão determinada e enigmática. O longo sermão perturbou Nina, que abaixou os olhos e sussurrou:

– Desculpe, Merengue. Eu não quis faltar-lhe com o respeito. Mas, sabe, prefiro não falar de certas coisas porque...

A governanta a interrompeu:

– Não vou insistir em saber o que você não pode me contar, mas aprenda a escutar os outros. Agora, volte para seus livros, que eu vou para a cozinha. Já lhe disse o que tinha a dizer!

Ljuba se retirou seguida por Adônis e Platão; o cachorro e o gato de Nina estavam visivelmente famintos e a pequena dona se achava concentrada demais na repreensão da governanta para pensar nas necessidades deles! Nina pensou e tornou a pensar nas palavras de Ljuba. Na verdade, quem mais do que ela, que há muito cuidava da Vila Espásia, poderia compreender o mundo secreto da alquimia do vovô Misha?

Nina andava muito preocupada desde que seu Inimigo Número Um, o conde Karkon Ca' d'Oro, desapareceu nas ondas do mar. Será que ele tinha morrido mesmo? Ela não havia se convencido disso e a mesma pergunta sempre lhe voltava à cabeça: "E se ele se salvou de algum modo e está arquitetando uma terrível vingança?"

Ela se inquietava cada vez mais com o fato de continuarem os boatos e falatórios sobre a estátua do Leão Alado, pois, graças àquele acontecimento mágico, as crianças tinham voltado a pensar e sonhar de olhos abertos, como não faziam há muito tempo. E isso tinha um significado bem marcante: havia começado de verdade a salvação de Xorax, o planeta de luz!

E, de fato, Nina não estava alheia ao acontecimento... Ao contrário, havia sido ela que, junto com o amigo Dodô, salvara o Leão Alado das profundezas marinhas e o fizera voltar ao seu lugar. Contudo, tinha uma coisa que não lhe dava sossego: ela e Dodô haviam encontrado na praia um pergaminho esquisito, que mencionava um pacto eterno entre o animal de mármore e Karkon. Talvez o Leão Alado tivesse mesmo se tornado uma criatura do conde, como tinha afirmado Etérea, a Grande Madre Alquimista de Xorax.

E se isso fosse verdade, então... Karkon ainda estava vivo!

O maléfico alquimista ainda podia atacar! Podia matá-la, como havia feito com seu avô Misha, que, para não deixar que o conde lhe tirasse o Taldom Lux, o cetro mágico da Sexta Lua, se deixara atingir por uma poderosa descarga da Pandemon Mortalis, a terrível espada de Karkon. Mas, na verdade, o que havia ficado no soalho de uma sala da Vila Espásia eram apenas os despojos mortais do professor Misha, que se transformara em luz e "voara" para Xorax, pronunciando a Frase Final. Nina não conhecia o conteúdo dessa frase e Etérea havia lhe explicado delicadamente, porém com firmeza, que se tratava de um segredo inviolável.

A menina da Sexta Lua ainda tinha muito a descobrir, a aprender, e a suspeita de que o seu inimigo não morrera a preocupava bastante.

Pegou o celular e ligou para Cesco:

– Então, vocês verificaram se o Leão anda se mexendo ou não?

– Olhe, Nina, Roxy e eu vigiamos novamente a estátua esta noite. Nossos pais pensam que dormimos aí em sua casa... Mas nada aconteceu. O Leão não se mexeu e não saiu nenhuma luz roxa dos olhos dele.

A voz de Cesco soava cansada; ele não agüentava mais ficar durante horas olhando para aquela estúpida estátua de mármore.

– Está bem, está bem. Mas os falatórios são insistentes! Ljuba me contou que até o quitandeiro da Giudecca viu o

Leão mexer a juba. Será que durante a vigília vocês não adormeceram e deixaram de ver o que acontecia? – insistiu Nina.

– Se não confia em nós, venha você vigiar! – foi a resposta seca de Cesco.

Ela tratou de amansá-lo:

– Tudo bem, não esquenta!

Mas Cesco passou o celular para Roxy.

– Ficamos acordadíssimos! Mas sabe o que é perigoso? Se nos apanharem, vamos para a cadeia. Estamos muito cansados. E, além disso, eu não sei mais o que dizer à minha mãe. Passo muito tempo fora de casa e corro o risco de ser descoberta. Entende?

– Claro, claro. Você tem razão. Mas seus pais não estão trabalhando?

– Estão, sim. Porém, os mais ocupados são os pais de Cesco e de Dodô. A "Loja Dominó" está vendendo muito bem e eles precisam preparar o estoque para o próximo carnaval. Apesar de ainda estarmos em setembro, já há muitas encomendas. Imagine, a mãe do Cesco tem que fazer mil fantasias de damas do século XVIII e os pais do Dodô têm que fazer mais de três mil moldes de gesso e de papel machê para as máscaras!

Nesse momento Cesco retomou o celular:

– Todos eles estão ocupados, mas continuam a ser nossos pais! Perguntam onde nos enfiamos o dia inteiro! Sabem muito bem que não estamos estudando, aliás, as aulas logo vão começar.

– Eu sei, eu sei... Vocês têm razão. Não vão poder faltar às aulas. Mas lembrem-se de que precisamos descobrir se Karkon está vivo e se o Leão é perigoso.

Nina não queria contagiar os dois com sua preocupação e tentou animá-los:

– Precisamos salvar Xorax, não podemos ficar aqui de braços cruzados!

– Antes de irmos para casa, vamos esperar que Dodô e Flor cheguem para nos substituir. Talvez a gente dê uma volta pela cidade, podemos passar pelo Edifício Ca'd'Oro para dar uma espiada. Qualquer coisa, a gente avisa.

E Cesco desligou.

Nina se acomodou numa poltrona da Sala das Laranjeiras, um dos numerosos aposentos da Vila Espásia, e pensou no que fazer. Suas aventuras tinham começado há poucos meses, desde que o professor Misha havia "abandonado" a Terra, deixando uma pesada herança alquímica para a netinha. É certo que os quatro amigos da Giudecca haviam ajudado Nina a encontrar o Primeiro Arcano, ou seja, Atanor, o Fogo Eterno, que contém a Alma Forte do Universo e que Karkon tinha aprisionado por meio de uma das suas máquinas infernais. Porém, ainda faltavam mais três! Se, de fato, o conde não estivesse derrotado, seu risco de fracassar seria enorme.

A menina se levantou num impulso, correu para a Sala do Doge, pegou a esfera de cristal que levava num dos bolsos da calça e encaixou-a na pequena escavação arrendondada na porta do laboratório do vovô Misha. A porta se abriu e Nina entrou. A lareira estava acesa, como sempre; alambiques, provetas, retortas e frascos se achavam em perfeita ordem, assim como as pedras preciosas e a pirâmide que continha os Dentes de Dragão. Ela se aproximou da bancada de trabalho e experiências, passou de leve os dedos no Jambir, o medalhão que lhe permitia voltar ao passado, e ergueu um punho ameaçador:

– Maldito Karkon, você conseguiu uma cópia exata do meu Jambir e só por isso pode me seguir para onde quer que eu vá. Mas eu vou detê-lo... Juro que vou detê-lo!

Enfiou a mão num bolso e apertou com força o Taldom Lux, que o pérfido Mago queria roubar-lhe para descobrir os segredos da Sexta Lua e, assim, conquistar o poder da Alquimia da Luz e do Universo Mágico.

– Jamais vou permitir que você se apodere dele, maldito conde. O Taldom era do meu avô e só com ele se pode ir a Xorax.

E acrescentou para si mesma, com os dentes cerrados:

– Só nós, alquimistas e magos bons, temos o direito e a honra de usá-lo!

Nina verificou todos os detalhes do laboratório. Nada parecia mudado, tudo estava ao alcance da mão, como sempre. Olhou para o mapa estelar pendurado na parede, fixou o ponto indicado de Xorax, e passaram-lhe pela mente as belezas da Sexta Lua e todos os animais fantásticos que lá havia encontrado em sua primeira viagem.

Xorax inteira era feita de luz, uma luz intensa e furta-cor, um mundo maravilhoso que estava sob o risco de desaparecer. Apenas os pensamentos das crianças, seus sonhos e fantasias, sua capacidade de criar poderiam salvar o planeta. E o Mal continuava a bloquear os pensamentos das crianças... Nina precisava encontrar os Arcanos que faltavam: só assim a fantasia das crianças voltaria para a Terra e a Sexta Lua seria salva.

A missão de Nina se tornava mais perigosa e complicada a cada dia. Ela ouviu dentro do coração a voz telepática de Etérea, que repetia:

– O professor Misha está conosco. Morrer não significa não existir. Apenas o pensamento fica, porque é o que importa. Pensar é Criar.

Então, a pequena se lembrou do rosto de luz do avô e da missão que lhe foi confiada:

– Liberte as crianças do Não-Pensamento. Liberte-as do Mal e não permita que Karkon Ca'd'Oro descubra todos os segredos da Sexta Lua.

A pequena alquimista sabia que para fazer isso teria que ir ao passado e recuperar o Pensamento da Vida.

Já tinha dado o primeiro passo: estivera na Ilha de Páscoa e, conquistando o Primeiro Arcano, conseguira fazer as andorinhas voarem e levarem para Xorax uma parte dos pensamentos das crianças. Desse modo pudera alimentar o Mirabilis Fantasio, o grande laboratório alquímico onde o avô e o escritor Birian Birov, juntamente com outros xoraxianos, trabalhavam para que a Sexta Lua continuasse a viver.

Estava mais do que evidente que a missão era particularmente complicada, mas Nina sabia que não podia parar e que seus quatro amigos estavam fazendo o máximo, arriscando suas vidas e desafiando a proibição do severo prefeito Sibilo Loredan.

Poucos meses antes, durante o verão, no fundo do mar, ela havia infligido a Karkon a primeira derrota, conseguindo fazer com que o Leão Alado voltasse para seu lugar, mas isso não bastava. Tentara várias vezes saber se o diabólico mago continuava vivo. Para isso, tinha interrogado o Livro Falante que havia no laboratório do vovô Misha, porém o Systema Magicum Universi – este era o nome do Livro – não tinha dado respostas compreensíveis. Nina havia recebido ajuda imediata do livro mágico nas outras vezes em que havia apoiado a mão direita na página líquida. Era essa mão que tinha na palma a marca de nascença em forma de estrela. Mas ultimamente o Systema Magicum Universi respondia a suas perguntas de modo enigmático e com frases rimadas. Sim, porque às vezes os livros mágicos respondem dessa maneira complicada para testar os alquimistas e ver se eles conseguem resolver os enigmas com rapidez.

A menina da Sexta Lua aproximou-se novamente do Livro, abriu a capa com a imagem do Gugui de Ouro, o pássaro mágico de Xorax, colocou a mão direita sobre a folha líquida e perguntou pela milésima vez:

– Livro, Karkon ainda está vivo? Responda, por favor!

A folha líquida assumiu uma luminosidade verde e o Livro respondeu:

*Só você pode descobrir*
*a verdade que pode servir.*
*Encontrará a solução*

*para o mistério do Leão.*
*A mesma coisa, não torne a perguntar,*
*deixe a minha mente descansar!*

Mais uma vez o livro não deu a Nina uma resposta que pudesse decifrar.

– Dois meses! Há dois meses você me dá essa resposta. Mas, por todos os chocolates do mundo, o que devo fazer? O quê? – desesperou-se a menina.

Nina não tinha paz. Não conseguia se acalmar. Andava de um lado para outro do laboratório e falava em voz alta:

– Nenhuma ajuda... Nenhum indício...

As chamas na lareira chamaram-lhe a atenção: no caldeirão fervia, como sempre, a mistura base para as poções alquímicas, composta de safira e ouro. Depois, olhou para o livro mágico e sacudiu a cabeça. Foi então que, para sua grande surpresa, percebeu a ponta de uma folha de papel que sobressaía entre as páginas.

*Tenho certeza de que esse papel não estava aí antes!*, pensou, intrigada.

Retirou-a cuidadosamente e, emocionada, viu que se tratava de uma carta escrita pelo vovô.

## CARTA SOBRE A INCERTEZA

*Moja djèvocka (Minha menina),*

*Não é possível saber e conhecer tudo. Apenas a pesquisa e a curiosidade podem ajudar a alcançar as certezas. Preste muita atenção, minha pequena Ninotchka, às vezes a incerteza é necessária. Só quando não se sabe bem o que fazer é que se pode, no fim, encontrar a melhor solução.*

*Explico. O não saber leva a pensar. E é assim que depois se descobre que a solução era fácil. Estava ali, dentro de seu coração, dentro de sua mente. A pressa em decidir e a presunção de sempre ter razão não são coisas boas. É preciso observar também os detalhes para compreender o que se pode fazer. Por exemplo, agora você não sabe se de fato derrotou Karkon e está inquieta. Não tem certeza de haver vencido a luta. Se você pensar e usar tudo que sabe, se raciocinar com calma, acabará por encontrar o caminho para compreender. A seu redor está tudo de que você precisa.*

*Enfim, o que eu quero lhe dizer é que da incerteza nasce o caminho para a certeza. E sabe por quê? Porque se trata apenas de uma questão de escolha. Escolha o que sua intuição ditar. Use a inteligência e a alquimia. Verá que tudo ficará mais claro.*

*Eu amo você.*

1004104

*Vovô Misha*

Com a carta ainda na mão, Nina ergueu os olhos e observou atentamente o mapa do Universo Alquímico; pensou que o avô estava longe, mas também muito perto. Com suas cartas, ele conseguia lhe transmitir todo o seu amor e ajudá-la em sua difícil missão.

– Certeza... Sim, preciso pensar na coisa certa a fazer para descobrir se Karkon ainda está vivo – murmurou Nina.

Guardou a carta no bolso, pegou a chave de estrela, apoiou-a sobre o alçapão que dava para a passagem secreta, pronunciou com voz decidida a frase mágica "Quos Bi Los" e a tampa do alçapão se abriu sozinha. Desceu correndo a escada e chegou ao túnel sob a Vila Espásia; entrou no trole, acionou a alavanca e, num piscar de olhos, viu-se diante da porta do Aqueus Profundis, o laboratório submarino da laguna criado por vovô Misha. Já sabia de cor o procedimento para entrar no laboratório. Colocou o Anel de Fumaça na cavidade da rocha que reproduzia a forma da jóia mágica que pertencera à vovó Espásia e concluiu com a frase ritual:

"Animo Anelli, abra o caminho do orvalho verde. Animo Anelli, dispare a flecha que despedaça a rocha. Animo Anelli, traga a harmonia que me faz voar."

Uma flecha disparou do fundo da galeria, cravou-se no centro do círculo na rocha, da esmeralda engastada no anel saiu um fio de fumaça que envolveu a pedra preciosa e, finalmente, a pesada porta se abriu.

– Olá, Nina! Extou feliz por vê-la! – disse Max 10-pl, o fiel andróide que vovô lhe havia deixado como companheiro de aventuras e guardião do laboratório.

– Olá, Max. Como vai aquele monte de ferro-velho?

A pequena alquimista indicou um imóvel corpo metálico: era outro andróide, em tudo e por tudo semelhante a Andora, a tia de Nina. Tratava-se de um robô construído por Karkon para substituir a verdadeira tia, controlar os movimentos de Nina e realizar seus criminosos planos. Agora o

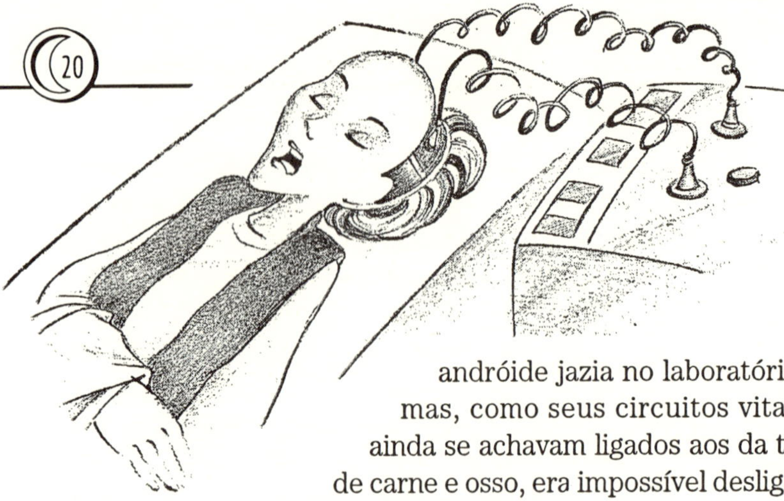

andróide jazia no laboratório, mas, como seus circuitos vitais ainda se achavam ligados aos da tia de carne e osso, era impossível desligá-lo ou se desfazer dele.

– Muito bem. – E Max acrescentou, temeroso: – Xó que ultimamente ele anda recebendo impulxox extranhox vindox do exterior.

– Impulsos? – preocupou-se Nina.

– Xim, xim, impulxox elétricox – explicou Max. – Veja, Nina, quando elex chegam, o *microchip* do cérebro dexte andróide xe acende, e temo que cedo ou tarde algum pupilo de Karkon dexcubra onde extamox.

Nina franziu a testa e olhou para a falsa tia Andora, imóvel.

– Mas apenas o Pandemon Mortalis, a espada maléfica de Karkon, ou o computador que ele usa podem enviar impulsos. Então... isso quer dizer que ele está vivo... Karkon está vivo! Agora tenho certeza! A menina pegou a carta do avô e apertou-a ao peito: – Obrigada, vovô! Obrigada!

Em seguida, examinou a estrela que tinha na mão. Ela não tinha se tornado negra e isso queria dizer que não havia perigo iminente. Abraçou Max e, erguendo o Taldom Lux, declarou:

– Vou enfrentar Karkon mais uma vez! Agora, o meu Taldom está mais poderoso porque contém Altanor, o Fogo Eterno. O Mago já perdeu! Suas artimanhas diabólicas não vão funcionar de jeito nenhum!

Max 10-pl, amedrontado, cobriu os olhos com as mãos e sacudiu a cabeça:

– Karkon extá vivo? É terrível! Terrível! Max vocêx não o eliminaram? Não morreu afogado?

– Pois é, Max... Acho que ele não morreu de verdade. Vi o conde desaparecer nas ondas do mar. E, se ele tiver sobrevivido, agora tudo está explicado: Karkon anda tentando entrar em contato com a falsa Andora para nos atacar e descobrir o Aqueus Profundis, entende?

Max se balançou todo, fazendo os joelhos chiarem, e, em seguida, se dispôs a trabalhar. Pegou uma grande pinça e disse:

– Xim, xim... Eu vou fazer tudo que puder. Karkon não vai vencer e a xua verdadeira tia Andora nunca maix ficará em perigo.

Nina fez um carinho no rosto metálico de Max e lhe estalou um beijo na testa.

– Cuide da falsa Andora que eu vou me preparar para enfrentar Karkon de novo. É preciso continuar a missão para salvar a Sexta Lua!

Nina saiu do Aqueus Profundis com um leve sorriso nos lábios. Verificou se tudo estava em ordem no laboratório do avô e foi para seu quarto. Quando subia a escada em caracol, de mármore azul, que dava para o piso superior, ouviu as vozes de seus amigos, que vinham atravessando a ponte próxima da vila.

– Nina! Nina! Estamos aqui!

Roxy berrava como uma doida e Carlo, o jardineiro, se apressou a abrir o portão para que entrassem.

– O que vieram fazer aqui? Vocês não iam para casa? – perguntou Nina, correndo ao encontro deles. – Alguma novidade sobre o Leão Alado?

– Em primeiro lugar, acalme-se e ouça o que temos a dizer – respondeu Cesco, muito sério. Tirou os óculos, limpou-os com a barra da camiseta e fitou os olhos azuis de Nina. – Fomos até a casa de Karkon e vimos o assistente dele, Visciolo, com três crianças andróides: Irene, Gastilo e Sabina. Carregavam enormes caixas cheias de gatos vira-latas. Coitadinhos, miavam, desesperados, e, quanto mais se debatiam, mais os malditos karkonianos pareciam se divertir.

– É... di... divertir – repetiu Dodô, nervoso e agitando as mãos.

– Eles não viram a gente – explicou Flor, que, ainda aturdida, deitou-se nas macias almofadas da Sala das Laranjeiras.

Se o ajudante de Karkon, Visciolo, apelidado "o Caolho", e as crianças mecânicas estavam contentes, isso queria dizer que tudo corria bem no Edifício Ca'd'Oro. E, se as coisas corriam bem, significava que Karkon havia retornado... Ele estava vivo! Talvez aqueles pobres gatos tivessem um triste destino marcado: seriam usados para alguma diabrura.

Nina abraçou os amigos.

– Turma, nada de entrar em pânico! Tenho um plano sensacional. Max está bloqueando a conexão elétrica da falsa Andora, assim Karkon não pode localizar o Aqueus Profundis. Temos que descobrir se o Mago voltou mesmo e se recuperou todos os seus poderes maléficos. Talvez já tenha até matado os gatos... Temos que agir rapidamente!

– Certo! – responderam os quatro em coro.

– Mas como fazer isso? – indagou Roxy, decidida e olhando os demais, um a um. – O que devemos fazer?

– Precisamos deter Karkon e manter o Leão Alado sob controle – resolveu Nina, sem hesitar.

– E os gatos? – zangou-se Roxy. – Não pensa neles?

– Claro que penso. Bloquear Karkon significa salvar os gatos. Ou melhor, salvar a Sexta Lua... Salvar os pensamentos das crianças.

– É... Os pensamentos das outras crianças... Seria lindo se todas elas pudessem saber o que está havendo e nos dessem uma força. Aí, Karkon seria logo derrotado!

Flor era considerada a esnobe do grupo e era estranho que fosse a primeira a colocar um grande problema: por que as outras crianças não podiam saber?

Nina esfriou-a com um olhar:

– Quer que todo mundo acabe na cadeia? Quer provocar a maior confusão? As crianças não estão preparadas para enfrentar Karkon e sua terrível magia. Além disso, nós não temos condições de explicar o que está acontecendo. É cedo... cedo demais. Primeiro temos que encontrar todos os Arcanos e só então as crianças poderão pensar livremente. A imaginação e a criatividade trarão de volta a felicidade que nos falta.

Flor ficou calada e imóvel, Roxy fez uma careta, Dodô abaixou a cabeça e Cesco... Cesco ia dizer alguma coisa, mas o toque da campainha o impediu.

Quem poderia ser? Nina não esperava visitas... Passava um pouco das duas horas.

Ljuba abriu a porta e, com enorme surpresa, viu à soleira um homem em traje escuro, usando óculos de sol, e uma mulher loira, com gracioso chapeuzinho amarelo.

Eram Vera Michajlovna e Giácomo De Nobili. Sem qualquer aviso, como uma aparição, os pais de Nina – cientistas do Ferk, o Centro de Pesquisas Extraterrestres de Moscou – tinham voltado para Veneza.

– Mamãe, papai! – exclamou Nina, que não conseguia acreditar nos próprios olhos.

Vera e Giácomo abraçaram apertado a filhinha e Ljuba, toda emocionada, começou a chorar, derramando rios de lágrimas. Quanta coisa pais e filha tinham para contar uns aos outros, desde a morte do professor Misha! Quantas vezes Nina havia sonhado com aqueles abraços!

Os quatro amigos da pequena alquimista se apresentaram e, com aquele seu jeito atrevido, Cesco anunciou:

– Agora, nós também vamos para perto dos nossos pais. A esta hora, acho que já pararam de fazer máscaras e de costurar fantasias.

– Máscaras? Fantasias? – estranhou Vera, tirando o chapeuzinho.

– Sim, mamãe. Os pais de Dodô e de Cesco têm uma casa de modas onde criam fantasias maravilhosas para o carnaval de Veneza – explicou Nina. – Chama-se "Loja Dominó" e fica perto da Ponte da Academia.

– Parabéns! – cumprimentou Giácomo. – É um trabalho bonito!

O saltitante Adônis conduziu até lá fora os companheiros de Nina, que ficou a sós com sua mãe e seu pai. Quanta coisa tinham para dizer! Nina gostaria de gravar aqueles momentos na memória para reencontrar os olhares amorosos dos pais quando estivesse sozinha e com medo.

Sentaram-se nos divãs da Sala das Laranjeiras, embaixo do enorme retrato da vovó Espásia, mãe de Vera, e começaram a conversar. Três horas depois ainda estavam lá e não haviam dito tudo que desejavam! Enquanto servia o chá, Ljuba contou de novo como o professor Misha tinha morrido, mostrou o testamento e não conseguiu conter as lágrimas.

– Um enfarte... – lembrou-se a governanta, soluçando. – O coração dele não agüentou...

É claro que os pais de Nina não tinham como saber a verdade e sequer imaginariam que o professor Misha agora vivia em outro mundo: a Sexta Lua. Nina abaixou a cabeça. Queria muito contar tudo à mãe e ao pai para que não sofressem, porém sabia que não entenderiam. Não podiam entender e, principalmente, não podiam saber.

Vera abraçou carinhosamente a sua pequenina e contou-lhe:

– Eu não me tornei alquimista. Não fui a escolhida. Foi você que herdou tudo de meu pai. Tenho orgulho de você, filhinha. Mas não faça coisas perigosas, não me deixe aflita.

Giácomo pegou a mão direita de Nina e olhou a marca de nascença em forma de estrela.

– É... Você herdou tudo de seu avô. Até este sinal.

De repente, Giácomo ficou sério e pediu a Nina:

– Olhe-me bem nos olhos e responda: que história é essa de Leão Alado? Dizem que a estátua saiu voando, que está viva. Assim que chegamos a Veneza, sua mãe e eu vimos os cartazes com o *Decreto* assinado pelo prefeito. Você sabe algo a esse respeito?

A menina da Sexta Lua ficou vermelha como um tomate. Não queria mentir para o pai, mas precisava... Giácomo e Vera trocaram um rápido olhar enquanto Nina continha a respiração, com medo de ser descoberta. Mais alguns segundos... e os pais sorriram. Apoiada num dos vidros da grande janela gótica, a pequena suspirou fundo. Tinha escapado de uma boa!

Giácomo acendeu um cigarro e mudou de assunto.

– Como você sabe, sua mãe e eu estamos trabalhando em um projeto importante.

Vera fez uma leve carícia no rosto da filha e prosseguiu:

– O Ferk, onde trabalhamos há muitos anos, deu-nos licença para vir visitá-la. Temos apenas 24 horas, depois temos de voltar para Moscou, onde vamos permanecer por mais três meses. Viremos outra vez para o Natal.

Nina ficou triste:

– Então, não estarão aqui no meu aniversário?

– Não, filhinha – respondeu Giácomo. – Não viremos a Veneza no dia 26 de outubro, mas vamos escrever e telefonar. Não pode imaginar o quanto gostaríamos de ficar aqui com você, mas agora é impossível. Sabe o quanto a amamos...

– Sim, eu sei, papai. É que sinto tanta, tanta saudade de vocês! Mas não se preocupem comigo. Estou bem aqui e Ljuba cuida de tudo... No entanto, há momentos em que gostaria que vocês estivessem comigo.

Os olhos de Nina se encheram de lágrimas e a mãe lhe deu um abraço apertado. Nina conseguiu conter as lágrimas e sorriu:

– Muitas crianças teriam inveja de mim, porque meu pai e minha mãe estudam os extraterrestres!

Por fim, um momento de serenidade. A tranqüilidade de Vera e Giácomo, também sorridentes, acabou por contagiar a meiga Merengue.

– Está ficando tarde, vou para a cozinha – anunciou a governanta, erguendo-se do divã com dificuldade.

Assim que Ljuba saiu da sala, Vera tirou uma caixinha azul da bolsa:

– Isto é para você, Nina, como presente do seu 11º aniversário. O vovô me deu este berloque há muito tempo e quero que seja seu. É muito bonito.

Nina beijou a mãe, pegou a caixinha e abriu-a com cuidado.

Era um pequeno Cubo de Prata.

– Oh, é lindo! – maravilhou-se a menina. Ela o revirou nas mãos e perguntou: – É um talismã?

– Acho que sim – respondeu a mãe. – Quando a gente o joga para cima ele emite os sons das quatro primeiras notas musicais. Dó, Ré, Mi, Fá. Acho que foi o vovô que o fez.

Sem perder um segundo, Nina jogou o cubo para cima e imediatamente soou uma parte da escala musical. Assim que o aparou nas mãos, as notas emudeceram.

– Este cubo é muito estranho... – disse ela, guardando-o num bolso. – Obrigada, mamãe. Vou levá-lo sempre comigo.

A tarde passou num relâmpago. Ljuba fez um ótimo jantar, que serviu na bela e suntuosa Sala do Canto das Rosas. Na mesa estavam os talheres do antigo faqueiro de prata da princesa De Righejra, a linda vovó Espásia, o aparelho de jantar de porcelana russa e os copos vermelhos e dourados de cristal de Murano. Tudo perfeito. A família, depois de tanto tempo, estava finalmente reunida. Nina estava feliz.

Falaram do vovô, da vida extraordinária que ele levara, do importante trabalho em Moscou e também da mudança pela qual tia Andora havia passado.

– Telefonei para Carmen antes de vir e ela me disse que está tudo bem – contou Vera. – Depois falei com Andora e ela me pareceu tranqüila. Fico contente por ver que afinal as duas irmãs de minha mãe se entenderam.

– É mesmo – concordou Nina. – Andora foi má durante bastante tempo. Até tia Carmen não a suportava mais! Porém, tudo voltou a ser como antes: reina a calma na casa de Madri.

A menina da Sexta Lua olhou para Ljuba, que abaixou a cabeça e levou os pratos sujos para a cozinha. A doce Merengue conhecia muito bem a história do andróide maléfico e da verdadeira tia, que estava aprisionada em Toledo. Lembrava-se com nitidez do andróide caído no chão, ali dentro de casa. Mas nada podia dizer a Vera e Giácomo porque havia prometido a Nina que não contaria.

O jantar terminou com torta de chocolate e suco de groselha. Nina se aninhou no colo do pai, Platão perambulava embaixo da mesa, acariciando as pernas de Vera com a cauda, e Adônis, estirado no grande tapete persa, bocejava, exibindo os dentes pontudos.

De vez em quando, conversando com o pai, a menina da Sexta Lua enfiava a mão no bolso para tocar o Cubo de Prata. Gostava de girar o estranho objeto entre os dedos.

*Eu já vi este cubo!*, pensava ela, sem parar. Este pensamento a perseguira durante todo o jantar e, enquanto saboreava o último bocado da torta, de súbito se desenhou em sua mente a imagem perfeita de um cubo parecido com o que acabara de ganhar, só que de ouro.

Também na cama, onde mais tarde se instalou para um merecido e tranqüilo repouso sob os macios lençóis de seda cor-de-turquesa, Nina não conseguia tirar o cubo da cabeça.

Foi então que se sentou de um salto e, em plena escuridão, lembrou-se:

– Já sei onde eu o vi! No Quarto dos Espelhos! Estava entre as jóias da vovó Espásia.

Por fim, ela havia conseguido se lembrar!

Na manhã seguinte, a pequena família foi ao cemitério. Vera depositou um maço de rosas sobre o túmulo de Misha e ficou em silêncio por alguns minutos. Nina sentia tristeza, apesar de saber que vovô não estava mesmo morto. Antes de irem embora, deu um leve beijo na fotografia da lápide.

E quando recuou... a foto se mexeu! Por um instante, o rosto escuro e carrancudo de Karkon apareceu no lugar do rosto benévolo do vovô.

– Aiii! Ele está vivo, está aqui! – gritou a menina.

Vera e Giácomo se voltaram, sobressaltados.

– O quê? Quem está vivo?

– O que você disse?

– Nada, nada... Desculpem... Estou confusa. – Nina cobriu os olhos. – Vamos para casa.

– Você está bem, filha? – perguntou Giácomo.

– Estou, papai. Agora estou bem.

Vera deu-lhe um abraço apertado.

– Ela só está impressionada...

Por sorte, os pais de Nina não haviam percebido nada e ela, apesar do susto, procurou se mostrar calma, como de costume. Mas a visão do rosto de Karkon a deixou agitada.

Quando chegaram à Vila Espásia, a mãe disse a Nina que queria conhecer melhor seus amigos e, pouco depois, Cesco, Dodô, Flor e Roxy chegaram para lanchar. Comportaram-se como ótimas crianças e Nina ficou contente, se bem que não visse a hora de contar aos companheiros o que havia acontecido no cemitério. Mas aquele não era o momento certo para isso.

Vera e Giácomo estavam gostando muito das quatro crianças.

– Estamos contentes por nossa filha ter amiguinhos para brincar.

Cesco fitou-a nos olhos e disse com voz firme:

– Não se preocupe: ela está em boas mãos.

Nina quase o fuzilou com o olhar e todos morreram de rir.

Com a noite, chegou o momento da separação. Às 19 horas Vera e Giácomo estavam prontos para ir embora.

No portão, mamãe abraçou Nina mais uma vez:

– Vamos escrever-lhe logo. Lembre-se de que está sempre conosco, nos nossos pensamentos. Assim que tivermos um tempinho...

Nina a interrompeu com uma careta engraçada e comentou:

– O tempo serve, mas não existe.

O pai olhou-a, surpreso.

– Não existe? Mas... Como não existe? Onde você aprendeu isso?

– Eu estudo muito, papai. Além disso, o vovô me deixou livros muito interessantes...

– Muito bem, filha, estude – recomendou a mãe. – Telefone para o professor José. Talvez ele possa vir passar uns dias aqui e ajudá-la. Você sabe que precisa estudar muito este ano.

– Sei disso. Vou fazer 11 anos. Não sou mais uma garotinha – respondeu de um só fôlego Nina, com o rosto afogueado.

– Ouça o que digo, filha: não estude apenas alquimia – interferiu Giácomo, com seriedade. – É preciso saber outras coisas na vida.

– Eu sei, eu sei. É bom vocês irem, senão vão perder o avião para Moscou. – Nina pegou o Cubo de Prata, mostrou-o para a mãe e beijou-o. – Ele vai estar sempre comigo – prometeu e fechou o portão.

De uma janela, Ljuba ficou olhando o casal se distanciar e, de vez em quando, enxugava as lágrimas com um lenço branco. Platão e Adônis se enroscaram num canto e ficaram quietinhos. A menina permaneceu quieta por algum tempo. Se por um lado se sentia triste com a partida dos pais, por outro estava animada e com pressa de prosseguir na sua missão.

Esfregou os olhos brilhantes e suspirou profundamente, pensando em tudo que precisava fazer...

Karkon tinha dado o primeiro sinal do seu retorno!

A visão do maléfico Mago fora terrível. Nina contou aos amigos o que havia acontecido no cemitério e um silêncio sepulcral envolveu a Vila Espásia. Depois, Cesco limpou a garganta e propôs:

– Vamos espiar o que o Caolho anda fazendo e tenho certeza de que descobriremos alguma coisa.

– Os gatos – disse Roxy, mexendo os pés –, temos que tirá-los de lá.

– Vão vocês. Observem também o Leão, mas não se deixem pegar – recomendou Nina. – Eu fico aqui, porque tenho que fazer um trabalho.

– Que trabalho? – indagaram os amigos, curiosos.

– Amanhã eu conto – despistou-os Nina, acariciando o Cubo de Prata que tinha no bolso.

– Quer dizer que você não vai com a gente, Nina? – perguntaram, surpresos.

– Desta vez, não. Amanhã eu explico tudo. Agora vão, que está ficando tarde.

Nina fechou a porta. Os quatro trocaram olhares indagadores, mas não conseguiram explicação para o comportamento

da amiga: de vez em quando a alquimista se livrava deles e nem sempre de maneira simpática!

Nina correu para o Quarto dos Espelhos, ansiosa por ver se encontrava o outro cubo. Sabia que precisaria dele.

Ela havia acabado de colocar a chave de meia-lua na porta da sala quando foi dominada por uma sensação esquisita e obscura. Perigo. Mas já era tarde para desistir.

A lâmpada em forma de meia-lua se acendeu e reflexos de luz dançaram nos espelhos. Nina tocou as superfícies de dois deles que deslizaram, um para a direita e o outro para a esquerda, abrindo passagem para dentro dos armários.

– Eis as jóias da princesa Espásia – murmurou.

Procurou entre colares e pulseiras de ouro e diamantes; então, no mesmo lugar em que havia encontrado o escrínio com o Anel de Fumaça, viu o Cubo de Ouro.

– Aqui está ele! Eu sabia!

Nina pegou o cubo, jogou-o para cima e ele emitiu as três notas musicais que faltavam: Sol, Lá, Si.

Portanto, juntos, os dois cubos emitiam as sete notas musicais.

Assim que aparou o Cubo de Ouro em sua queda, Nina percebeu que a estrela na palma da mão direita escurecia rapidamente. Isto queria dizer que a menina da Sexta Lua estava em perigo.

– Karkon! – gritou, sentindo que o Mago malvado estava por perto.

E de fato. O conde estava ali. Tinha voltado e, tal como acontecera no primeiro encontro entre ambos, apresentou-se entre os reflexos dos espelhos.

Nina guardou o cubo no bolso, empunhou o Taldom Lux e se colocou em posição de combate.

Em segundos todos os espelhos se tornaram amarelos e rubros, e, entre altas chamas, surgiu o horrendo rosto do Mago. Seus olhos pareciam dois alfinetes e sua gargalhada ecoou com estrondo.

– Ha, ha, ha, ha! Bruxinha boba! Pensou que tivesse se livrado de mim? Que ingênua! Como pôde achar que era capaz de eliminar o Diabo? Agora, prepare-se porque chegou a sua hora!

Karkon parecia mais forte e mais decidido que nunca. O lago não o engolira; ele se salvara milagrosamente.

De repente, sua imagem desapareceu dos espelhos. A meia-lua se apagou e tudo ficou escuro. Depois de alguns segundos ergueu-se diante de Nina uma labareda que subiu até o teto. No meio do fogaréu estava ele, o conde!

– Sua salvação foi diabólica. Você conseguiu escapar de morrer afogado, Karkon, mas eu não tenho medo de você! – gritou Nina com todo o fôlego que tinha.

Era uma grande mentira e os dois sabiam disso.

Karkon ergueu o Pandemon Mortalis e, de um salto, ficou muito perto da menina. Nina segurou com toda força a empunhadura do Taldom Lux, que terminava com a forma da cabeça de Gugui, e apertou três vezes os olhos do pássaro mágico, feitos de goasil, a pedra rosada da Sexta Lua. O Taldom Lux emitiu um feixe de raios laser que tocou o manto roxo de Karkon. O Mago girou rapidamente e cuspiu um líquido negro no assoalho. Era um ácido muito venenoso e tão forte que corroeu a madeira. Então, com um gesto habilidoso, apoderou-se do Taldom, que, com toda aquela agitação, a menina havia deixado cair. Ela achou que estava perdida. A estrela se tornara completamente negra. Seu medo aumentava e o coração batia como um tambor.

– Agora o Taldom é meu! – regozijou-se o conde, certo da vitória. – Sou o Magister Magicum, o Mestre dos Mágicos, e me tornarei o dono do universo! – gritou o conde, certo de tê-la vencido.

Porém, Nina não perdeu a coragem: abaixou-se, segurou os grandes pés de Karkon e puxou-os com toda força, fazendo-o perder o equilíbrio. O Mago começou a cambalear, ela esticou o braço, pegou o Taldom Lux, girou-o três

vezes e começou a disparar rajadas de luz incandescente contra o Maligno.

– Tome isso! Isso! E mais isso! Morra, Mago amaldiçoado!

Os gritos de Nina eram terríveis. Um raio do Taldom atingiu o Pandemon Mortalis. Karkon cobriu o rosto com o manto, ergueu-se do chão e voou, parecendo um enorme morcego roxo.

Enquanto dava voltas ao redor da cabeça de Nina, Karkon disse:

– Pensa que pode me derrotar só porque roubou minhas Anotações, da Sala dos Encantamentos? Ha, Ha, Ha. Está enganada! Aqui está um desafio, bruxinha boba: até agora você não entendeu, e jamais entenderá, minhas fórmulas alquímicas e a Magia Negra. Vamos ver se consegue me vencer!

– Vou conseguir, sim! Você vai ver do que sou capaz! Eu sou Nina, neta do professor Michajl Mesinskj. Sou uma alquimista!

Ao responder, a menina estava atenta aos movimentos ondulatórios do Mago e segurava o Taldom Lux com força.

– Bem... Devo reconhecer que você tem coragem, menina. Mas lembre-se de que tenho um Jambir igual ao seu, o que me torna capaz de ir sempre para onde você for e de impedir que encontre os outros Arcanos. Apesar de Atanor não estar mais em meu poder, saiba que a minha magia é tão poderosa que já arranjei um substituto para ele. Ha, ha, ha, ha, ha, ha! Tenho cem, mil Fogos Eternos! Tenho cem, mil forças que você não conhece!

A voz enrouquecida de Karkon se tornava cada vez mais aterrorizadora.

– Não acredito! Agora o Atanor é meu – rebateu Nina, agitando o Taldom para atingir o adversário. – O Fogo Eterno está dentro do Taldom! O Primeiro Arcano está ajudando a Sexta Lua e as crianças começaram a pensar de novo, a imaginar e a sonhar. E você sabe muito bem disso. Não acredito que tenha armas assim tão poderosas. Vou salvar Xorax e você vai morrer! Vou encontrar os outros três Arcanos e a sua magia não poderá me deter!

– Sei que você mantém prisioneira a minha andróide preferida, o clone mecânico da sua tia Andora. Pode fazer o que quiser com ela, não me serve mais!

Como a voz de Karkon se tornara esganiçada, Nina percebeu que ele mentia, que se importava com o andróide, sim, e muito!

O que Nina não compreendia era por que Karkon não tentava atingi-la de verdade: bastaria uma descarga de suas chamas para incinerá-la; naquele lugar fechado, ela não teria como escapar. Muito esquisito o comportamento do Mago: mais do que lutar com ela, parecia que ele queria falar e causar-lhe medo.

– Você está pensando no Leão Alado? – perguntou o pérfido conde, piscando e com uma baba cinzenta escapando-lhe da boca, num espetáculo horrendo. – O *Decreto* do prefeito Loris Sibilo Loredan fechou a boca de todo mundo, porém a estátua está viva!

– Bela porcaria, esse *Decreto*! LSL... – Nina fez ar de pouco caso, tentando ver no rosto do adversário algum sinal de confirmação. – Quer dizer que ele obedeceu a uma ordem sua!

– LSL cumpriu seu dever – retrucou o conde.

– Sei que você encantou o Leão. Li o pergaminho que perdeu no mar. Mas o Leão não me parece tão perigoso assim...

Aquilo tudo era pura pose de Nina. Ela tremia como uma vara verde, mas mantinha a cabeça erguida para observar os movimentos de Karkon, que continuava a girar ao redor dela, ameaçando-a.

– Não é perigoso? Ha, ha, ha, ha, ha! Você vai ver... Vai ver!

O Mago voou para junto da janela, apoiou-se no vidro, envolveu-se no manto e encarou fixamente a pequena alquimista:

– Minha feiticeirinha traiçoeira, você ainda não sabe o que é uma arma invencível!

– Uma arma invencível? Não acredito – replicou Nina, cada vez mais nervosa. –Apenas a magia e a alquimia da Sexta Lua são invencíveis.

– Você vai ver... Ou melhor, vai sentir... – garantiu o Mago.

– Sentir o quê? – perguntou ela sem desviar a atenção dos movimentos dele.

Karkon abriu a boca e soprou um hálito fétido na direção dela, ao mesmo tempo em que pronunciava lentamente a palavra "P E R S U A S Ã O". O jato de ar vermelho chegou direto às narinas de Nina, que o aspirou sem querer. No mesmo instante, a cabeça dela girou, porém, em seguida, a menina tornou a olhar firme para o conde e, recuperando as forças, reclamou:

– Que hálito fedido! Você é um mago podre.

– Você vai escutar a Voz da Persuasão e não poderá resistir a ela! Ha, ha, ha, ha... ha, ha, ha, ha!

A risada satânica do Mago ressoou no Quarto dos Espelhos e Karkon desapareceu num vórtice de chamas e fumaça, deixando atrás de si um cheiro acre de enxofre.

Nina se ajoelhou. Estava exausta e assustada. Apertou o Taldom ao peito e respirou fundo: aquele hálito malcheiroso havia deixado a menina transtornada. A meia-lua voltou a acender-se e o quarto ficou de novo iluminado. A imagem de Nina se refletia em todos os espelhos. A menina olhou ao redor, pensando nas palavras de Karkon e no papel que o novo prefeito estaria desempenhando. Bem, lidaria com o marquês LSL em outra ocasião: o desafio lançado pelo Mago era muito importante e precisava se concentrar nele. Virando e revirando entre os dedos o Cubo de Prata dado por sua mãe e o de ouro, que havia acabado de encontrar, perguntou a si mesma, em voz baixa:

– As sete notas musicais... Para que será que elas servem?

Com dificuldade, pôs-se de pé e olhou a estrela que tinha na mão: voltara a ficar vermelha. Mil idéias lhe passavam pela cabeça. Ao pensar na arma invencível de Karkon, desceu correndo a escada em caracol e entrou no laboratório. Assim que se viu diante do Systema Magicum Universi, colocou a mão direita sobre a página líquida e perguntou:

– Livro, o que é a Voz da Persuasão?

*Insidiosa e perigosa essa Voz poderá se tornar*
*quando não existir força para não a escutar.*
*Ela pode entrar nas veias*
*como o canto das sereias.*
*Porém, forte você há de ser*
*enquanto Karkon combater.*

– Livro – insistiu Nina –, existe alguma poção alquímica contra a Voz da Persuasão?

*Uma carta a salvará*
*e a poção certa indicará.*
*Mas paciência você tem de ter*
*pois outras coisas precisa antes saber.*
*Pegue aqueles papéis que desprezou*
*e trate de cumprir o que jurou.*

Os papéis aos quais o livro falante se referia eram as Anotações de Karkon. Por fim, o Systema Magicum Universi havia ensinado à menina o caminho a seguir! No entanto, ainda não era o caminho para anular a magia da Voz da Persuasão, a respeito da qual Nina nada sabia. Porém, as Anotações do Mago eram importantíssimas, porque continham todo o saber de Karkon: a Alquimia das Trevas, o sistema mágico do Mal que se contrapunha à Alquimia da Luz, a da Sexta Lua.

## Capítulo 2
# O Verbum Tinta e Platão azul

– Tiro ox últimox doix parafuxox do crânio metálico, exponho ax chapinhax de cobre e corto ox fiox. Depoix, ligo o computador e exte andróide não vai maix criar problemax.

No Aqueus Profundis, Max 10-pl estava atarefadíssimo e falava sozinho. A cena era partilhada apenas pelos costumeiros peixes da laguna, que o observavam, curiosos e com as caras achatadas contra o vidro. Max não se perturbava com a presença deles e parecia bem contente: estava perto de encontrar a solução para bloquear os impulsos elétricos dirigidos para a falsa Andora. Ele havia trabalhado durante uma semana inteira no robô e não via a hora de comunicar o sucesso a Nina.

Enquanto isso, no laboratório da vila, a pequena alquimista contava aos amigos sobre o encontro do Cubo de Ouro, sobre as ameaças de Karkon, acrescentando que talvez o prefeito Loris Sibilo Loredan estivesse envolvido na sombria trama.

As reações dos companheiros da menina foram bem diversas: Flor, com os olhos perdidos no nada, escutava um CD de música clássica em seu *walkman* e isso irritou Roxy, que lhe retirou os pequenos fones de ouvido:

– O que é? Ficou de miolo mole? Vive escutando essa música clássica absurda, sinfonias... Coisas de gente esnobe!

Ofendida, Flor endireitou o corpo e voltou-se para Nina:

– Vamos pensar no prefeito depois. Sei que ele só é amigo de gente muito rica e, afinal, Loris Sibilo Loredan é um marquês.

– Marquês o meu nariz! – retrucou Roxy. – Não temos tempo a perder com gente dessa laia. Dizem que ele concordou em ser prefeito porque um ricaço lhe deu uma mina de ouro. Isso significa muita coisa! – E, voltando-se para Nina: – Vamos falar de coisas importantes, de coisas que arrepiam a pele da gente!

Eram 16 horas, 3 minutos e 4 segundos. O relógio era muito preciso e a menina da Sexta Lua escutou com toda atenção a história assustadora de Roxy e Flor.

– Eles os mataram. Temos provas. Aqueles gêmeos nojentos, Alvise e Barbessa, jogaram um saco preto no canal e a água ficou manchada de vermelho. Era sangue. Muito sangue. Antes de afundar, o saco se abriu e foi possível ver as cabeças dos pobres gatos. Foi horrível.

Horrorizadas, as duas garotas, que haviam brigado pouco antes, se abraçaram e Nina jurou que nunca mais aconteceria algo como aquilo.

– Vamos acabar com essa carnificina. Mas, para isso, precisamos saber por que eles andam matando gatos.

A menina da Sexta Lua estava preocupada. Cesco voltou-se de súbito para ela e, quase gritando de tanta raiva, disse:

– Matam pelo prazer de matar. São perversos. O Mal reina naquela casa!

Nina mostrou aos amigos as anotações de Karkon, feitas ao longo de cinco anos.

– Vejam, acho que aqui está tudo que é preciso saber sobre esse mago fedorento. No entanto, quanto mais leio, menos entendo. Há páginas onde é explicada a Alquimia das Trevas, com desenhos estranhos e seqüência numéricas de 0 a 9. Há também páginas em branco, onde nada está escrito!

De tão nervosa, Nina enrolava e desenrolava uma mecha de cabelos num dedo. E tinha motivos para estar assim. Por outro lado, o Systema Magicum Universi havia falado com clareza: antes de descobrir o que era a Voz da Persuasão, seria preciso compreender as Anotações do Mago. Só que não era assim tão simples: as páginas escritas eram poucas e as páginas em branco escondiam sabe-se lá que enigma!

Cesco pôs uma das mãos no ombro de Nina, procurando confortá-la.

– Então, torne a ler tudo para nós, com calma e desde a primeira linha. Vai ver como encontraremos a solução.

Roxy, Flor e Dodô sentaram-se no chão, ao lado da pirâmide que continha os Dentes de Dragão, e escutaram com atenção:

*O que há aqui embaixo é como o que há em cima. E o que está no alto é igual ao que se encontra embaixo. Apenas por meio do SABER se pode conseguir cancelar a CRIAÇÃO. O vento leva os pensamentos e as almas se enxugam ao Sol. As crianças se apagam e a luz desaparece. O Mal volta a reinar. Quatro são os inimigos a derrotar, quatro são os Arcanos a revelar para poder REINAR.*

Em seguida, havia anotações de Karkon sobre sua louca alquimia com horários, dias exatos e posição dos planetas. O GRANDE INÍCIO, como ele definira, remontava às 23:45 do dia 7 de maio do Primeiro Ano Karkoniano; havia Lua cheia, Marte se achava em equilíbrio, Plutão se encontrava oculto e Júpiter, estável. Era o dia do nascimento da ALQUIMIA DAS TREVAS.

Nina lia com calma e repetia em voz alta as frases escritas pelo conde:

– Olhem! – A voz da menina ficou embargada. – Aqui ele fala do meu avô Misha e do escritor Birian Birov, diz que vai matá-los e se apoderar da Sexta Lua.

– E foi o que o maldito fez! – manifestou-se Flor, com cara de má.

– É, foi o que ele fez. Esperou muito, até que se vingou. Primeiro matou Birov e, depois, o professor Misha. – Roxy tinha os olhos fixos nos papéis. Em seguida, olhou para Nina com ternura e acrescentou: – Eu me sinto mal quando penso que Karkon matou o seu avô aqui, nesta vila. Mas estou contente porque agora sei que ele está vivo lá na Sexta Lua, não é?

Nina abaixou a cabeça, esfregou a marca de nascença na palma da mão e tornou a se ocupar com as Anotações:

– Vejam, há páginas em branco e outras apenas com desenhos e números.

No alto e no centro de uma das folhas estava escrito:

NUMEROMAGIA E MECANOGEOMETRIA

– Por todos os chocolates do mundo! – exclamou a pequena alquimista. – O que será Numeromagia? E essa tal de Mecanogeometria?

– Nunca estudei isso e nunca ouvi falar – Flor estava perplexa.

E Dodô acrescentou:

– Nem o pro... professor Misha falou dessas coisas com a gente.

– Se é assim, comigo também não. E nem deixou qualquer carta ou qualquer indício sobre esse assunto. – Nina sacudiu a cabeça e relanceou o olhar pelo Livro Mágico. – Como é que vou entender a lógica de Karkon? Estas páginas em branco devem ter um sentido...

Cesco pegou as Anotações e tateou de leve as páginas em branco.

– Elas parecem mais espessas do que as que têm anotações – observou. – Além disso, as poucas frases existentes foram escritas com tinta roxa...

De fato, as folhas em branco eram um pouco mais grossas e meio acinzentadas.

– Va... vai ver que o conde usou pa... papel especial que não deixa ver o que está es... escrito.

Dodô acabava de ter uma idéia luminosa. Nina pegou as Anotações.

– Vou perguntar ao Livro Mágico. Ele vai me ajudar. – Colocou a mão com a estrela sobre a folha líquida e perguntou: – Livro, como se pode ler o que não se pode enxergar?

O Systema Magicum Universi se ilumina e deu uma pronta resposta:

*Uma bonita magia dourada*
*dará vida à escrita encantada.*
*Uma coisa aqui é preciso procurar:*
*o "Verbum Tinta" deve-se encontrar.*

*Depois, Etérea irá lhe revelar*
*de que modo você o deverá usar.*

– Verbum Tinta? – repetiram os quatro em coro, olhando para o Livro que se fechava.

No Caderno Negro do vovô não havia alguma referência ao Verbum Tinta. Mas o Livro dissera que era para procurar "aqui", ou seja, no laboratório. Roxy procurou entre os montes de pedras preciosas, Dodô olhou entre as provetas, retortas e frascos de líquidos alquímicos, Flor se inclinou e olhou embaixo da bancada para experiências.

Nada. Não encontraram nada.

Nina foi abrindo, uma a uma, as gavetas da bancada: nelas havia lápis, canetas, tesouras, pinças e pregos. Quando abriu a última...

– Que nojo! Está cheia de teias de aranha – disse, franzindo o nariz.

Mas a gaveta tinha um fundo esquisito. Nina tentou retirá-lo e, quando conseguiu, encontrou, com grande surpresa, um papel amarelecido e dobrado em quatro. Abriu-o e viu que as frases estavam escritas na linguagem da Sexta Lua. Leu em voz alta:

*Livro III*, de Tadino De Giorgis

Andando bem devagar, Dodô se aproximou de Nina e tocou o papel de leve.

– Ta... Ta... Tadino De Giorgis era mesmo o maior! Precisamos encontrar o livro dele e des... des... descobrir o que é Verbum Tinta.

Cesco e os outros sorriram enquanto Nina segurava o papel com força.

– Vamos já para a Sala do Doge, gente! Tenho certeza de que o que precisamos está lá.

Mas a biblioteca da Sala do Doge era imensa e cobria todas as paredes do chão ao teto: seria difícil encontrar o livro certo! As crianças começaram pelos volumes que estavam mais embaixo e foram subindo até que Nina, lá no alto da escada, gritou:

– Encontrei!

O livro era fino e na lombada lia-se o título, em letras vermelhas: *A Escrita Veloz – Livro III*. Era exatamente o que estava escrito no papel!

Mas, quando Nina pegou o livro para retirá-lo da estante, ele se desfez em mil pedaços. Do precioso livro de Tadino De Giorgis só restou um montinho de pequenos fragmentos de papel no chão.

– Todo mundo parado, senão a gente espalha tudo! – ordenou Cesco, enérgico.

Com o maior cuidado, as cinco crianças se colocaram ao redor do livro e esperaram. De repente, os pedacinhos de papel começaram a brilhar intensamente, assumiram uma viva cor vermelha e se ajeitaram de modo a formar uma estranha figura no chão: parecia um bastão com a ponta em forma de gota.

Depois que a luminosidade desapareceu, Nina se agachou e, quando colocou a mão com a estrela sobre a figura formada pelos fragmentos do livro, estes se uniram e a figura se tornou consistente, como que feita de cera vermelha. A menina da Sexta Lua pegou o estranho objeto:

– Parece um pincel! – E ao tocá-lo notou que se derretia com o calor da mão. – Por todos os chocolates do mundo! Não posso pegá-lo!

Naquele instante ouviu-se um barulho esquisito no alto da estante. Os cinco ergueram as cabeças e começaram a girá-la como se acompanhassem o vôo de uma mosca. Mas não era um inseto: era um livro minúsculo com asas brancas!

As asas se movimentavam com ritmo e o estranho livro, mais ou menos do tamanho de uma pomba, desceu e pousou bem ao lado da curiosa figura em forma de pincel. As asas se fecharam e o livro se abriu. Na primeira página estava escrito em vermelho:

*NÃO TOQUEM EM MIM E LEIAM EM SILÊNCIO*

Nina e seus amigos recuaram, espantados. Então, as páginas do livro começaram a virar por conta própria.

– Olhem! As folhas estão se mexendo... Temos que ler – sussurrou Nina.

As folhas iam virando devagar e o texto escrito com bonita caligrafia explicava uma coisa muito estranha: a Geometria Cósmica.

Flor e Dodô estavam de boca aberta, Roxy e Cesco se abraçaram e Nina lhes fez sinal para que sentassem no chão, sem fazer barulho, e lessem o livro, que explicava de maneira simples aquela matéria complicada:

*Cubo, triângulo, pirâmide, linhas e pontos. Todas as formas podem ser boas ou más. Tudo depende dos números.*

– Os números? – gritou Nina, assim que leu a frase.

Mas assim que o livro ouviu a voz da menina se imobilizou. Cesco e Roxy taparam a boca da amiguinha, que quase se sufocou. Depois de algum tempo de silêncio, as páginas recomeçaram a virar:

*Formas e números estão unidos num único destino.*
*Para salvar o Universo Alquímico é preciso verificar, conhecer seu uso. Também a Mecânica pode transformar as formas e os números. Geometria e Matemática são as fontes da Alquimia da Luz. São muitos os encantamentos para manter o equilíbrio de números e formas.*

*Líquidos e sólidos, poções e metais servem para manter o Mal distante. No entanto, também o Mundo das Trevas pode vencer e mudar o uso dos números.*

Nina lia avidamente e seus companheiros estavam também muito interessados, apesar de não compreenderem muito bem o que o livro escrevia sobre Geometria Cósmica.

A pequena alquimista apoiou a cabeça nas mãos e lembrou-se das Anotações de Karkon, que citavam a Mecanogeometria e a Numeromagia, dois temas ainda misteriosos.

*Claro! É preciso compreender o uso dos números*, pensou, toda concentrada.

Lembrou-se também de uma frase que vovô Misha havia escrito várias vezes em suas cartas e a pronunciou em voz alta:

– Nas palavras, nos pensamentos, nas cores, nos sons e nos números está a origem do universo. Não deixe que as Trevas engulam a Luz. Anule o Tempo e voe.

As crianças ficaram imóveis e assim que Nina terminou a frase o pequeno livro voador se desfez no ar, formando uma nuvenzinha que se desvaneceu.

– Ohhh! Ele desapareceu! – exclamaram os pequenos, em coro.

As palavras de Nina haviam atingido o alvo, portanto a solução do enigma de Karkon estava próxima.

– Esta é uma frase do meu avô. A origem do universo se encontra também nos números, e se quisermos descobrir a Mecanogeometria e a Numeromagia de Karkon, precisamos saber usar os números. Entenderam?

– Não. Para dizer a verdade, não entendi coisa alguma – disse Flor.

Dodô abanou a cabeça e Roxy abriu os braços, em desalento; quanto a Cesco, ele tirou os óculos e bufou.

– É isso aí... Não é fácil. Mas confiem em mim – tranqüilizou-os Nina. – Logo as Anotações do conde não terão segredos para nós.

A menina da Sexta Lua experimentou de novo pegar o estranho objeto de cera vermelha que continuava no chão. Por fim, conseguiu pegá-lo sem que derretesse. Parecia mesmo um pincel. Segurando-o com delicadeza, foi para o laboratório e entrou, acompanhada pelos inseparáveis amigos, que permaneciam perplexos.

– Você acha que se trata do Verbum Tinta, Nina? – perguntou Roxy.

– Acho que sim. Vamos descobrir já...

E Nina colocou o pincel engraçado na bancada de experiências, ao lado do Systema Magicum Universi.

– Livro, isto é o Verbum Tinta?

*Coloque-o em mim e espere com paciência.*

O objeto foi engolido pela folha líquida, que se movimentou como uma onda do mar. Uma nuvenzinha de fumaça avermelhada saiu do Livro falante e, pouco depois, surgiu, bem no meio da sala, um grande pincel de ouro que girou três vezes sobre si mesmo, depois permaneceu suspenso no ar.

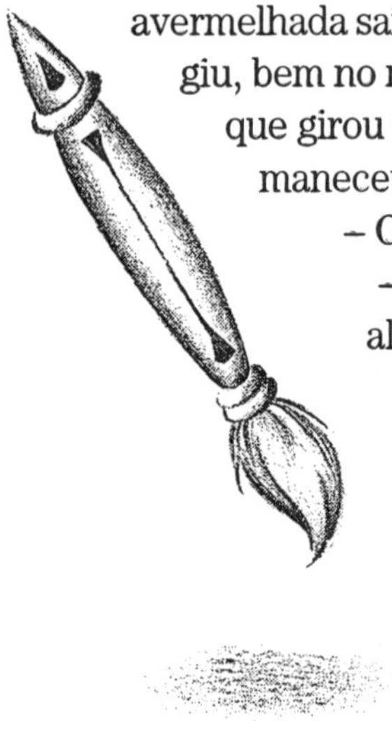

– Como é lindo! – admirou-se Roxy.

– É o Verbum Tinta.– A voz da pequena alquimista era apenas um fio. – Vou tentar pegá-lo...

Temerosa, a menina aproximou as mãos do pincel, que, num repente, se movimentou, fazendo oscilar a ponta macia. A primeira reação de Nina foi recuar, em seguida esticou de novo a mão e, por fim, pegou o pincel dourado. Era brilhante, muito leve e media cerca de trinta centímetros. Segurando-o como uma baqueta mágica, a garota movimentou-o primeiro para a direita e depois para a esquerda. Pairaram no ar por alguns segundos luminosas faixas de minúsculas partículas: parecia que saíam estranhas estrelinhas douradas da ponta do pincel.

– Bem, agora que tenho o Verbum Tinta preciso falar com Etérea. O Livro falante disse que só ela sabe para que ele serve – explicou Nina.

Guardou o pincel num bolso, pegou a chave de estrela, disse "Quos Bi Los", desceu pelo alçapão com os amigos e os cinco foram para o Aqueus Profundis.

– Oi, Max! Olha o que encontrei – disse a menina e mostrou o Verbum Tinta.

– Muito bem! Eu também tenho uma xurprexa para você – respondeu o bom andróide.

E Max 10-pl indicou o clone mecânico da tia Andora, que estava com os olhos fechados e não parecia perigoso.

– Veja: agora, todo impulxo enviado para exte andróide é regixtrado e bloqueado pelo computador do laboratório – explicou Max, todo satisfeito. – Dexte modo, quando Karkon tentar xe colocar em contacto com ele, não obterá rexpoxta.

– É fantástico! Você é um gênio! – Nina deu um forte abraço em Max. – Então, a minha verdadeira tia não está em perigo?

– Abxolutamente, não. Extou extudando um xistema que interrompa para xempre a ligação entre exte andróide e a xua tia. Vou conxeguir! Porém precixo de maix geléia de morango... xenão vou apagar.

– Pode deixar, vou lhe trazer uma montanha de geléia. Agora, preciso entrar em contato com Etérea – disse Nina. – O computador está ligado?

– Poxitivo. Pode entrar em contato com ela.

Max sentou-se no seu banquinho alto e ficou observando se o procedimento dela estava correto.

Cesco apertou a mão do simpático andróide, cumprimentando-o pelo bom trabalho, depois foi para o teclado do computador e esperou que Nina ditasse a frase que a colocaria em contato com Etérea. A menina tirou o pincel dourado de um dos bolsos da calça e disse:

– Mensagem para Madre Alquimista, de Nina 5523312. Encontrei o Verbum Tinta. Preciso saber para que serve e, principalmente, o que fazer para ler as páginas em branco das Anotações de Karkon Ca'd'Oro.

No monitor gigante do Aqueus Profundis surgiu Etérea, com toda a sua luminosidade. E ela falou telepaticamente com Nina:

*Eu a esperava, Nina 5523312.*
*Então você encontrou Verbum Tinta, o*
*Pincel Mágico de Ouro.*
*Saiba que a vida dele é curta: pode funcionar*
*por apenas 24 horas.*
*É preciso mergulhá-lo nas cores da Sexta Lua, só assim as páginas em branco das Anotações de Karkon irão revelar o enigma.*
*Cuidado, Nina. Você precisa encontrar a cor*
*certa a ser usada em cada folha.*
*Não pode fazer essa alquimia em presença de andróides, nem de seres humanos. Talvez não fique sozinha... Porém, caso*
*se engane, nunca mais poderá ler aquelas páginas!*
*Agora, digite "Magnésio Follis 7471111".*

A voz de Etérea ressoava na mente de Nina, que estava um pouco confusa e fez outra pergunta:

– Madre Alquimista, onde posso encontrar as cores da Sexta Lua? E o que quer dizer com talvez eu não esteja sozinha, já que não posso ficar com meus amigos e nem com Max 10-pl?

*Use a pluma do Gugui. Vou fazer*
*você encontrar 14 pequenos cristais.*
*Depois, o Systema Magicum Universi a ajudará.*
*À outra pergunta, você mesma dará a resposta.*
*Agora, preciso ir.*
*Logo, logo eu a chamarei. Lembre-se:*
*você precisa encontrar o Segundo Arcano!*

A imagem de Etérea desapareceu, deixando apenas um brilho prateado na tela do enorme monitor.

Nina queria tanto ter perguntado como ia o vovô Misha, o que ele estava fazendo. Gostaria de ouvir de novo a voz dele. Enfim, queria mais esclarecimentos. No entanto, devia haver um motivo para a Madre Alquimista ter sido enigmática. Qual? Por alguns minutos, a menina andou nervosamente de um lado para outro do Aqueus Profundis, depois concluiu que a missão de salvar Xorax era importante e exigia paciência.

– Anda, Cesco, digite “Magnésio Follis 7471111”. Precisamos dessa substância para conseguir as cores.

Nina precisava descobrir o que estava escrito nas páginas das Anotações de Karkon e o Verbum Tinta só seria mágico por 24 horas.

– Para que serve o Magnésio Follis? – perguntou Cesco.

– O Magnésio Follis muda as cores – respondeu a pequena alquimista. – Tenho certeza de que essa fórmula está no Caderno Negro do vovô.

Cesco digitou rapidamente no teclado do computador e no mesmo instante apareceu uma mensagem no monitor:

*Magnésio Follis, composto de magnésio puro e diamante pulverizado. Muda as cores. Frasco cinzento número 74; só deve ser aberto durante a experiência alquímica.*

Antes de procurar o frasco número 74, Nina guardou o Pincel de Ouro num bolso, pegou a Pluma de Ouro do Gugui, esfregou-a e num átimo apareceu diante dela uma esfera verde-esmeralda: Xorax, a Sexta Lua!

Num canteiro de misyl, a flor da Sexta Lua, a pequena alquimista viu um saquinho de pano negro que Etérea havia deixado ali. Sem medo, enfiou a mão dentro da esfera e pegou-o. Assim que retirou a mão, a esfera desapareceu. Os quatro amiguinhos se aproximaram dela para ver o que havia no saquinho.

– Os 14 cristais que Etérea disse devem estar aqui – explicou Nina, tentando abrir o saquinho.

Porém, Max saltou do seu banco e gritou:

– Não, não abra! Etérea dixxe que você tem que fazer xozinha exta alquimia. Nóx não podemox extar perto.

Nina ficou vermelha, abaixou a cabeça e guardou o saquinho num bolso, para enorme decepção dos amigos.

Imediatamente, Roxy, Dodô e Flor trataram de procurar o frasco nas prateleiras do Aqueus Profundis, mas entre os mil vidros não havia o número 74. Cesco procurou perto da lareira e nada encontrou. Max observava as crianças e sorria.

Nina fitou-o com ar desconfiado:

– Você sabe onde ele está, não é, Max?

– Xei, xim. Max não vou dizer. Etérea foi bem clara: você tem que fazer exta alquimia xozinha. Nenhum de nóx pode ajudá-la. Vá para o laboratório da vila e faça o que é precixo.

Max cruzou os braços e se calou.

– Bom, quer dizer que temos de ir embora? – perguntou Flor.

– Acho que sim. Vou subir com vocês. Enquanto eu trabalho no laboratório do vovô, em busca do Magnésio Follis, vocês podem ir ver o que Karkon anda fazendo. Nunca se sabe... Observem o Leão Alado, porque não dá para confiar nele, e me avisem se alguém já foi levado para a prisão do Chumbo...

A decisão de Nina era acertada e Dodô se aproximou dela:

– A... a... amanhã vão começar as au... au... aulas. Mas vou me levantar ce... ce... cedo e antes vou ao Edi... Edi... Edifício Ca' d'Oro. Não po... po... posso deixar que ma... ma... matem mais gatinhos.

As demais crianças ficaram perplexas: Dodô, o tímido do grupo, estava se oferecendo para enfrentar a situação mais perigosa!

– Muito bem, Dodô! – entusiasmaram-se todos, dando-lhe tapinhas nas costas. – Você é corajoso!

– Esperem aí! – disse Nina, muito séria. – Quero que me mostrem os rubis da Amizade Duradoura que lhes dei.

– Rubi? Ah, sim! – respondeu Cesco. – Ele está sempre no meu bolso.

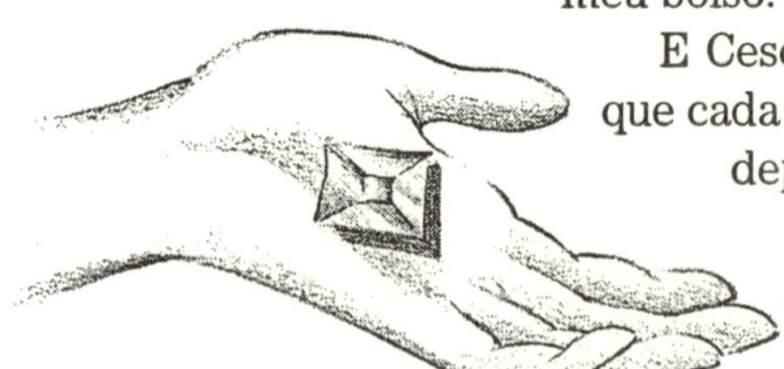

E Cesco pegou a pedra preciosa que cada um deles havia recebido depois de beber uma poção. Eram os rubis que protegiam e fortaleciam a união do "grupo".

Roxy e Flor também mostraram seus rubis. No entanto, Dodô estava em pânico: procurava e procurava nos bolsos das calças. Caramba! Onde aquele rubi se enfiou? Por fim, batendo num dos bolsos, suspirou e em seguida disse:

– Es... es... está aqui!

– Vocês sabem: todos os rubis se aquecem e se iluminam ao mesmo tempo quando um de nós está em perigo. Tenham-nos sempre com vocês.

A menina da Sexta Lua se dirigiu para a porta do Aqueus Profundis.

Os cinco subiram para o laboratório da vila e Nina os fez ir embora, despedindo-se apressada. Quando ia fechar a porta do laboratório, Platão se esgueirou pela fresta e entrou.

– Qual é a sua, Platão? – zangou-se Nina. – Saia já daqui!

O gato saltou para cima de um montinho de minerais e miou.

– Ficou maluco, é? Você não pode ficar aqui no laboratório. Saia neste instante!

A menina estava mesmo zangada. Quando ia pegar Platão e pô-lo para fora, um fio de fumaça verde começou a sair do Systema Magicum Universi. A pequena alquimista se imobilizou e, em voz baixa, perguntou:

– É você, Livro?

O Livro se abriu sozinho e disse, com voz profunda:

*Comece a sua alquimia.*
*O gato vai ser necessário.*
*Coloque a mão com a estrela dentro de mim*
*e diga estas palavras:*
*"Ventoso e misterioso o frasco acinzentado,*
*ventoso e misterioso o frasco procurado."*

Nina olhou para o Livro e, depois, para Platão: jamais lhe passara pela cabeça que seria preciso um gato para realizar uma operação alquímica. Jamais lera algo a esse respeito, nem mesmo no Caderno Negro do vovô e menos ainda nos textos de Tadino De Giorgis. Depois de um instante de hesitação, obedeceu à ordem do Livro: apoiou a mão na folha líquida e pronunciou a frase mágica.

O fio de fumaça verde tornou-se negro e depois branco, enquanto um odor de alcatrão e jasmim se espalhava pelo laboratório. A mão de Nina ainda estava apoiada no Livro quando, de repente, sentiu algo se encostar nela e o segurou. Era o frasco 74. O Livro voltou a falar:

*Coloque o frasco na bancada.*
*Depois, abra o saquinho que Etérea lhe deu*
*e jogue os cristais dentro de mim.*
*Só então você poderá abrir o frasco*
*e despejar o Magnésio Follis até a última gota.*

Quando Nina abriu o saquinho, viu os cristais: eram brilhantes, cintilantes e fluorescentes. Com delicadeza, despejou-os na folha líquida, que os engoliu. Então, destampou o frasco e derramou no Livro todo o seu conteúdo. O Livro emitiu uma flama de ouro seguida por 14 setas pequenas.

Assustada, Nina tapou os olhos e virou-se de costas. O Livro recomeçou a falar, desta vez em rima. Isso significava que a solução era complicada, porém estava próxima.

*Muito bem. Os olhos fechados você deve manter*
*até que seja possível todas as cores ver.*
*Meu único modo de ajudar*
*é um arco-íris mágico criar.*
*Não precisa se impacientar:*
*o Pincel de Ouro logo irá usar.*

Nina sabia que às suas costas estava se realizando uma extraordinária magia. Depois de dar uma olhada em Platão, continuou como estava e fechou os olhos. Sentiu rápidas ondas de ar quente nas costas e, em seguida, jatos de ar frio. Por fim, não aconteceu mais nada e esperou que o Livro voltasse a falar.

*Volte-se lentamente*
*e abra a sua mente.*
*Depressa, trate de lembrar*
*quais cores deverá usar.*
*O Verbum Tinta pronto vai estar*
*para o gato que soube esperar.*

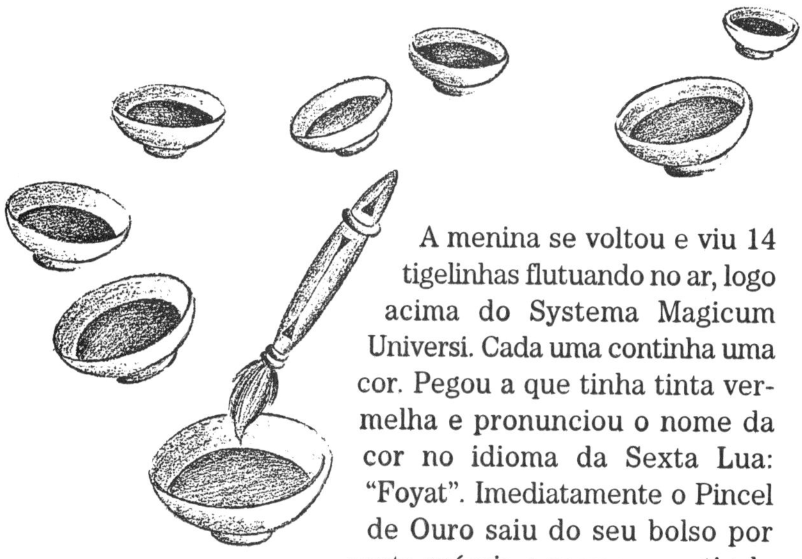

A menina se voltou e viu 14 tigelinhas flutuando no ar, logo acima do Systema Magicum Universi. Cada uma continha uma cor. Pegou a que tinha tinta vermelha e pronunciou o nome da cor no idioma da Sexta Lua: "Foyat". Imediatamente o Pincel de Ouro saiu do seu bolso por conta própria e voou para a tigela com a ponta para baixo, pronta para ser mergulhada na tinta.

Então, Nina disse "Bisyof" e o Verbum Tinta se dirigiu velozmente para a tigelinha com a cor verde.

– Por todos os chocolates do mundo! – disse, rindo. – Isso é muito divertido!

E continuou a estranha brincadeira alquímica, fazendo o pincel voar de um lado para outro, dirigindo-se a uma tigela diferente a cada cor que ela dizia. Depois, Nina pegou as Anotações de Karkon e perguntou:

– Livro, posso começar?

*Sim, pode.*
*Mas atenta você tem que ficar*
*porque de cor não se pode enganar.*
*Apenas uma coisa poderei dizer para ajudar:*
*pelas cores claras, não pelas escuras, deve começar.*
*Em 24 horas a magia irá morrer*
*e o Verbum Tinta de cera voltará a ser.*
*Mas...*

– Mas o quê? – indagou Nina, ansiosa.

*Mas de cor azul agora seu gato vai ser*
*Para que o mistério possa acontecer.*
*Não se agite e nem vá se aborrecer*
*porque ele sabe o que deverá fazer.*
*Se a Manteiga Verde ele comer.*
*com o pincel poderá se entreter.*

A menina se voltou, rápida, e viu uma coisa incrível:

– Por todos os chocolates do mundo! Platão, você agora é azul!

Pegou o gato no colo, acariciou-o e verificou se estava bem. Sim, Platão estava em perfeita forma, mas Nina não compreendia de que modo o pêlo dele, que era ruivo, havia se tornado azul. E como um gato iria utilizar o Verbum Tinta? E, pior ainda, por que ele tinha que comer Manteiga Verde?

– É... Manteiga Verde... – disse a pequena alquimista em voz alta. – Onde vou arranjar isso?

O gato azul deu um salto e foi para junto do Systema Magicum Universi, como se soubesse que dele vinham todas as respostas para as dúvidas de Nina. Farejou as tigelinhas coloridas que flutuavam no ar e começou a ronronar de felicidade por estar perto da dona.

Nesse momento, Nina perguntou:

– Livro, como vou conseguir a Manteiga Verde?

*Sete gotas de Leite de Dragão,*
*duas esmeraldas e um quilo de ouro líquido.*
*Em três minutos e três segundos você a irá obter*
*porém, apenas o gato azul a poderá comer.*

Nina olhou para o relógio do laboratório: eram 20 horas, 38 minutos e 45 segundos.

– Xiii! Eu me esqueci do jantar. Merengue deve estar uma fera. Mas agora tenho que ir em frente.

Procurou entre os frasquinhos e as garrafas de vidro até que encontrou o Leite de Dragão. Tirou duas esmeraldas de um dos montes de pedras preciosas ao lado do caldeirão de cobre. Por fim, com uma grande pinça pegou uma pepita de ouro e aqueceu-a até que se tornasse líquida.

– Os ingredientes estão prontos – disse para si mesma. – Vou colocá-los em uma tigela e esperar por três minutos e três segundos.

Assim que juntou os ingredientes, viu que a mistura endurecia.

– Tornou-se um bloco verde... parece cremoso... como manteiga – observou, tocando-o com a ponta de um dedo.

Nesse momento o Livro voltou a falar:

*Ponha a Manteiga Verde bem perto do gato*
*e verá que ele a lamberá no momento exato.*
*Comerá a metade, é o ponto a que ele chegará.*
*Só então erguerá a cauda e preparado estará.*

Platão olhava para Nina e para a tigela, cheio de curiosidade. Quando sentiu o odor da Manteiga Verde, começou a farejar a estranha substância. Num instante, comeu a metade e ergueu a cauda. Lambia os bigodes quando seu pêlo azul se tornou luminoso e o Verbum Tinta voou, indo pousar bem à frente dele. Como se fosse a coisa mais natural do mundo, o gato colocou as garras de fora e segurou o pincel com uma pata.

Nina estava espantada, pois jamais poderia imaginar uma cena parecida. Pegou as Anotações de Karkon e começou a pensar na cor que usaria para colorir a primeira página branca.

O enigma do conde estava com as horas contadas: a menina da Sexta Lua logo conheceria a incrível força da Alquimia das Trevas.

## Capítulo 3

# Os Numeromagos de Karkon e o Zero Nevoento

– Então, o Livro disse que devo começar pelas cores claras, e não pelas escuras – resmungava Nina. – Quer dizer que preciso usar as cores seguindo proporções que vão do branco ao negro.

Ela se mantinha muito concentrada porque não podia se dar o luxo de errar. O que estava escrito nas páginas em branco continuaria em segredo se as cores não fossem as certas. As 14 tigelinhas continuavam flutuando no ar e Platão segurava o Verbum Tinta na patinha direita, pronto para pintar as folhas.

A pequena alquimista, com medo de não se lembrar direito das cores da Sexta Lua, resolveu pegar o Caderno Negro do vovô e ler uma por uma. O relógio já marcava 23 horas, 22 minutos e 14 segundos. Tudo de que ela iria precisar se achava sobre a bancada de trabalho e experiências.

– Olhe, Platão, fique atento. Vamos começar com o branco. O Pincel de Ouro voará por conta própria até a tigela certa, voltará para você e, então, pinte a primeira página. Compreendeu bem o que deve fazer?

Nina falava com o gato certa de que ele entendia tudo o que lhe dizia. Os olhos de Platão se estreitaram até formar duas fendas e ele pareceu anuir com um rápido movimento de cabeça. A menina fez-lhe mais um carinho, depois olhou para a página que deveria ser pintada: nela, apenas estavam marcados o dia, a hora e as posições dos planetas (Segundo

Ano Karnoniano, 00:30 do dia 3 de dezembro, Lua crescente, Saturno com rotação lenta, Vênus escuro, Marte estável), em seguida vinham espaços em branco e embaixo iniciavam-se os números de 0 a 9, que prosseguiam em muitas outras páginas sem qualquer explicação.

Enfim, os números estavam ali, escritos em tamanho grande, mas não havia o seu significado.

Nina, então, disse a primeira cor, que era o branco:

– Assaf.

O Verbum Tinta voou no mesmo instante para a tigela do branco, ensopou a ponta na tinta e voltou para junto do gato azul. Platão pegou o pincel e, com destreza, começou a pintar a página. Assim que o pincel passou pelos espaços vazios, surgiram como que do nada as palavras escritas por Karkon.

– Conseguimos! – gritou Nina, toda alegre. – Platão, você é o maior!

O gato se manteve imperturbável e a pequena alquimista leu imediatamente as frases.

– Olha só! Está escrito que Karkon utilizou a Carta Mater, que significa Papel Especial, ou seja, um precioso papiro egípcio, e nele escreveu com Grafite Roxa a seqüência dos Numeromagos. Para encantar os números, é preciso dizer três vezes "Numerus Noctis". Tenho que decorar estas palavras, elas são importantes. Mas esse Karkon é mesmo diabólico! As folhas permaneceram em branco porque ele usou grafite e papel mágicos, que servem para esconder as palavras. Bem, estamos no caminho certo. Afinal, vou ficar sabendo para que servem a Mecanogeometria e a Numeromagia.

Depois de Assaf foi a vez do amarelo, “Olys”; depois do laranja, “Zuky”; do rosa, “Noisi” e assim por diante, até chegar ao negro, “Vyly”. O pincel dançava de uma tigela para outra e pintava as páginas das Anotações, revelando os segredos do maléfico Mago. Nina se deliciava observando Platão, que manejava o Verbum Tinta sem sequer sujar qualquer coisa fora das folhas.

– Aqui está escrito que o 0 é o início dos Numeromagos e corresponde ao Motor de todos os mecanismos. Os motores são alimentados por água... Hum, que coisa mais esquisita!... Na verdade, os Numeromagos correspondem a peças mecânicas e a formas geométricas...

A menina da Sexta Lua analisava, curiosa, aquela estranha e incompreensível alquimia.

– O 2 corresponde ao Gancho e cada gancho tem à disposição as cordas de Tensium... – repetiu em voz alta. – Tensium é um material que não conheço. Karkon escreveu que é super-resistente. Depois, aqui... o 4 corresponde às Rodas, que são engraxadas com ômbio. Ômbio? Também não conheço, nunca usei isso.

Quando o pincel coloriu uma página de azul-turquesa (“Eisy”), Nina pôde ler tudo o que Karkon havia escrito: além do vovô Misha, o pérfido Mago queria eliminá-la também e para isso havia criado o clone mecânico da tia Andora! Essa página tinha data de 2 de fevereiro do Quarto Ano Karkoniano, pouco mais de um ano antes, quando Nina havia viajado de Moscou para Madri a fim de morar com as duas tias.

– Olha só como ele fez! – admirou-se a menina. – Seqüestrou minha verdadeira tia porque sabia que eu ia para Madri, prendeu-a na Torre de Toledo e mandou para a casa delas, onde Carmen estava sozinha, o andróide Andora. Maldito! Mas agora o andróide é meu e minha verdadeira tia Andora está a salvo com a irmã, tia Carmen.

Nervosa, Nina lia cada página com cuidado, com os olhos azuis brilhando de contentamento por descobrir os segredos alquímicos maldosos do seu inimigo.

– Tudo... Tudo, mesmo, está aqui dentro. Estas Anotações são preciosas e, apesar de o conde ter dito que possui a Voz da Persuasão, que é uma arma infalível, tenho certeza de que serei mais forte do que ele. Conheço os seus segredos, a sua alquimia. Ele não vai me escapar.

Quando chegou às fórmulas da Alquimia das Trevas, a pequena sentiu arrepios. Havia uma lista que detalhava as misturas inventadas e usadas por Karkon. Ela passou a ler em voz alta enquanto Platão a olhava, pasmo.

– Ouro Tacitus serve para encantar o Numeromago Zero, que cria o motor. Sangue Falso imprime o fascínio da mentira; Topazius Ferrante é usado como ímã. Vidro Lodo, adequado para engraxar as engrenagens das máquinas encantadas...

Tratava-se de elementos, minerais e metais; alguns, Nina conhecia apenas em parte, outros eram absolutamente misteriosos.

Desenhos, esboços, linhas e figuras geométricas: o Verbum Tinta, manejado com destreza por Platão, deslizava rápido sobre cada página, revelando as idéias geniais e diabólicas de Karkon, que faziam Nina ficar cada vez mais impressionada.

O capítulo dedicado aos Arcanos aprisionados foi o mais interessante. Por fim, a menina da Sexta Lua descobriu que a Sala dos Encantamentos, no prédio de Karkon, havia sido construída justamente para abrigar as máquinas que mantinham os Arcanos presos. Cada máquina tinha sua combinação numérica. A Estufa a carvão era encarregada do Arcano da Terra (6065512); o Forno, do Arcano de Atanor (6065513), o Fogo Eterno, que Nina já havia libertado; a terceira máquina, em forma de míssil, custodiava o Arcano do Ar (6065514).

– O Atanor já é meu, agora faltam o Ar e a Terra... Mas e a Água? – sussurrou Nina, enquanto o gato esticava as pernas, passeando pela bancada de experiências. Ergueu os olhos e falou mais alto: – Onde estará o Quarto Arcano, a Água?

Leu rapidamente mais um trecho das Anotações e descobriu que Karkon o escondera em um lugar secretíssimo e distante. Ficou decepcionada:

– Por todos os chocolates do mundo! Onde foi que o Mago o enfiou?

Enquanto isso, Platão lambia a pata que mantinha erguida e com a qual segurava o Pincel de Ouro.

Graças às Anotações, a menina da Sexta Lua poderia libertar mais dois Arcanos, porém não tinha indício algum de onde se encontrava o quarto, o da Água.

O relógio indicava 5 horas, 25 minutos e 6 segundos. Já amanhecia e o gato começava a dar sinais de inquietação pelos bigodes que estremeciam e os olhos que se entrefechavam. Mas resistia heroicamente.

– Coragem, gatão azul! Faltam poucas páginas para terminarmos.

Platão voltou ao trabalho. Assim que leu as frases que acabavam de aparecer, Nina se agitou de tal maneira que caiu do banquinho.

"Quinto Ano Karkoniano, 1:03 do dia 3 de junho, Nebulosa do Guerreiro à vista, Lua minguante, Marte iluminado. Matei o professor Misha!"

Aquela era a data do homicídio do avô. Nina ficou com tanta raiva que ia rasgar aquela folha das Anotações, mas Platão deu um salto, aninhando-se nos braços dela. Esfregou a cabecinha em suas mãos e miou ternamente.

– Maldito! Maldito! Foi assim que ele matou o vovô Misha...

Lágrimas escorreram dos olhos de Nina e molharam a folha. Ela lia e chorava; num relance, visualizou a cena cruel: Karkon lutando com Misha. Um embate entre Grandes Magos, com labaredas e lanças de fogo, luzes e relâmpagos que iluminavam a Sala da Lareira. Depois, o corpo do vovô inerte no chão e a fuga de Karkon.

Ela enxugou o rosto nas mangas compridas da camiseta e respirou fundo. Em seguida, percorreu com o olhar o laboratório alquímico, mágico e fascinante que o avô lhe deixara. Acariciou Platão e fez um aceno de cabeça. O gato pintou a última página. O que estava escrito era assustador e o título dizia tudo: "O segredo dos meus andróides."

A menina voltou a se acomodar no banquinho e leu, apressadamente, a explicação. Descobriu que Alvise, Barbessa, Irene, Sabina, Gastilo e os outros meninos mecânicos que moravam no Edifício Ca' d'Oro tinham coração de gato e só viviam até completar 11 anos.

– É uma loucura! – Ela se pôs de pé em um salto. – É para isso que matam os gatinhos. Karkon retira o coração deles para colocar em seus andróides. Aquelas crianças mecânicas têm pouco tempo de vida... Estão com a minha idade e logo irão morrer! A carnificina de gatos serve para o conde construir novos andróides ou prolongar as vidas dos que já existem.

Transtornada e com as mãos trêmulas, Nina leu as últimas linhas. Havia uma breve descrição da existência de outros andróides adultos, que não tinham coração e viviam cem anos, graças ao Magma Enxofre, um líquido que corria por suas veias.

– Além do clone mecânico da tia Andora, há mais três... Três andróides masculinos... – disse ela, com um fio de voz.

Não havia indicação de onde encontrá-los, mas estava escrito que se achavam na "fase do sono" e que, para ativá-los, Karkon tinha inventado códigos que, é claro, não especificava nas Anotações. Portanto, eram andróides secretos.

A menina deitou-se no chão, apertando contra o peito as folhas de papel, agora todas coloridas. Platão colocou o Verbum Tinta na bancada e também se deitou, apoiando o focinho no Systema Magicum Universi. Mas não teve tempo

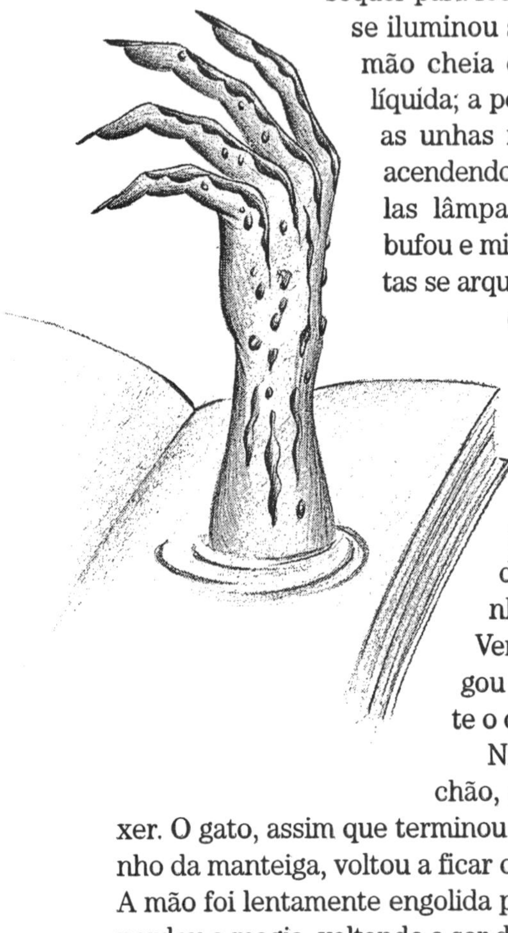

sequer para fechar os olhos porque o Livro se iluminou subitamente. Uma enorme mão cheia de verrugas saiu da folha líquida; a pele era de um verde-escuro, as unhas roxas e negras brilhavam, acendendo e apagando como minúsculas lâmpadas. Aterrorizado, o gato bufou e miou como um tigre. Suas costas se arquearam e ele tentou arranhar e morder a mão monstruosa, porém os reflexos das unhas o hipnotizaram. Os olhos do gato se tornaram brancos, como se tivessem sido esvaziados. De repente, o dedo indicador da grande mão apontou para a tigelinha que continha Manteiga Verde e o gato, encantado, chegou perto e engoliu num instante o que restara dela.

Nina, que estava deitada no chão, assistiu à cena sem se mexer. O gato, assim que terminou de lamber o último pedacinho da manteiga, voltou a ficar com seu pêlo original, ruivo. A mão foi lentamente engolida pelo Livro e o Verbum Tinta perdeu a magia, voltando a ser de cera. As 14 tigelinhas que continham as cores da Sexta Lua desapareceram no ar, deixando um traço de vapor cor-de-rosa. Foi então que o Verbum Tinta se agitou e dele restaram apenas estrelinhas prateadas e palhetinhas douradas, que dançaram acima da cabeça de Nina.

– Desapareceu! – sussurrou ela.

O gato se estendeu no chão e um segundo depois roncava a mais não poder.

– Alquimia poderosa. Magia poderosa. Eu nunca tinha visto algo assim... – murmurou a menina da Sexta Lua, erguendo-se devagar e indo acariciar Platão, que dormia profundamente. – Fórmulas, máquinas encantadas, os Arcanos para libertar, andróides para combater e, ainda por cima, a Mecanogeometria e a Numeromagia. É demais! É demais tudo que preciso compreender e fazer.

Enquanto falava, levou as mãos à cabeça e olhou de novo para o Livro. Não se sentia à altura, não se sentia pronta para aquela grande prova.

– O pior é que não entendo direito a matemática. Os números de Karkon que se transformam em objetos e peças mecânicas são muito complexos... Bem, não importa. Tenho que anular a Alquimia das Trevas e compreender como utilizar as máquinas encantadas que mantêm aprisionados os outros dois Arcanos.

Nina estava confusa e assustada. Tornou a ler as Anotações e se concentrou nos códigos dos Arcanos: sabia que precisaria utilizar aqueles números para mudar seu destino. Mas não sabia por onde começar. Encontrar Atanor até que tinha sido fácil, todavia para os outros Arcanos a situação se apresentava bem mais complicada. Enfim, era preciso compreender a matemática de Karkon.

Com Nina falando alto a seu lado, Platão acabou acordando. Bufou, abriu primeiro um olho, depois o outro, espreguiçou-se, ergueu a cauda e, como se nada estivesse acontecido, foi arranhar a porta. Nina lhe deu um beijo na cabeça e o deixou sair, ficando sozinha no laboratório.

Assim que se voltou para o Systema Magicum Universi, viu que uma pequena folha de papel sobressaía do Livro. Era um bilhete do vovô e ela o leu no mesmo instante.

Sala do Doge, 2 de maio, 21:35

Moja djèvocka,

Enquanto escrevo, penso que, quando você receber este bilhete, eu não mais estarei na Terra. Existirei apenas em Xorax e você, então, já terá me visto lá. Espero poder ajudá-la mais uma vez.

Gire a manopla verde que está ao lado da lareira e escute minha mensagem. Você já sabe como agir. Não tenha medo.

1004104 

Vovô Misha

De imediato, Nina se lembrou de que, na vez anterior, quando girara a manopla, a grande luva de ferro retirada de uma armadura medieval, havia aparecido a figura do vovô pouco antes de ter sido morto por Karkon. Sentiu medo de descobrir outras coisas aterrorizantes. Procurou se acalmar, aproximou-se da manopla e girou-a bem devagar. A tela apareceu na parede e imediatamente surgiram as imagens. O professor Misha estava sentado na Sala do Doge, falava com tranqüilidade e sua expressão era sorridente. A gravação fora feita um mês antes de sua morte.

– Ninotchka, a matemática não é uma matéria difícil, basta saber brincar com os números. Vou lhe explicar algumas coisas. Tenha paciência, sente-se no banquinho e me escute com atenção.

"Assim como o tempo, os números servem, mas não existem. Servem, por exemplo, quando se criam fórmulas alquí-

mas ou de quilos de metal, ou de litros dos vários líquidos que precisam ser usados. Essas quantidades devem ser calculadas por meio de números. E você sabe fazer isso muito bem. Portanto, a matemática serve para a alquimia e para a magia porque os números são o segredo para que se possa compreender o universo.

"Você vai encontrar números mágicos. É preciso que saiba: o uso deles pode ser bom ou mau. Depende. Isso já foi explicado no livro de Tadino De Giorgis. Lembra-se? Com os números, somos capazes de criar muitas coisas.

"Cada número pode conter todos os demais. Por exemplo, o 1 contém o 2. Sabe por quê? É fácil: 1+1 = 2; 1+2 = 3; 1+3 = 4. Como você vê, cada número é composto por muitos, por infinitos 1.

"Você deve estar se perguntando 'E de onde vem o 1?'...

"Bem, o 1 vem do 0. Sim, porque o 0 não significa o Nada, o vazio. O 0 é Tudo. O 0 é como a névoa: a gente a vê, mas não pode pegar. O fato é que o 0 existe e dentro dele estão os números!

"Em suma, parece um número sem valor, mas não é. Podemos dizer que o 0 é o Infinito Universo, que contém todos os outros números.

"Lembra-se do que Etérea disse quando falou do Tudo, do Nada e do Sempre? Vou lembrá-la: se o Nada engolir o Tudo, a Sexta Lua morrerá, porque não se pode existir para Sempre.

"E o Nada é o Mal. Com sua Alquimia das Trevas, Karkon quer se apoderar de Xorax através do Nada. E, para consegui-lo, utilizou também os números. Transformou-os de maneira negativa. Utilizou a matemática de modo diabólico. Por isso você precisa entender o uso dos números. Se souber usar os números, derrotará Karkon!

"Bem, voltando ao significado do 0, você precisa compreender que é justamente deste número que nasce o 1, do

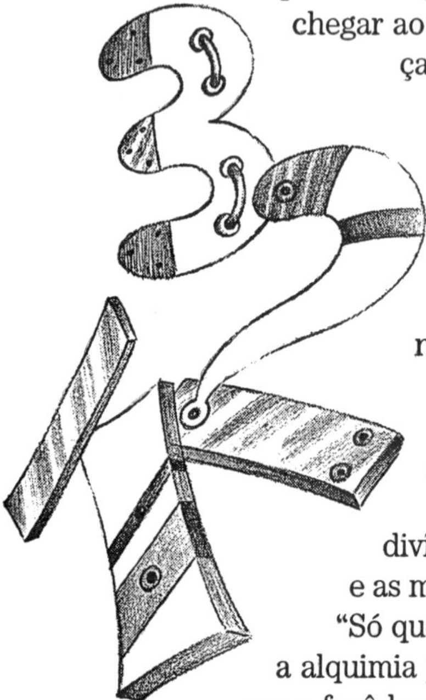

qual se chega ao 2 e assim por diante, até chegar ao 9. Depois temos que recomeçar porque nesse ponto estão o 1 e o 0 juntos, ou seja, o 10, depois vem o 11 e assim continua, até o infinito. Entendeu?

"Portanto, quando usar os números, Ninotchka, tenha em mente que pode ir tanto para frente quanto para trás, dividir ou multiplicar, somar ou diminuir.

"Como? Bem, é fácil: com as divisões, as somas, as subtrações e as multiplicações.

"Só que, como eu já disse, a magia e a alquimia podem transformar os números e fazê-los VIVER. Sim, os números podem se tornar coisas reais, objetos. Enfim, podem assumir diferentes formas.

"Karkon está usando a matemática e a geometria de maneira maléfica. Preste atenção e procure decifrar a Alquimia das Trevas, que é a dele. Os números de Karkon são perigosos.

"ENTRE NO ZERO NEVOENTO E DESCUBRA O MUNDO DOS NÚMEROS BONS.

"Agora, feche os olhos e volte-se bem devagar. O Zero Nevoento a espera.

"Concentre-se e faça o que deve fazer. Lembre-se: Pensar é Criar!

"Eu amo você."

A tela escureceu e voltou para dentro da parede, deixando Nina com os olhos arregalados. Ela os fechou depressa, como o avô havia mandado, voltou-se bem devagar e sentiu no rosto uma brisa suave que despenteou seus cabelos longos. Confiante, tornou a abrir os olhos e, no centro do laboratório, entre a lareira e a bancada de experiências, erguia-se um enorme zero, com cerca de dois metros de largura e outro tanto de altura. A seu redor, havia algo como uma moldura dourada que continha os números gravados. Em seu interior, movimentava-se uma substância esquisita, uma espécie de vapor acinzentado através do qual nada se enxergava.

Era o Zero Nevoento.

Nina tocou-o com um dedo e uma corrente elétrica fez seu corpo todo tremer; em poucos segundos, foi aspirada pelo Zero Nevoento e perdeu todo contato com a realidade.

A menina da Sexta Lua encontrou-se envolta por uma névoa espessa e ouviu o toque de um sino, ao longe. Ela começou a andar, devagar e com as mãos estendidas para a frente, com medo de se chocar contra sabe-se lá o quê. De repente, sobreveio uma rajada de vento quente que dissipou

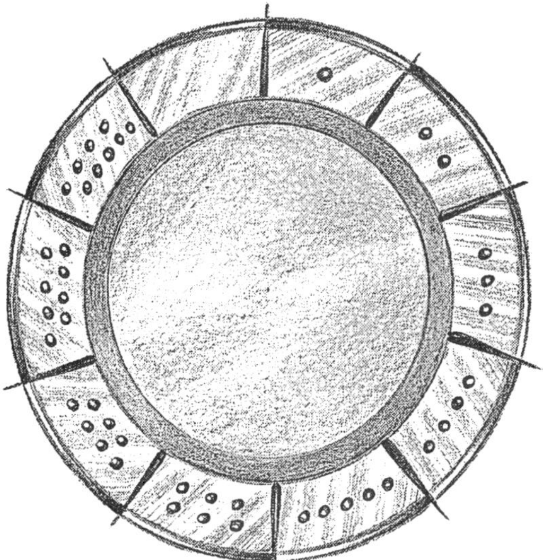

a névoa acinzentada. Era incrível o espetáculo que se apresentou diante dos olhos dela.

Uma enorme extensão de água estava suspensa entre dois céus: o Céu Alto era sustentado por cinco gigantescas colunas e o Céu Baixo era sustentado por quatro colunas maciças. As colunas eram brancas e feitas por uma estranha substância, que não era mármore e nem aço. Tratava-se de uma massa especial de algodão de nuvens e em cada coluna estava gravado um número em negro.

O silêncio que envolvia o Mundo dos Números Bons só era interrompido pelo toque de um sino, que não era visível. A água tinha reflexos do arco-íris e, num piscar de olhos, se encrespou. Então, no centro da imensidão líquida, entre uma espessa camada de espuma alva, surgiram duas enormes mãos monstruosas e verrugosas, idênticas à que Nina tinha visto aparecer no Systema Magicum Universi. As mãos se fecharam, formando punhos, depois uma delas ergueu o polegar assinalando o número 1.

Da coluna à esquerda do Céu Alto, destacou-se o número 1, que desceu e deslizou sobre a água, dirigindo-se para a menina. Quando chegou diante dela, dobrou-se várias vezes sobre si mesmo até se tornar uma pequena tira de tecido preto, muito brilhante. Nina a pegou e, aturdida, guardou-a num bolso do macacão. Aí, a mão verrugosa ergueu o indicador assinalando exatamente o número 2. Da primeira coluna do Céu Baixo, destacou-se o número 2, que se comportou exatamente como o número 1. A cena se repetiu até que as duas mãos chegaram ao número 9 e não havia mais números nas colunas. Quando o dedo mínimo da mão direita se ergueu por último, assinalando o número 10, a água começou a se agitar e as cores do arco-íris se refletiram por todo lado; as grandes colunas de algodão de nuvens começaram a rachar e o sino parou de badalar. Os dois céus caíram um sobre o outro, engolidos pelo mar, que parecia enlouquecido. Nina foi transportada, com violência, de volta ao Zero Nevoento. Nascera o número 10: o 1 e o 0 se haviam encontrado.

A magia havia terminado e iniciava-se a Matemática.

A pequena alquimista foi cuspida fora do Zero Nevoento e viu-se de novo, de joelhos, no chão do laboratório de Vila Espásia.

Seu macacão estava úmido e o cabelo, ensopado. Olhou ao redor, amedrontada, depois enfiou a mão num bolso e pegou as tirinhas de tecido negro: eram os números de 1 a 9. Estava faltando o 0.

– Por todos os chocolates do mundo! Peguei os Números Bons e precisarei usá-los para mudar o destino das máquinas encantadas de Karkon. – Estarrecida, acrescentou: – Mas não tenho o número 0!

Mais uma vez, o avô a ajudará. Para combater os Numeromagos karkonianos, teria que utilizar aqueles novos números, com os quais comporia os códigos dos Arcanos para cumprir sua missão.

Mas Nina não tinha o 0, que era necessário para bloquear o motor das máquinas encantadas. Além disso, para transformar os Numeromagos negativos em positivos, precisaria também da Carta Mater e da Grafite Roxa, dois materiais que ainda teria que encontrar.

Exausta, porém ao mesmo tempo eufórica com tudo o que havia acontecido, a menina da Sexta Lua aproximou-se do Livro, colocou a mão com a estrela sobre a folha líquida e disse:

– Livro, entrei no Zero Nevoento e trouxe os números. Mas está faltando o 0!

*Quando o momento chegar,*
*o 0 você irá encontrar.*

– E onde vou conseguir Carta Mater e Grafite Roxa para eliminar os Numeromagos de Karkon?

*Logo, para muito longe, você irá viajar*
*e esse material irá encontrar.*
*No deserto o que precisa há de estar,*
*mas esses números você não deve levar.*
*O Segundo Arcano agora é preciso libertar.*
*Etérea não pode por muito tempo esperar!*

O Livro se fechou e Nina sentou-se no banquinho:

– Vou ter que usar o Jambir e viajar para o passado, a fim de encontrar o Segundo Arcano. Etérea está aguardando a solução...

A menina colocou as nove tiras de tecido preto ao lado do Systema Magicum Universi e decidiu que deveria avisar os seus amigos o quanto antes. E também precisava saber se o Leão Alado dera sinais de vida.

Capítulo 4

# O desafio de Dodô e o sonho de Nina

O relógio marcava 19 horas 49 minutos e 8 segundos.

– Nossa, como é tarde! Desta vez, Ljuba vai mesmo pegar no meu pé!

Nina saiu correndo do laboratório e tropeçou no pobre Adônis, que adormecera diante da porta da Sala do Doge. A biblioteca estava praticamente às escuras, apenas uma luminosidade muito pálida transparecia entre as junções das cortinas de um vermelho-escuro. A menina rolou pelo chão e o enorme cachorro a lambeu inteira, fazendo-a morrer de rir.

De repente, um barulho que vinha da Sala da Lareira chamou sua atenção.

Nina saiu para o corredor e viu na parede, projetada pela luminosidade trêmula de velas, uma sombra inquietadora. Apressou o passo e deu com um homem de aspecto sinistro. Estava de costas para ela, coberto por uma longa capa negra e usava um estranho chapéu pontudo. No chão, aos dois lados dos pés dele, havia duas grandes bolsas de couro, de viagem, e uma pilha de livros amarrados com barbante.

– Quem é você? – perguntou Nina, em voz bem alta. – Quem o deixou entrar?

O homem se voltou lentamente, tirou o chapéu e...

– Professor José! – alegrou-se Nina.

Era ele mesmo. Era o professor que acabava de chegar de Madri para dar aulas à pequena alquimista.

Num instante, os dois achavam-se à mesa, onde tomaram um café-da-manhã reforçado. Depois de perguntar como estavam as tias Andora e Carmen, Nina contou sobre os fatos essenciais e, claro, não revelou a existência da Sexta Lua.

– Estou contente. Senti muita falta das suas aulas. – A menina olhou com firmeza para o professor e acrescentou: – Mas tem que me prometer uma coisa: jamais me pergunte o que eu e meus amigos fazemos.

Perturbado pelo tom solene, o professor perguntou:

– Que amigos?

– Dodô, Flor, Roxy e Cesco. Eles me ajudam a... Bem, não posso lhe dizer mais nada. Como também é alquimista, o senhor me entende, não? Estou obedecendo a ordens do vovô e, portanto...

A menina foi interrompida por José:

– Antes de morrer, o professor Misha me escreveu uma carta que na época não compreendi. Depois, quando a tragédia aconteceu, tudo ficou claro. Não se preocupe, não vou me intrometer na sua vida, mas precisa prometer que, em caso de dificuldades, me pedirá ajuda. Apresente-me a seus amigos e aos pais deles.

Ljuba, que acabara de vir da cozinha trazendo duas porções de torta de damasco, dirigiu-se toda gentil ao professor:

– Seu quarto já está pronto, no chalé de Carlo, o jardineiro. Fica a poucos metros da casa, entre as árvores do nosso jardim. Carlo Bernotti é um homem sossegado e de confiança. Não vai incomodar o senhor.

– *Muchas gracias*, Ljuba. Tenho certeza de que vai ser ótimo. Mas vou ficar apenas alguns dias – disse José, olhando para Nina. – Trouxe livros e testes para cada matéria, inclusive alquimia, claro.

– Que bom! – alegrou-se Nina, engolindo um pedaço de torta.

– Olhe, este aqui é o livro dos Alquidesenhos. É muito útil para que se compreendam as formas dos objetos e as fórmulas alquímicas ligadas a eles. O pó de cometa os faz brilhar *por la noche*, assim você poderá estudar mesmo no escuro. Há testes de Geografia, História, Matemática e Ciências. Já preparei o programa e submeti ao diretor de sua escola, que o aprovou. É evidente que não passei para ele a parte dedicada à alquimia – acrescentou o professor, rindo –, pois sei que é proibido.

Nina pegou os livros e agradeceu a José.

– Vou telefonar para meus amigos. Quem sabe poderemos ir à casa deles, assim o senhor já conhece também os pais.

Mas justo naquele momento, enquanto tudo parecia correr bem para quem estava em Vila Espásia, do outro lado de Veneza acontecia uma verdadeira tragédia.

Um telefonema agitou a "Loja Dominó", dos pais de Dodô e de Cesco.

– Alô?... Aqui é do Pronto-Socorro. Queremos avisar que seu filho Dodô se encontra aqui, em condições graves.

A voz do enfermeiro entrou como um foguete no ouvido do pai do menino, que conseguiu apenas gaguejar:

– O que acon... acon... aconteceu?

– É melhor que o senhor venha já. Os médicos explicarão tudo.

Desligaram.

O pai de Dodô, que era tímido e gaguejava como o filho, voltou-se para a esposa:

– Va... va... vamos, querida. Vamos para o hos... hos... hospital. Dodô es... es... está muito mal.

A mulher deixou cair no chão o molde de gesso de uma máscara que estava fazendo e saiu correndo com o marido, deixando os pais de Cesco aflitíssimos. O ambiente alegre que sempre havia na "Loja Dominó" havia se desvanecido num instante.

A mãe de Cesco telefonou para as mães de Flor e de Roxy, contando o que acontecera:

– Dodô está internado no hospital. Precisamos falar com o diretor da escola e com as crianças. Elas devem estar sabendo de alguma coisa. Hoje é o primeiro dia de aula e não entendo o que aconteceu com Dodô.

O diretor da escola disse que Dodô não havia aparecido por lá... Àquela altura, Cesco, Roxy e Flor já estavam sabendo que o amigo havia se metido numa enorme encrenca e que na certa Karkon tinha tudo a ver com isso.

Os três pegaram seus rubis da Amizade Duradoura e viram que não estavam luminosos e nem quentes.

– Esquisito, muito esquisito... – disse Roxy, pensativa. – Se Dodô tivesse passado por algum perigo, estas pedras preciosas mágicas nos teriam avisado.

Acontece que, antes de ir para a escola, Dodô havia passado pelo Edifício Ca'd'Oro, como dissera aos amigos. Com um medo de arrepiar, ele se escondeu atrás de uma coluna para espiar a movimentação dos andróides. Mas Alvise e Barbessa o descobriram e agrediram selvagemente. O menino tentou se defender e, vendo-se perdido, apertou na mão o rubi da Amizade Duradoura. Pelo menos, era o que ele pensava: logo depois, viu que no bolso tinha apenas uma noz! Uma estúpida noz que confundira com a pedra preciosa!

– De... de... deixem-me em paz se... se... seus an... an... andróides mal... mal... malditos! – gritou o menino tímido e corajoso. – Socorroooo!

Porém, as mãos geladas dos andróides abafaram seus gritos. Com facas e lâminas de barbear enferrujadas, rasparam a cabeça dele a zero e deixaram seus bonitos cabelos ruivos caídos no chão. A maneira violenta como haviam manejado as lâminas tinha produzido cortes profundos na cabeça de Dodô. O rosto dele, todo pintado de sardas, se tornou uma máscara de sangue e, por causa da dor, dos socos e pontapés, o garoto perdeu os sentidos. Foi encontrado por um lixeiro, que imediatamente chamou uma ambulância.

Deitado na cama do hospital, com a cabeça enfaixada e uma agulha de soro enfiada num braço, Dodô ainda estava em estado de choque e não parava de repetir:

– Ge... ge... gêmeos com o K. Ga... ga... gatos mortos. De... de... detenham-nos.

Mas os médicos não tinham a menor idéia do que ele dizia.

Só quando os pais chegaram, o menino se acalmou e tentou explicar o que havia acontecido, mas sem revelar o segredo da menina da Sexta Lua.

– Levou uma surra para salvar uns gatinhos! É uma loucura! Temos que descobrir essas duas crianças que têm um K na roupa – disse a mãe de Dodô ao prefeito.

Loris Sibilo Loredan havia sido avisado do ocorrido e, estranhamente, foi para o hospital.

– Minha cara senhora – respondeu o prefeito com frieza –, com certeza o seu filho foi vítima de dois marginais, porém fiquei sabendo que ele não respeita a lei.

– Co... co... como é? – reagiu o pai de Dodô. – O que o se... se... senhor quer dizer?

– Que o seu filho foi agredido por afirmar uma coisa muito grave, ou seja, que o Leão Alado está vivo e é mágico. O senhor sabe muito bem que isso não é verdade. O *Decreto* que mandei afixar pela cidade é bem claro! Preciso interrogar Dodô.

O prefeito demonstrou-se irremovível e não se comoveu nem um pouco ao chegar diante do menino todo machucado.

Os pais de Dodô observavam LSL com atenção e este, temendo que a reação deles pudesse criar mais problemas, acrescentou:

– Vamos esperar que ele fique bom e depois veremos se deve ir ou não para a prisão do Chumbo. Sei que se trata de uma criança e talvez ele possa voltar para casa, se negar a existência de acontecimentos mágicos em Veneza. Se não for assim... será preciso aplicar a lei. A lei é igual para todos!

Em seguida, o marquês girou sobre os calcanhares e foi embora, deixando pasmas as pessoas que lá estavam.

Quando saía do quarto do hospital, LSL encontrou com Cesco, Flor e Roxy, que o olharam com desprezo e foram direto para a cabeceira da cama de Dodô. Flor chorou como uma fonte, Roxy acariciou o rosto do amigo e Cesco apertou-lhe a mão com afeto.

Dodô fez sinal para que Cesco se aproximasse e segredou-lhe ao ouvido:

– Eu di... disse só uma par... parte da verdade. Não tra... traí Nina. Não traí vocês. Mas é pre... pre... preciso deter aqueles ge... ge... gêmeos. O pre... pre... prefeito acreditou neles e não em mim. Eles lhe di... disseram que eu an... ando falando em magia.

– Você não estava com o rubi, Dodô? – perguntou, baixinho, Cesco.

O garoto ferido fechou os olhos e abriu a mão direita, mostrando a noz.

– Pe... pe... pensei que fosse o ru... ru... rubi...

Cesco fitou-o, compreensivo, e sacudiu a cabeça.

Dois médicos entraram no quarto. Primeiro mediram a febre do internado, depois verificaram a bandagem.

– Bem, ele pode ir para casa, mas precisa tomar antibiótico pelo menos por duas semanas. Depois, tragam-no aqui para tirarmos os pontos. Ele tem que ficar em repouso absoluto!

Os pais, ainda transtornados, segurando Dodô pelo braço, dirigiram-se para a saída.

Avisada por Cesco, Nina foi com o professor José para a casa de Dodô. Os pais do menino fizeram o professor se acomodar e começaram a contar-lhe o que havia acontecido, enquanto as crianças foram para o quarto e se reuniram ao redor do garoto, que ainda demonstrava terror no olhar. Cesco procurou nas gavetas da escrivaninha, encontrou o rubi da Amizade Duradoura e colocou-o embaixo do travesseiro.

– Mantenha-o sempre com você e cuidado para não perdê-lo.

Nina olhou para a cabeça enfaixada e jurou para si mesma que os gêmeos iriam pagar caro. E, abaixando a voz, disse a todos:

– Dodô foi muito corajoso e desafiou o Mal. Desta vez, o maldito K venceu, mas logo vai nos pagar. Consegui ler as Anotações. Agora sei o que são os Numeromagos e a Mecanogeometria. Entrei no Zero Nevoento...

– Zero o quê? – Roxy torceu o nariz.

– O Zero Nevoento é o local onde se escondem todos os Números Bons. Agora não dá para explicar, é muito difícil – cortou a menina da Sexta Lua.

– Ze... Ze... Zero Nevoento... – sussurrou Dodô com um fio de voz. – De... deve ser lindo.

– E você precisa ficar bom logo, porque sem a sua ajuda não podemos ir em frente. Ah, se vocês soubessem o que descobri sobre os andróides de Karkon! Existem outros por aí... Eles vivem cem anos, são modelos antigos, mas poderosos, e parecidos com o clone mecânico da tia Andora. Os que são como Alvise e Barbessa vivem apenas 11 anos e têm coração de gato, ao passo que os adultos...

Nina foi interrompida por Flor:

– Coração de gato? Então, é por isso que...

Dodô arregalou os olhos:

– O... o... o quê?

Nina não teve tempo para explicar. Os pais de Dodô e o professor José entraram no quarto e a mãe do menino deu a boa notícia:

– O professor irá falar com o prefeito Loris Sibilo Loredan para evitar que Dodô seja interrogado a respeito do Leão Alado. – Voltou-se para o filho: – E ele virá aqui todos os dias para cuidar de você. Terão oportunidade de ler muitos livros juntos e, além disso, você poderá estudar sem ir à escola. Contente?

Dodô fez que sim com a cabeça e esboçou um sorrizinho. Claro que estudar não era seu maior sonho naquele momento, mas gostava da idéia de ter a companhia do estranho professor espanhol. Nina abraçou José e murmurou ao ouvido dele:

– O senhor não tinha que ir embora logo?

– Resolvi adiar os outros compromissos – sussurrou o senhor, ajeitando a capa. – É importante que fique aqui, com vocês.

Dodô precisava ficar bom e evitar ir para a prisão do Chumbo, que ficava nos porões do Palácio Ducal e era formada por celas úmidas e escuras.

O professor manteve o prometido. Todos os dias, à tarde, ia à casa de Dodô. As leituras que faziam juntos eram variadas: passavam da Geografia para a História alquímica e o menino fazia progressos notáveis. Já chegara a ler o livro dos Alquidesenhos e a usar o pó de cometa. Sua cura ia se adiantando na mesma proporção que seus conhecimentos.

Mas os programas de Nina e dos outros três amigos eram muito diferentes: a missão da Sexta Lua precisava continuar, de maneira inexorável.

Se por um lado eles tinham compreendido que os gatos eram mortos para que as crianças andróides vivessem, por outro ainda estava por ser descoberto o mistério de como utilizar os números encontrados por Nina.

Eram 9:00 de sábado, dia 25 de outubro. Ljuba estava na cozinha, Platão comia uma suculenta porção de sardinhas e Adônis degustava um grande osso. A governanta se aproximou do calendário pendurado na parede e exclamou:

– *Djén rozhdjénija*! Aniversário! Amanhã Ninotchka completa 11 anos!

Tirou o avental e começou a organizar uma lista dos ingredientes necessários para fazer bolos, biscoitos e refrescos. Mas a disposição de Nina não andava boa e ela não estava a fim de festas. Dodô ainda não se encontrava em condições de sair de casa, os outros estavam ocupados com o caso do Leão e ela precisava compreender o funcionamento dos números o quanto antes.

– Merengue, não precisa de tudo isso! Basta uma fatia de bolo e uma caneca de chocolate com chantili. Não estou com vontade de festejar.

Ljuba imobilizou-se, com a lista na mão, mas não abriu a boca. Então, a pequena alquimista abraçou-a com força e acrescentou:

– Você é maravilhosa, sabe? Insubstituível. Ainda vamos dar um montão de festas. Mas agora não é o momento. O melhor presente que pode me dar é ter muita paciência comigo.

Nina saiu da cozinha com passos decididos, foi para o laboratório da vila e passou a consultar inúmeros livros em busca de uma solução.

– Preciso descobrir o mais depressa possível como usar os números que encontrei no Zero Nevoento – murmurava a menina para si mesma. – Quem sabe uma poção pode me ajudar. Mas qual delas?

Ao fazer essa pergunta, seus olhos deram com o Caderno Negro do avô. A Poção do Potássio pareceu-lhe a mais adequada.

*O Potássio faz falar dormindo, provoca alucinações e estimula premonições: 31 gotas bastam para a finalidade.*

– Uma premonição... Pronto, encontrei. Se eu conseguir ver em sonho o que devo fazer, poderei prosseguir.

Nina havia decidido. Pegou o vidro com pescoço torto, que continha Potássio, pingou trinta gotas em uma xícara e bebeu sem hesitar. Não tinha medo algum: aquela fórmula fora escrita pelo avô e não apresentava contra-indicações. Mas não esperava o que aconteceu.

O relógio marcava 23 horas e 5 minutos. Era um horário bom para ir dormir e esperar o sonho revelador. Agasalhada pelo cobertor de lã macia azul-turquesa, com Platão e Adônis deitados no tapete ao lado da cama, Nina adormeceu serenamente e entrou no mundo dos sonhos, acompanhada por lindas imagens de plantas e flores muito coloridas. O Potássio começou a fazer efeito e as premonições povoaram o sonho da menina.

De repente, um manto enorme, vermelho, cobriu todo o cenário e Nina sentiu o corpo inteiro gelar. Estava impossibilitada de voltar à realidade, de acordar. Sentiu na boca aquele gosto de cheiro podre que lhe lembrava Karkon, mas não conseguiu abrir os olhos. No sonho apareceu uma figura coberta por um hábito negro com um capuz que praticamente lhe ocultava o rosto. Nem mesmo as mãos eram visíveis, porque as mangas longas e amplas as cobriam. A figura caminhava lentamente por um prado de plantas verdes e luminosas; depois, sentou-se numa rocha, cruzou as pernas e, sempre mantendo o misterioso rosto abaixado para que não fosse visto, falou:

– Venha para junto de mim. Espero os seus passos.

A voz era macia, persuasiva, e parecia a de um homem idoso e paciente. Nina ouviu as palavras daquele indivíduo tão calmo, mas que despertava receio, e perguntou:

– Quem é você?

Ele se ergueu de novo e sacudiu os ombros:

– Sou aquilo de que você precisa.

– Como é o seu nome? – insistiu a pequena, cada vez mais curiosa.

– Não se diz meu nome – respondeu o estranho monge. – Sou aquilo de que você precisa.

– Do que eu preciso? – Nina não estava entendendo, de fato. – E como sabe do que eu preciso?

– Foi você que veio me procurar, então se aproxime e venha comigo – disse a figura.

As pernas de Nina estavam muito pesadas e ela não conseguia andar; alguma coisa a impedia. Sentia-se atraída por aquele velho vestido com hábito monacal, mas no íntimo sabia que não devia se aproximar dele.

A voz se tornou mais persuasiva e insistente:

– Espero os seus passos.

A menina da Sexta Lua ficou olhando o monge se distanciar e notou uma coisa inquietante: ele não tinha sombra. Ela ergueu os olhos; o céu estava azul e límpido, mas sem Sol.

*Como é possível haver luz sem Sol?*, ela se perguntou mentalmente.

Quando tornou a olhar para o prado verde, viu que, no lugar do homem sem sombra, havia dezenas de pombas brancas, que levantaram vôo. Nina ficou deslumbrada, porém sua respiração começou a se tornar ofegante; sentiu tontura, sua garganta se fechou dolorosamente a ponto de quase sufocar. O manto vermelho a envolveu apagando tudo e ela acordou sobressaltada.

Estava em sua cama, completamente suada. Ainda ouvia aquela voz, como um eco.

*O Potássio... Vai ver que me enganei na dose*, pensou. O sonho que tivera não era uma premonição que lhe servisse. Nada de números. Nenhuma explicação. Apenas a imagem fugidia de um velho sem rosto e sem sombra.

Continuou a pensar naquilo enquanto tomava banho. O medo crescia em seu coração e ela não entendia o que estava acontecendo. Principalmente, não compreendia por que sentira o gosto do hálito putrefato do conde.

– Ninotchka, Ninotchka, feliz aniversário!

Sorridente e com os olhos brilhando, Merengue entrou no quarto com uma bandeja repleta de coisas gostosas. Nina não queria causar preocupações à governanta e então, em vez de lhe contar o que sonhara, comeu com entusiasmo os brioches, os biscoitos e tomou o café-da-manhã em companhia da meiga Ljuba.

– Há uma surpresa para você! – disse a governanta, depois de tomar um gole de café.

– Surpresa? – alegrou-se Nina.

– É! Olhe, acaba de chegar de Moscou!

E Merengue entregou-lhe uma carta de Vera e Giácomo.

– Oh, finalmente!

Emocionada, Nina rasgou o envelope.

– Vamos ver o que eles dizem!

Leu em voz alta:

*Mockba, Centro de Pesquisas Ferk, rua Dostoewskij, 16.*

*Olá, senhorita! Feliz aniversário!*

*Gostaríamos de estar aí para festejar: pensamos tanto em você!*

*Agora, está ficando grande e nos dá muito orgulho: você é o mais lindo presente que a vida nos deu. Hoje, divirta-se bastante com seus amiguinhos.*

*Aqui faz muito frio. Seu pai e eu trabalhamos até tarde da noite. Estamos cansadíssimos, mas contentes.*

*Sentimos muita saudade!*

*Tem ouvido o cubo tocar? Pegue-o toda vez que pensar em nós.*

*Estude bastante, filha. Sei que o professor José está por chegar: seja boazinha e não o deixe zangado.*

*Beijos,*
*Mamãe e papai*

Como sempre, Ljuba começou a chorar. Nina também se comoveu; apertou a carta contra o peito e tocou nos cubos que estavam num bolso. Naquele momento, seus amiguinhos entraram, acompanhados pelo jardineiro.

– Ei! Você aí, que está ficando mais velha hoje! – provocou-a Roxy e abraçou-a com aquele seu modo um tanto rude

– Está feliz? – perguntou Flor.

– Claro que estou – respondeu Nina, mostrando-lhes a carta que acabara de receber.

– Feliz aniversário, Ninotchka! – Entoaram os três em coro.

Cesco se adiantou e, todo atrapalhado, entregou-lhe um embrulho.

– É um presente nosso e do Dodô – disse.

Nina desfez o embrulho num piscar de olhos e encontrou um presente muito original: uma fotografia emoldurada dos quatro amigos. Todos haviam assinado a foto e no verso estava escrito: “Para Nina, a amiga mágica que nos faz voar.”

– Vocês são muito legais... – A menina abaixou a cabeça e um véu de tristeza passou-lhe pelos olhos. – É um presente valioso para mim.

– E aí, cadê a festa? – Cesco cobrou.

– Não vai ter festa, Cesco. Não é o momento de festejar.

Os três ficaram olhando, intrigados, para ela. Ljuba abriu os braços, cão e gato se deitaram no tapete, bufando.

– Ela está triste por causa dos pais... – sugeriu Flor.

Roxy concordou com a cabeça, mas Cesco discordou:

– Não, não. Acho que é por outra coisa.

O garoto tinha razão. Nina ainda estava perturbada com o sonho daquela noite, mas não queria contar nada aos amigos.

– Vamos para o Aqueus Profundis. Precisamos falar com Max. Talvez ele nos dê explicações sobre os números.

Nina saiu andando depressa e os três a seguiram.

Assim que entraram no laboratório submarino, viram Max 10-pl ocupado, limpando a andróide Andora, que, estranhamente, não se opunha.

– Olá, pexxoal! Hoje Andora extá boazinha – explicou o robô. – Dexde que bloqueei o *microchip* no cérebro dela, tornou-xe quaxe ximpática.

Até que enfim Nina riu naquele dia. Mas, antes que começasse a fazer mil perguntas a Max sobre os números, ele lhe deu uma notícia inesperada:

– Etérea lhe mandou uma menxagem urgente. Você precixa ir já para Xorax, porque o Mirabilix Fantaxio extá em grave dificuldade. Vá pegar um Dente de Dragão enquanto eu inicio o procexxo.

Nina se movimentou como um raio e no instante seguinte entregou o Dente de Dragão para Max, que o enfiou no computador para dar-lhe energia e depois, diante dos olhares ansiosos das crianças, digitou o nome de Nina e o seu código, 5223312.

Eram 12:03:08. Nina já havia se sentado no trono de vidro e segurava o Taldom Lux.

– Até logo, gente. Vocês vão ficar aí imóveis, aguardando minha volta. O tempo vai permanecer parado. Para mim, esta viagem é um lindo presente de aniversário!

Flor se agarrou a um braço de Roxy, enquanto Cesco observava com atenção tudo o que Max fazia. O trono de vidro começou a vibrar, em seguida uma luz enceguecedora e um vórtice de cores envolveram a menina da Sexta Lua. O Taldom ficou transparente e um clarão azul levou-a embora, deixando Max e as crianças com os olhos arregalados.

A viagem começou. Nina se lembrava bem das sensações que tivera da primeira vez. Relâmpagos, centelhas e neblina percorrida por brilhantes minúsculos envolviam-lhe o corpo. Logo se viu dentro de uma esfera transparente que vagava pelo universo. Ela olhava para tudo, fascinada, e viu a Terra ficar cada vez mais longe. Pouco depois, deixou de ver o Sistema Solar. Atravessou galáxias grandes e pequenas, o universo pulsava de vida e, de vez em quando, fulgores de meteoritos e cometas cortavam o negro céu infinito. De súbito, a menina se viu dentro de uma espécie de mar espesso sem luz e sem cor. Era o Nada cheio do Tudo. Também se lembrou daquela sensação. Ela havia acabado de entrar no Universo Mágico, onde o espaço e o tempo são uma mesma coisa. Ouviu uma música suave. O Taldom Lux ainda estava transparente e os olhos do Gugui emitiram um raio cor-de-rosa que se dirigiu para a Galáxia de Alquimídia. Rajadas de vento despentearam os cabelos de Nina e à sua frente surgiu Xorax, a Sexta Lua, de um luminoso verde-esmeralda e ao redor da qual giravam três sóis e milhares de estrelas.

Seus pés flutuavam um metro acima do chão quando a pequena abriu os olhos e deparou-se com um imenso palco de luz. Talvez cem ou duzentos xoraxianos compunham a majestosa orquestra da Sexta Lua. Cada qual tinha o seu instrumento: violinos e violas, contrabaixos e flautas, harpas e tambores, fagotes e pianos brilhavam como pedras preciosas.

Três maestros flutuavam no centro do palco e faziam o Taldom Lux se movimentar como se fosse uma batuta. A um sinal dos maestros, a orquestra começou a tocar. Difundiu-se uma música que encantava a alma, ondas harmônicas propagavam-se pelo ar e se faziam presentes em todos os lugares.

O espaço, a luz, as cores e os pensamentos se haviam tornado apenas música.

Arrebatada pela sinfonia, Nina olhou para o céu: os três sóis trocavam raios entre si e as cinco luas giravam entre as estrelas e planetas. A Galáxia de Alquimídia pulsava ao ritmo daquela música extraordinariamente suave. A menina não pôde conter lágrimas de emoção diante daquela magia espetacular. Elas desciam dos olhos azuis molhando-lhe as faces: era a água da felicidade que banhava seu rosto humano. Sentia uma imensa alegria e não conseguia controlar a emoção. Aí, um relâmpago de luz vermelha e deslumbrante tirou-lhe a visão por alguns momentos, a orquestra se desvaneceu e a música silenciou de repente. Voltou o silêncio.

Nina estava diante do Mirabilis Fantasio. Era um palácio impressionante, inteiramente luminoso. Ao lado de uma das imensas colunas do edifício de luz sólida, estava a Madre Alquimista, que voou para junto da menina. O límpido corpo alongado ondulava para a direita e para a esquerda; sua figura era esguia e muito alta, e seus olhos emanavam meiguice:

*Bem-vinda, Nina 5523312.*
*Você ouviu a Harmonia do Universo.*
*Sua música é feita de pensamentos puros*
*e é como a luz:*
*vai direto aos sentimentos que dão a Vida.*

A voz telepática de Etérea penetrou nos ouvidos de Nina, que se impressionou com suas palavras.

– A Harmonia? – indagou a menina. – A luz?

*Não pode haver falsidade na Harmonia,*
*mas sim e apenas a verdade.*
*É o equilíbrio de todas as coisas.*
*Entende?*

– Pode ser, mas não é fácil de entender... Aquela música transmitia algo que eu nunca havia escutado. Sons estranhos, fantásticos. A Harmonia é feita de notas musicais e de pensamentos?

*Isso mesmo.*
*O concerto foi dedicado a você.*
*Tenho outro presente para o seu aniversário.*
*Mas, antes, olhe mais uma vez para o Mirabilis Fantasio.*
*A energia está para terminar, as andorinhas da ilha de Páscoa trouxeram muitas idéias, mas não o suficiente.*
*É importante as crianças terem voltado a pensar.*
*O Primeiro Arcano foi libertado,*
*agora é preciso encontrar o Segundo.*

Nina voltou-se para a imensa estrutura, mas não conseguia manter os olhos abertos diante da luz ofuscante que dela emanava.

– Onde está o Segundo Arcano?

*O Jambir a levará a uma terra maravilhosa,*
*onde as belezas se misturam com as insídias.*
*Vou dar-lhe um objeto mágico.*

Etérea levantou vôo e subiu muito. Dançando, jogou um cubo cintilante de goasil rosa, a pedra mágica da Sexta Lua. O cubo foi diretamente para as mãos de Nina.

– É igual aos outros dois cubos que eu tenho. Para que servem esses três cubos?

Etérea fitou a menina e, com a força do pensamento, enviou-lhe uma resposta misteriosa:

*Sete notas para os dois primeiros,*
*o Cubo de Goasil emitirá o oitavo som.*
*Quando e onde, não posso lhe dizer.*

– Não pode? – surpreendeu-se Nina. – Por quê?

*Utilize o Saber. Utilize a Música.*
*Nas Palavras, nos Sons e nos Números está o universo.*
*O professor Misha já lhe explicou isso.*
*Não faça aos outros as perguntas que pode responder sozinha.*

– Sei... Por falar nisso, entrei no Zero Nevoento. Ajude-me a entender o que fazer para mudar os números de Karkon. Depois, sonhei com um monge que...

Nina não terminou a frase porque Etérea havia se transportado para bem perto dela. Os olhos enormes, de um azul que Nina nunca vira, espelhavam seu rosto.

*Você terá que enfrentar o Mal para vencer.*
*Use o Saber. Use a Música. Use os Números.*
*Olhe dentro de sua mente e não escute a Voz.*
*Escute apenas seu coração.*
*A Harmonia bloqueia a ferocidade.*
*O equilíbrio das coisas contém ritmos e cores.*
*Mas cuidado com a Voz: ela poderá*
*levar você para longe de nós.*

– Está falando da Voz da Persuasão? – agitou-se a menina. – O monge é essa Voz?

*A Voz vai voltar porque já está dentro de você.*
*Contra ela existe apenas a sua Vontade.*
*Agora, pense no Segundo Arcano e procure a Harmonia.*
*Você já tem a Oitava Nota e precisa saber usá-la.*
*Nina, às vezes as palavras se ocultam atrás de máscaras.*
*Cuidado com o que escutar.*
*O Mal sempre atrai mais do que o Bem,*

*mas apenas a Harmonia*
*mostra a Verdade das palavras.*

Assim que terminou de transmitir a mensagem telepática para Nina, Etérea deslizou para longe, acompanhada por um grupo de xoraxianos. A menina ficou sozinha.

*Uma verdadeira aula de filosofia e de alquimia*, pensou ela, perturbada.

Dúvidas e incertezas, medos e temores se agitavam no íntimo da menina da Sexta Lua, que, flutuando no ar de Xorax e concentrada em seus pensamentos, de repente chocou-se com alguma coisa...

– Esbáquio! – alegrou-se Nina.

O grande floco branco, com boca e orelhas amarelas, sorriu para ela. A seu lado estavam Ondula, a borboleta com rosto humano, que lhe piscou um olho, e Tilinto, o estranho animal de plumas roxas e azuis, em forma de sino, que fazia *tilim, tilim* quando andava. Longe deles, perto do lago, Quásquio, o peixe cor-de-turquesa, que podia ficar fora da água, cumprimentou-a acenando com uma das barbatanas. Ondula voou para perto da menina, deu-lhe um punhado de pétalas de misyl, bateu as asas com rapidez e sorriu. Nina agradeceu, guardou as pétalas num dos bolsos do macacão e ia falar quando sentiu um vento quente às suas costas. Voltou-se e viu que o grande portão do Mirabilis Fantasio estava se abrindo. Pela fenda saiu um facho de luz de um azul intenso e, no interior dele, a pequena viu a silhueta do avô. O professor Misha ergueu uma das mãos e, com o indicador, escreveu palavras de fogo que ficaram suspensas no ar por alguns segundos:

*Feliz aniversário, moja djèvocka!*

Emocionada, Nina tentou se aproximar do avô, mas sentiu que seu corpo se erguia muito alto e, em seguida, um turbilhão de vento a levou embora.

A viagem de volta foi veloz como o pensamento. Escuridão e cores, relâmpagos e meteoritos passavam rapidamente diante dos olhos da menina, que apertava o Taldom contra o peito. De repente, viu-se de novo sentada no trono de vidro do Aqueus Profundis.

Max e os amigos ali estavam, do mesmo jeito que antes: com as bocas ainda abertas e o olhar encantado. O relógio continuava marcando 12:03:08.

– Vejam, ela voltou! – disse Roxy, aproximando-se de Nina.

– Você está bem? – sussurrou Flor.

Nina se ergueu, ainda perturbada pela música da Sexta Lua, e olhou para os amigos. Depois fechou os olhos:

– O vovô, Etérea e a grande orquestra... foi maravilhoso.

– Orquextra? – perguntou Max.

Ele também se aproximou da menina, parou, inclinou a cabeça de lado, o que fez seu pescoço ranger um pouco, e fitou-a com curiosidade.

– Sim, Max. A orquestra tocou para mim, para homenagear o meu aniversário. A Harmonia do Universo é fantástica – contou Nina, feliz, tirando do bolso as pétalas de misyl dadas por Ondula. – Não sei como explicar.

– É uma grande honra excutar aquela múxica. Quando eu extava em Xorax, nunca a ouvi, max me falaram muito a rexpeito – disse o andróide, que pegou as pétalas de misyl e cheirou-as. – Ah, mixyl... perfumadíxximo. Vou colocá-lax numa xícara.

– E depois, o que aconteceu? – perguntou Cesco, curioso.

Nina tirou do bolso o Cubo de Goasil:

– É o terceiro cubo, foi Etérea que me deu. Os dois primeiros emitem as sete notas musicais e este emite a oitava.

Nina jogou o cubo para cima, para ouvirem a misteriosa nota, porém nada aconteceu. Cesco aparou o cubo quando ele desceu e esfregou-o na malha que usava.

– Experimente de novo.

Nada, o Cubo de Goasil continuava mudo. Então, Max sugeriu:

– Vai ver que aqui ele não toca, max em outro lugar...

A menina da Sexta Lua pensou por alguns instantes e disse:

– Precisamos usar o Jambir e voltar ao passado. O Segundo Arcano tem que ser desbloqueado. Talvez o cubo de Etérea só funcione quando for necessário.

– Vamos partir já? – perguntou Flor, aflita.

– O mais depressa possível – decidiu Nina. – Mas antes quero falar com o Systema Magicum Universi, talvez ele dê alguma resposta sobre o Cubo de Goasil.

Rapidamente as crianças se despediram de Max, atravessaram o túnel e foram para o laboratório de Vila Espásia.

Nina colocou os três cubos sobre a bancada de experiências, apoiou a mão com a estrela sobre a folha líquida e perguntou:

– Livro, o que devo fazer para que o Cubo de Goasil soe?

*A Oitava Nota misteriosa vai ficar*
*enquanto a dança não se iniciar.*
*E, menina, não seja apressada:*
*medo e ansiedade não levam a nada.*
*A Harmonia você terá que criar*
*para poder o Arcano salvar.*
*Mas, antes de a viagem empreender,*
*apenas uma coisa eu posso lhe dizer:*
*pegue o Pó de Rubi antes de partir,*
*porque de muito ele poderá servir.*

O Systema Magicum Universi se fechou, deixando as crianças perplexas.

– Dança? – estranhou Roxy. – Que dança?

– Xii! Agora a gente vai ter que dançar também? – perguntou Flor, ajeitando a saia.

Nina e Cesco se entreolharam, preocupados, depois o menino sugeriu:

– Talvez exista alguma ligação entre a música que você ouviu, a dança e a Oitava Nota.

– Pode ser... – A menina da Sexta Lua tornou a guardar os cubos no bolso. – Acho que a Oitava Nota encerra um mistério. Mas não entendo por que preciso levar Pó de Rubi. Ele não serve nem para dançar e nem para tocar. Ondula come Pó de Rubi para se tornar mágica.

Flor se aproximou da lareira e pegou uma caixinha vermelha, laqueada.

– Aqui está o Pó de Rubi. Quanto temos que levar?

– Tudo – respondeu Nina. – Mas, agora, vamos visitar Dodô e ver como ele está. Depois iremos viajar, voando com o Jambir.

Ao sair do laboratório, as crianças encontraram Adônis, que abanava a cauda, todo feliz; estava farejando um possível passeio. E, de fato, o cão foi incluído no grupo, que se encaminhou rapidamente para a casa de Dodô.

Mas Dodô não estava sozinho. Em uma viela muito próxima da casa, Irene e Gastilo se achavam a postos, usando os costumeiros bonés e malhas com a letra K. Espiavam o garoto às escondidas.

Nina e seus companheiros não perceberam os dois andróides e entraram na casa. O professor José estava dando uma aula de História para Dodô, que, com a cabeça ainda enfaixada, ouvia atentamente.

– Então, Napoleão Bonaparte era um imperador... – dizia o professor e se calou quando viu Nina. – *Hola!* Que agradável surpresa vê-los aqui.

– *Hola, hola!* – respondeu Flor, que se aproximou de Dodô e lhe entregou algumas balas. – Como vai?

Nina voltou-se para o professor:

– Não faça perguntas, agora temos que partir. Diga aos pais de meus amigos que estamos na Vila Espásia, estudando. Está bem?

O professor José ficou muito sério:

– Está bem. Mas você tem certeza de que não preciso me preocupar?

– Há incerteza em todas as coisas. É uma questão de escolha...

A resposta enigmática de Nina fez José sorrir. Ele se pôs de pé e exclamou:

– *Por todos os chocolates do mundo!* A próxima aula vai ser dada por Nina: este é o meu presente de aniversário.

Todos riram da saída do professor e Dodô voltou-se para Cesco:

– Mas o que es... está acon... acontecendo?

– Não esquente... Viemos ver como você está e vamos viajar com o Jambir. Você sabe, temos que encontrar o Segundo Arcano – explicou Cesco em voz baixa, para o professor não ouvir. – Depois a gente conta tudo.

Nina abraçou o amigo:

– Sem você vai ficar difícil...

– Vou pen... pensar muito em vocês – disse o pequeno doente com os olhos brilhando. – Es... estou sempre com o ru... rubi, sabe?

– Olhe, tome algumas gotas disto aqui, vai ajudar a suportar a tristeza.

Nina entregou ao amiguinho um vidro com Mel Mentis, uma mistura de mel puro e orvalho que era boa para acabar com a melancolia. Dodô pegou-o, mas, quando destapou o vidro para sentir o perfume da poção, ouviu-se um barulho lá fora e Adônis começou a latir feito louco.

O professor José vestiu a capa e saiu para ver o que acontecia. Percebeu apenas dois vultos sumirem numa viela escura: Irene e Gastilo haviam fugido de Adônis, que ainda rosnava ferozmente.

– Podem ficar sossegados – disse José, voltando com Adônis ainda muito agitado. – Está tudo sob controle e nada mais vai acontecer com o Dodô, agora que estou aqui com ele.

Nina deu uma olhada pela janela e disse, pensativa:

– Tomara que o prefeito LSL não banque o esperto enquanto estivermos fora. Não sei a quem temer mais, se a ele ou a Karkon.

– Acha que os dois estão de acordo? – perguntou Cesco.

– Não sei. Mas não gosto do prefeito.

A voz de Nina ficou triste e José tocou-lhe no ombro:

– Dodô não vai para a prisão do Chumbo. Vou conversar com o prefeito e esclarecer tudo.

Nina fez que sim com a cabeça. Enquanto isso, os demais olharam para Dodô, que, apavorado, havia tomado meio vidro de Mel Mentis.

– É gos... gostoso. A minha tris... tristeza vai passar logo.

Como sempre, a simpatia e o jeito atrapalhado de Dodô fizeram todo mundo rir.

A noite vinha caindo depressa e o vento de Veneza já se fazia sentir. As luzes dos postes das ruas e dos edifícios já estavam acesas. Os quatro amigos correram para Vila Espásia, deixando o amigo Dodô sob os cuidados de José. Atravessaram a ponte e entraram pelo portão da majestosa vila: a alameda estava coberta de folhas amarelas e Carlo Bernotti, que recolhia alguns ramos secos, cumprimentou amavelmente as crianças.

– Ljuba, vamos estudar – gritou Nina, assim que entraram.

Da cozinha vieram os miados de Platão e, depois, a voz surpreendida de Merengue:

– A esta hora? E o jantar? Eu fiz lasanha e batatinhas fritas...

Roxy parou:

– Batatas fritas... que fome!

– Fazem engordar – replicou Flor, olhando-se no espelho.

– Ah, as mulheres... – suspirou Cesco.

E Nina, aborrecida, perguntou:

– Como é? Vamos ou não? A gente come batata frita amanhã.

Assim que chegaram ao Aqueus Profundis, Nina verificou se estava levando tudo: a Pluma do Gugui, o Taldom, o Pó de Rubi, os três cubos e, naturalmente, o Jambir. Depois, decidida, voltou-se para Max:

– Vamos partir, Max. O Segundo Arcano será nosso.

## Capítulo 5
# Na terra de Osíris

– Vocês são mesmo dois estúpidos montes de ferros-velhos! O coração dos gatos que me trouxeram são pequenos demais. Se continuarem assim, todos vão morrer!

Karkon estava zangadíssimo com Alvise e Barbessa, que o escutavam sem respirar. No laboratório K, que ficava no subterrâneo do Edifício Ca'd'Oro, a atmosfera era muito ruim.

– Vamos pegar outros gatos, os mais gordos que encontrarmos.

– Não nos deixe morrer!

Angustiados e de mãos dadas, os gêmeos não desviavam os olhos do Mago.

– Não há mais tempo! Vocês vão apagar dentro de poucos meses e eu preciso dos corações já. Tenho que tratá-los e deixá-los de molho por semanas. Vocês conhecem muito bem o processo. Vou deixar que morram, se não me obedecerem!

O conde se distanciou do caldeirão e escreveu algumas palavras num pequeno caderno com folhas vermelhas, depois virou-se de costas e o guardou em um bolso interno da capa roxa. Ninguém devia ver o que estava escrito ali. Depois que Nina roubou suas Anotações, Karkon resolvera manter o novo caderninho sempre consigo. Com ar cauteloso, voltou para junto da lareira, onde ferviam pombos com barbatanas de tubarão e aspirou com prazer o cheiro nauseabundo. Aquela mistura seria utilizada para criar a Cinza Adormecida, uma substância que despertava a matéria e os metais. Karkon não havia abandonado sua infernal Alquimia das Trevas e queria manter funcionando as máquinas dos encantamentos, que mantinham prisioneiros os dois Arcanos que Nina precisava libertar: o Ar e a Terra.

O pérfido Mago sabia perfeitamente que a menina da Sexta Lua tentaria se apoderar de outro Arcano, apesar de a Voz da Persuasão já estar em suas veias. O hálito putrefato que jogou nela tinha agido, mas não era fácil convencer Nina a revelar os segredos de Xorax e entregar o Taldom. Enganá-la exigia tempo.

– Este caderninho você não vai pegar, sua bruxinha! Vou torná-la minha prisioneira, minha escrava – resmungava o conde, pensando no fim que desejava para a neta do odiado professor Misha. Depois, voltou-se outra vez para os gêmeos, que continuavam a fitá-lo, aterrorizados:

– Vocês só me criam problemas, enquanto eu trabalho sem parar, criando poções e líquidos para manter encantadas as máquinas dos Arcanos. São uns ingratos!

Girou para um lado e pegou uma enorme colher de pau, que imergiu no barril com Ômbio, o óleo verde produzido com saliva de dragão e urina de cisne. Derramou o óleo num vidrinho e ordenou:

– Peguem isto, lubrifiquem direitinho a segunda e a terceira máquinas, na Sala dos Encantamentos. Vão! Vão trabalhar que é melhor!

Alvise e Barbessa obedeceram, de cabeça baixa.

Nesse momento, a porta do laboratório de Karkon se escancarou. Irene e Gastilo entraram, afobados e com a respiração ofegante.

– Senhor, Nina e os amigos dela estão armando alguma! Temos certeza!

O conde fitou-os com interesse, alisou o cavanhaque e disse:

– Estou ouvindo...

Os andróides contaram a cena que tinham visto na casa de Dodô, então Karkon abriu uma pequena gaiola e pegou dois camundongos que guinchavam de modo ensurdecedor.

– Peguem. Esta é a recompensa justa pela informação.

Irene e Gastilo engoliram vorazmente os camundongos vivos, enquanto Alvise e Barbessa ficavam com água na boca.

Com ar satisfeito, o Mago tirou de um bolso a cópia do Jambir, cuspiu no medalhão e lustrou-o.

Um relâmpago de fogo passou-lhe pelos olhos.

– Visciolo! – gritou de repente. – Vou viajar. Vá até a casa do marquês e diga-lhe para agir agora mesmo. Entendeu?

O Caolho obedeceu prontamente, dirigindo-se rápido para o edifício da Prefeitura.

O destino de Dodô e do professor José parecia estar selado naquela noite: Karkon estava tramando outra terrível vingança. Mas o marquês LSL, o severo prefeito de Veneza, queria agir com calma, para não despertar suspeitas nos cidadãos. Recebeu a ordem de Karkon, mas achava que ainda não era o momento de agir contra os amigos de Nina. Assim, escreveu uma carta explicando seus motivos e mandou que Visciolo a entregasse ao conde.

Enquanto Karkon continuava seu incessante trabalho no laboratório K, a turminha chefiada pela menina da Sexta Lua já estava pronta, no Aqueus Profundis.

Max tinha preparado todo o necessário. Ao lado do Strade Mundi, o livro dos caminhos do mundo, estavam organizados os ingredientes mágicos para a viagem: o vidrinho número 8 com a substância roxa, o misyl e a mistura ocre de Cinabre, composta por mercúrio metálico e prata viva. Era a poção necessária para voar com o Jambir. Como foi preciso fazer para a viagem anterior à Ilha de Páscoa, as crianças tinham que beber o 8, o número mágico que simboliza o perfeito infinito curso regular do universo (bastavam três gotas por pessoa para surtir resultados).

– Obrigada, Max, está tudo ótimo. Você guardou a poção que sobrou da outra vez – disse Nina, aproximando-se do vidrinho número 8. – Muito bem!

Para os outros, disse:

– Como é, estão prontos?

– Sim, prontíssimos! – confirmou Roxy, toda feliz.

– Primeiro comemos misyl, depois bebemos oito goles de Cinabre e, por fim, engolimos três gotas do 8. Tudo certo?

Nina repetiu mais uma vez o procedimento enquanto Max oferecia a cada criança a xícara com pétalas da flor da Sexta Lua, dadas por Ondula à pequena alquimista.

O relógio marcava 20 horas, 22 minutos e 4 segundos. Flor se aproximou de Cesco:

– Para onde você acha que vamos?

O menino passou à mão nos cabelos rebeldes e, em tom sarcástico, respondeu:

– Vamos para o inferno e seremos devorados por crocodilos...

Flor ficou aterrorizada:

– Verdade?

Roxy lhe deu um empurrão tão forte que ela se chocou contra Max, que virou a xícara e as pétalas caíram.

Nina, que assistia à cena com o Taldom na mão, ficou aborrecida e disse:

– Vocês vão brincar por muito tempo ou podemos ir embora?

Flor ajeitou o vestido sem dizer nada, Roxy assobiou e Cesco perfilou-se:

– Sim, general! Tem razão, general! Às suas ordens, general!

Nina fitou-o com severidade, depois explodiu numa gargalhada.

– Sou assim tão antipática? – perguntou, fazendo uma careta.

– Nããããão! – responderam os três ao mesmo tempo.

– Então, vamox fazer a fexta? – propôs Max, pegando o grande vidro com geléia de morango.

– Não! Estamos prontos e vamos partir agora!

Nina voltou a ficar muito séria e, sem hesitar, colocou o Jambir sobre o livro Strade Mundi.

Um a um, os quatro garotos seguiram o procedimento à risca. Depois de terem bebido o líquido do 8 iniciou-se a magia. Os pés deles se ergueram a um metro do piso. Nina segurava o Taldom Lux com força e olhava de cima para o Jambir, colocado sobre o livro. O medalhão começou a se tornar luminoso e de repente formou-se um anel de luz vermelha que circundou as crianças, que flutuavam no ar. O Strade Mundi se abriu e suas páginas começaram a virar velozmente até parar no capítulo que se referia ao Egito. Quatro folhas se destacaram e voaram na direção de Nina, que as pegou.

– Egito, a terra dos faraós! – entusiasmou-se ela. – É para lá que vamos.

– Há mapas, indicações de percursos? – perguntou Cesco, agitando os pés no vazio.

– Sim, sim... Aqui há o desenho de uma pirâmide.

Assim que Nina parou de falar, a luz vermelha os engoliu e os quatro se viram dentro do que parecia um imenso túnel escuro. Como havia acontecido da primeira vez, deram-se as mãos e voaram, desafiando vórtices e correntezas fortíssimas de ar. Depois, inesperadamente, encontraram-se suspensos num céu de azul profundo. Ao longe, viram o Gugui, que voava velozmente na direção deles.

– Guguiiiii! – gritaram, agitando os braços.

O pássaro mágico da Sexta Lua sorriu e, com delicadeza, fez as crianças se acomodarem sobre seu dorso. Nina ergueu o Taldom bem alto e gritou:

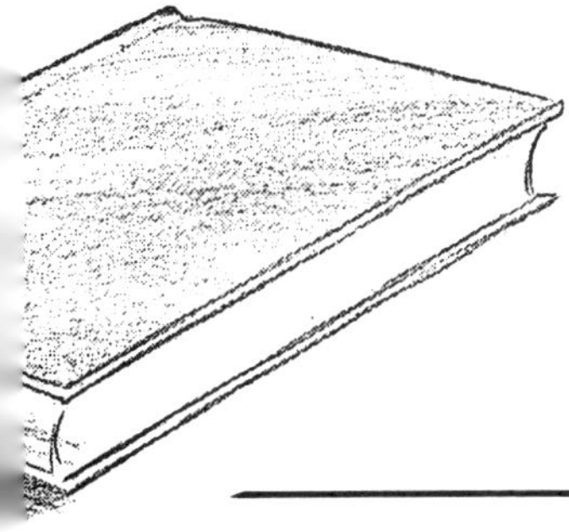

– Para o Egito, as antigas pirâmides nos esperam!

O Gugui esboçou uma expressão satisfeita e saiu voando rumo à nova aventura.

No horizonte, havia enormes nuvens brancas, enquanto lá embaixo estendia-se um mar muito azul e liso. Cesco se agarrava com força na garupa de Gugui e, de vez em quando, segurava os óculos, para que não escorregassem. Roxy admirava a paisagem e Flor cantarolava suas músicas preferidas. De repente, o pássaro da Sexta Lua fez uma curva e pela primeira vez as crianças viram a planície de Gizé, um vasto tapete de areia sobre o qual se erguiam três pirâmides e a enorme Esfinge. O Gugui aterrissou suavemente, erguendo uma nuvem de areia. Fez as crianças descerem, foi se deitar ao lado da Esfinge e adormeceu.

– É incrível! – murmurou Flor, admirando as majestosas construções egípcias que pareciam tocar o céu.

– Sim, é mesmo incrível – concordou Roxy, olhando ao redor. – Estudamos a história dos faraós nos livros e agora aqui estamos. Se os nossos professores soubessem...

– É. Quando voltarmos para a escola, vamos arrasar nas provas de história – sonhou Flor. E bufou: – Puxa, este calor é uma loucura! Deve estar pelo menos a 40 graus!

O Sol queimava intensamente e não se ouvia o mínimo rumor. Os pés afundavam na areia e era difícil andar depressa em busca de abrigo à sombra de uma das pirâmides. O deserto não era ambiente nada confortável e a vegetação se achava bem distante da planície de Gizé.

As faces de Flor estavam avermelhadas por causa do calor. Ela tirou o casaquinho de lã, enquanto Roxy cobria a cabeça com um lenço amarelo retirado de um bolso e Cesco jogou seu pesado agasalho de lã verde entre as dunas.

Nina arregaçou as mangas da malha; com um elástico, prendeu os cabelos num rabo-de-cavalo e pegou as folhas do Strade Mundi: a primeira página indicava o percurso inicial: uma flecha apontava para a majestosa pirâmide de Queóps.

– É aquela, lá adiante. Aqui está escrito que tem cento e cinqüenta metros de altura, é formada por dois milhões e trezentos mil blocos de granito, cada qual pesando duas toneladas e meia. O peso total da pirâmide é de cinco milhões e setecentos e cinqüenta mil toneladas. Por todos os chocolates do mundo! – admirou-se Nina. – Ela é gigantesca!

A menina continuava andando devagar enquanto falava, acompanhada pelos amigos. Suando em bicas, Cesco disse:

– Vamos pela direita, é onde fica a entrada da pirâmide.

Ele estava certo.

– Estou com sede – reclamou Flor.

Roxy também estava com a língua de fora.

– Não sei se existe água por aqui – observou Nina. – Talvez a gente encontre alguma coisa dentro da pirâmide. Eu também não vejo a hora de beber água.

Ofuscada pelos brilhantes raios do Sol, de vez em quando a menina da Sexta Lua olhava para a estrela em sua mão, para ver se escurecia: continuava vermelha, então significava que tudo estava certo.

Quando chegaram diante da porta que dava para o interior da pirâmide, as crianças se entreolharam, atemorizadas: tinham medo de entrar, nenhuma delas sabia o que poderia encontrar. Roxy, enxugando a testa molhada de suor, adiantou-se e empurrou o grande bloco de granito que fechava a entrada. Porém, ele era pesado demais e nem se mexeu. Então os demais a ajudaram. Todos empurraram com força até que a pedra enorme se deslocou, fazendo cair uma nuvem de pó branco e amarelo que envolveu os pequenos.

A fresta para entrar não era grande, mas conseguiram passar um a um, esgueirando-se devagar. Assim que entraram, viram-se diante de um labirinto de galerias. À direita, à esquerda, no centro havia um emaranhado de passagens escuras. As paredes, muito altas e desgastadas pelo tempo, estavam cobertas de grafites e pictogramas extraordinários que representavam os antepassados dos egípcios. Os hieró-

glifos, ou seja, os caracteres da escrita egípcia, eram de várias cores e havia desenhos enormes de animais, homens e paisagens do Nilo: até mesmo no piso recoberto por placas de granito havia motivos florais encantadores.

– Olhem lá em cima! – alertou Flor. – O teto também é todo colorido e repleto de desenhos estranhos!

– Aqui está mais fresco, mas há pouca luz – observou Cesco.

Enquanto falava, sem querer o garoto apoiou a mão na parede à sua direita, onde sobressaía uma pedra esmaltada com um escaravelho verde e dourado esculpido. Assim que tocou no escaravelho, ouviu-se um barulho semelhante ao funcionamento de uma fechadura: inesperadamente, a parede com a paisagem do Nilo começou a se abrir e, atrás das quatro crianças, desceu uma pesada placa de malaquita, um mineral precioso de cor verde, que fechou o corredor, obstruindo a saída.

– É uma armadilha! – gritou Nina e ergueu o Taldom Lux à altura do peito, pronta para reagir a um eventual ataque.

Os pequenos se agruparam à espera de que alguma coisa acontecesse, mas o medo que sentiam se desvaneceu quando viram à frente uma longa galeria, toda iluminada com centenas de tochas: a cada cem metros, havia um braseiro com pequenos bastões de incenso que perfumavam o ar.

– Vamos entrar por esse corredor e ver aonde vai dar – sugeriu Flor.

A pequena alquimista consultou o mapa e confirmou: aquela era a direção certa. O barulho dos passos dos quatro provocava ecos pouco tranqüilizadores e a luz das tochas criava sombras inquietantes nas paredes pintadas.

– É aqui que está o sarcófago de Queóps? – indagou Roxy com a voz um tanto trêmula.

– Não sei. Vou ler as outras páginas para ver o que temos que procurar... – respondeu Nina, prestando atenção onde pisava.

De repente, Cesco parou:

– Nina, olhe... Há uns desenhos esquisitos ao lado deste hieróglifo. Ei! É o idioma da Sexta Lua!

A menina alquimista se aproximou da parede e examinou-o com atenção. Era verdade!

– Por todos os chocolates do mundo! Estamos no caminho certo. Ajudem-me a traduzir a frase, porque a luz é pouca e tenho medo de me enganar.

E, juntos, conseguiram ler a mensagem escondida entre os hieróglifos.

0000002

– A Oitava Nota. A dança... – Ao terminar de ler, Nina exclamou: – Osíris, a divindade egípcia conhecia Xorax!

– A múmiaaaaa! – gritou Flor, apavorada.

Ela havia lido só até a segunda linha da mensagem.

– Não grite! – repreendeu-a Cesco, rapidamente. – É só ficarmos juntos e nada acontecerá.

Nina pegou o Cubo de Goasil e girou-o entre as mãos.

– Preciso jogá-lo para o alto e não errar... Ainda não sei qual é o som dele.

Cesco tranqüilizou Nina, dizendo-lhe que não iria ficar sozinha com a múmia:

– É claro que vamos enfrentar algum perigo, mas vamos conseguir – acrescentou, abraçando as três meninas.

Quando chegaram ao fim da galeria, viram-se num pequeno anfiteatro em penumbra onde havia uma bonita fonte ladrilhada com lápis-lazúli, a pedra preciosa azul de colares e braceletes das rainhas egípcias. Um jato de água fresca saía da boca de uma serpente de faiança.

– Ah! Água, finalmente!

Roxy foi correndo beber e os outros também mataram a sede.

De repente, os olhos da serpente se iluminaram. A fonte começou a girar sobre si mesma e foi afundando no solo; em seu lugar, ficou um buraco por onde emanava uma luz fraca. Nina se aproximou para olhar e viu que uma escadinha não muito confiável permitia descer para dentro da cavidade revelada pela fonte.

– Vamos, gente, mas com cuidado. Há alguns degraus quebrados.

A menina da Sexta Lua foi a primeira a descer e os três desceram em seguida. Quando chegaram ao fundo, a fonte se movimentou e subiu, fechando a passagem.

– Estamos presos de novo! – Nervosa, Roxy começou a andar para a câmara iluminada que entreviam de onde estavam. – Nunca mais vamos sair daqui!

Quando entrou na câmara, chamou os companheiros, que atenderam correndo ao chamado.

– Nunca vi coisa igual! – deslumbrou-se Cesco.

Tirou os óculos, num gesto instintivo, e colocou-os de novo. Não acreditava no que estava à sua frente.

Flor se agarrou a Nina e Roxy girou a cabeça, olhando as pinturas.

– São todas as divindades egípcias – disse, baixinho.

No teto, completamente recoberto de ouro, havia um desenho gigantesco que mostrava Rá, o deus Sol, desenhado habilidosamente com um enorme olho realçado em negro.

Porém, a coisa mais extraordinária se achava no centro da câmara: majestosas estátuas de egípcios. Eram figuras altíssimas, esculpidas em granito, ouro, prata e malaquita. As cores vistosas achavam-se intactas e os rostos das divindades tinham expressões que as faziam parecer vivas.

Ali estava Anúbis, o deus da embalsamação, com corpo humano e cabeça de chacal; Bastet, a deusa lunar da alegria e da fecundidade, representada como uma mulher com cabeça de gato; Osíris, o deus das plantas, que se assemelhava a um homem de pele verde e era considerado a mais poderosa divindade egípcia; ao seu lado, encontrava-se Ísis, sua esposa, deusa do bem-estar e dos navegantes. Mais adiante, erguia-se a estátua de Horus, filho de Osíris e Ísis, com cabeça de falcão; em seguida, vinha Maat, a deusa que simbolizava a ordem cósmica, a justiça e a verdade, representada por uma mulher com longa pluma na cabeça. Por fim, no extremo da câmara, achava-se Seth, o deus do deserto e do Mal, um homem com a cabeça de um animal semelhante ao javali.

– Essas estátuas me dão medo!

Flor estremeceu e agarrou-se ainda mais a Nina, que olhava a câmara com curiosidade.

Roxy se movimentava entre as divindades de granito e ouro, tocando-as com ar maravilhado. Cesco havia se interessado por alguns vasos localizados num canto e presos uns aos outros por várias cordas.

– São vasos canópicos – comentou em voz alta e se agachou para pegar um deles.

– Canó... o quê? – perguntou Nina.

– Canópicos, vasos nos quais os egípcios guardavam as vísceras que tiravam do corpo dos faraós, antes de embalsamá-los – respondeu Flor com precisão, pois havia estudado História muito bem.

– Está querendo dizer que aí dentro estão corações, fígados, cérebros? – indagou Roxy, espantada.

– Isso mesmo, Flor está certa – confirmou Cesco, pegando o vaso menor, de cor amarela.

Retirou a tampa e olhou lá dentro.

– Aqui tem um líquido roxo – estranhou – e uma inscrição dupla, em hieróglifos e no idioma da Sexta Lua.

Cesco se esforçou e traduziu sem ajuda:

– Grafite roxa. Olhem só! – entusiasmou-se. – Aqui tem a grafite que Karkon usa!

– Roxa? – Nina correu para junto do vaso. – Cuidado para não derramar. Precisamos dela para os Numeromagos.

Cesco voltou a tampar o vaso, pegou uma corda e amarrou-o às próprias costas com firmeza, como se fosse uma mochila.

– Gente, encontrei uns papiros incríveis! – gritou Roxy, feliz com a descoberta.

Nina se aproximou, examinou-os rapidamente e viu que havia neles textos no idioma da Sexta Lua:

– Por todos os chocolates do mundo! Temos também a Carta Mater!

Sorrindo, Nina beijou os antigos papiros.

Mas o entusiasmo do grupinho acabou de repente: a estátua de Seth, o deus do Mal, começou a girar a cabeça de javali e seus olhos estavam se tornando de fogo. As pesadas pernas da estátua da divindade se movimentaram e Seth estendeu as mãos para as crianças, que, aterrorizadas, se refugiaram no canto dos vasos canópicos.

– Vocês não deviam entrar nesta câmara sagrada. Agora a morte os espera – ameaçou a divindade com voz trovejante, escancarando sua horrível boca com dentes longos, de

onde escorria saliva que caía no chão. – Ponham o vaso com a Grafite Roxa e os rolos de Carta Mater no lugar. Vocês são ladrões e cometeram um sacrilégio.

Seth avançava em direção às crianças. Roxy separou-se do grupo e correu, indo se esconder atrás da estátua de Anúbis. Flor se ajoelhou, rezando, enquanto Nina e Cesco permaneceram imóveis, apavorados e com as costas grudadas na parede.

Quando a monstruosa mão se estendeu para pegar o garoto, no centro da câmara, Osíris se mexeu. Osíris, o deus mais amado e glorificado pelos egípcios.

– Pare! Não faça mal a estas crianças!

A voz de Osíris era profunda e o tom, decidido. A estátua do deus de pele esverdeada se aproximou de Seth e segurou a mão de pedra, que estava prestes a esmigalhar Cesco.

– Você? – O deus do Mal se voltou. – Também está vivo?

– Eu estou sempre vivo. Sou o deus da Eternidade. – E Osíris ordenou: – Volte para o seu lugar e adormeça a sua ira.

A poderosa mão soltou Cesco, que engatinhou para onde Roxy estava. Flor chorava desesperadamente e Nina tapou-lhe a boca:

– Pare com isso e fique perto de mim. Temos que ir embora.

A menina da Sexta Lua entregou os rolos de papiro para a amiga e empunhou o Taldom Lux.

Seth e Osíris estavam um diante do outro. Iniciou-se a batalha, porém não era uma luta física. Com os olhos, as duas estátuas lançavam poderosos raios de luz uma contra a outra. Suas mentes, e não seus corpos, é que estavam combatendo. Relâmpagos azuis e roxos e traços de luz prateada se chocavam, iluminando a câmara inteira. As estátuas dos demais deuses mantinham-se imóveis e suas sombras criavam desenhos e formas que deslizavam pelas paredes.

Fagulhas ardentes caíram nas costas de Roxy, que gritou ao sentir que a queimavam, enquanto Cesco, desorientado, procurava uma saída. Nina se esgueirou por trás de Flor, atravessou a câmara e, ao chegar no outro extremo, viu uma porta de madeira.

– Corram para cá, rápido! – gritou a plenos pulmões.

Mas o deus do Mal voltou o rosto monstruoso para Nina e, através dos olhos de javali, enviou um raio violentíssimo que incendiou a porta. As chamas se ergueram rapidamente, soltando uma fumaça acre que tornou o ar irrespirável.

Nina notou que a estrela em sua mão havia se tornado completamente negra. Não conseguiu mais reagir e, exausta, deixou-se cair ao lado de Flor. Roxy e Cesco se refugiaram atrás da estátua de Anúbis.

Então, Osíris ergueu o mais poderoso dos cetros dos faraós, o Uas, que era muito parecido com o Taldom Lux, do qual partiram raios de luz que atingiram o adversário sem lhe dar escapatória:

– Infame servo do Mal – disse a divindade com voz estentórea –, não mais poderá avançar! Volte a ser de pedra!

Seth imobilizou-se por instantes e depois, lentamente, começou a se desfazer.

A cabeça caiu, os olhos rolaram para o lado de Cesco e as mãos se desfizeram em pó. Até Osíris ficou surpreso: o que estava acontecendo?

Das ruínas da estátua gigantesca de Seth, apareceu, com toda a sua feiúra, Karkon Ca'd'Oro, o Inimigo Número Um. Tudo ficou claro para Nina e seus amigos: o conde os seguira até o Egito! Mas nunca teriam imaginado que Karkon pudesse se transformar em uma estátua divina!

– Ha, ha, ha, ha! Osíris, poderosa divindade, achou que poderia me derrotar? Eu sou o Magister Magicum, o Melhor!

A risada satânica do conde ribombou pela ampla câmara. Osíris se fechou em um imóvel, divino e frio silêncio.

Com o coração na garganta, os meninos tentaram fugir. Nina criou coragem e saltou por cima das chamas que se elevavam do resto da porta. Flor saltou em seguida e o mesmo fizeram Cesco e Roxy.

As crianças se viram em uma estreitíssima passagem, deixando Karkon e a estátua de Osíris com seu desafio memorável.

– Vocês estão bem? – perguntou Nina, angustiada.

E recebeu fracas respostas positivas dos outros.

– Não dá para enxergar nada, está muito escuro!

A voz de Roxy demonstrava cansaço e ela não parava de tossir por causa da fumaça que havia respirado.

– Viram só? Karkon nos alcançou!

Cesco, com os cabelos um pouco queimados, verificou se o vaso que trazia às costas estava intacto.

– Sim, o maldito está aqui, graças à cópia que fez do Jambir e aos seus encantamentos, com os quais conseguiu até se transformar na estátua de uma divindade! – observou Nina, preocupada com o que poderia acontecer aos amigos. – Ainda bem que Osíris nos defendeu.

Nina estava perturbada com todo o ocorrido e muito preocupada com a sorte de seus amigos.

A empreitada para encontrar o Segundo Arcano se mostrava muito mais difícil do que a primeira missão realizada na Ilha de Páscoa.

O grupinho ainda não se havia refeito quando uma violenta corrente de ar gelado o envolveu. Inexoravelmente, um a um, foram empurrados para o outro extremo da passagem. Maltratados, cheios de manchas roxas, viram-se do outro lado, encerrados num espaço tão estreito que mal permitia que se movessem. A luz que se infiltrava por uma fenda na parede não servia nem para perceberem onde estavam.

– O vaso com a Grafite Roxa e os papiros estão a salvo? – perguntou Nina, temerosa.

– Sim, está tudo certo – respondeu Cesco, cuspindo o pó que havia entrado em sua boca.

Roxy apoiou as mãos na parede e, exausta, bufou:

– Não agüento mais! Este lugar é alucinante... – Sentiu uma leve cócega entre os dedos, olhou para as mãos e... – Aiiii, que nojo! Aranhas! – gritou, assustada. – Isto aqui está cheio de bichos!

As paredes estavam recobertas por grandes aranhas negras e peludas, que corriam como doidas para todos os lados. Flor ficou petrificada: tinha terror de aranhas e seus amigos sabiam disso. Com os olhos arregalados e o corpo completamente rígido de tanto medo, a menina não conseguia reagir.

– Precisamos sair agora mesmo daqui! – disse Nina, sacudindo mãos e pés para se livrar das aranhas nojentas, que não paravam de se movimentar.

Cesco, que tinha os óculos tortos no rosto, começou a dar socos na parede para matar as aranhas e, quanto mais as matava, mais os esguichos do sangue delas atingiam o corpo e o rosto das crianças.

Roxy tirou um sapato, também começou a bater nas aranhas e nisso deu uma pancada seca em um tijolo de faiança no qual estava impresso o desenho de um escaravelho verde e dourado, idêntico ao que Cesco havia encontrado pouco antes. Imediatamente ouviu-se um estalido e apareceu uma abertura na parede. Os meninos carregaram Flor, que não conseguia se mexer e nem falar, e saíram correndo, deixando para trás as miríades de horríveis aranhas.

A pressa era tanta que não viram uma enorme porta de madeira maciça e acabaram se chocando contra ela.

Roxy deu duas bofetadas no rosto de Flor para que ela voltasse a si, Cesco limpou os óculos e Nina examinou a imponente porta.

– Há uma inscrição, mas está cheia de pó...

A pequena alquimista passou uma das mãos numa espécie de placa. Cesco se aproximou:

– O que está escrito?

– São hieróglifos – respondeu Nina, mas em seguida percebeu que, ao lado, havia outros desenhos. – Claro! É o idioma da Sexta Lua também! – disse, com um suspiro.

– Poderosos, esses xoraxianos! – admirou-se Roxy, que ainda lidava com Flor, a qual começava a se refazer. – Ensinaram seu idioma até para os egípcios...

– É verdade – concordou a menina da Sexta Lua, sorrindo. – Xorax existe desde sempre, portanto, os faraós conheciam seu alfabeto. Não é por acaso que viemos para o Egito. Não se esqueçam de que é aqui que temos de encontrar o Segundo Arcano.

A frase escrita no portão foi traduzida em pouquíssimo tempo, mas, quando a leram, as crianças não ficaram contentes. As palavras gravadas na madeira eram preocupantes:

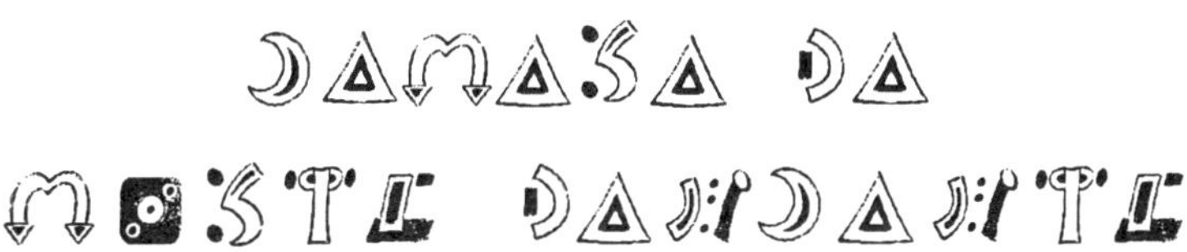

– Câmara da Morte Dançante? Ah, não, não e não! – exclamou Flor com voz fraca, pois acabava de se recuperar do grande choque. – Aí eu não entro.

– Não? – provocou-a Roxy. – Prefere voltar para as aranhas?

Cesco olhou as duas meninas, sacudiu os ombros e começou a empurrar a porta para abri-la.

Nesse momento, o Taldom começou a vibrar. Os olhos do Gugui se iluminaram, o cetro da Sexta Lua soltou-se da mão de Nina e voou para a inscrição. O bico do Taldom bicou três vezes, o portão enorme de madeira se transformou em areia e desabou sobre si mesmo.

Nina deu um salto e pegou o cetro mágico. As crianças recuaram e, no mesmo instante, desceu sobre os rostos delas uma chuva de pó azul. Ouviu-se o rufar de um tambor, que fez as paredes tremerem e a cena macabra se apresentou com toda a sua majestade. O ar estava impregnado de um cheiro penetrante e o odor de podre se misturava com um estranho perfume de incenso.

A Câmara da Morte Dançante era um quadrado perfeito e nela se perfilavam 16 múmias, oito de um lado e oito do outro. Eram grandes, poderosas, e ataduras de linho enfaixavam com perfeição os corpos musculosos, deixando apenas os olhos visíveis. As pálpebras estavam fechadas e eram pintadas de azul. Todas elas seguravam um estranho objeto que parecia um disco metálico com lâminas curvas e pontudas: pareciam ser armas muito perigosas. As múmias permaneciam imóveis, quase que formando um pequeno exército de guerreiros adormecidos. Incutiam temor porque parecia que, a um sinal, poderiam adquirir vida de repente e se empenhar numa batalha!

Diante daquela cena, os quatro meninos ficaram mudos. A parede em frente a eles era de um vermelho-rubi e, diante dela, no centro, erguia-se um imponente altar que tinha dois enormes candelabros com enormes velas acesas.

Assim que Cesco fez menção de entrar, de novo caiu do teto o finíssimo pó azul, que cobriu todo o pavimento.

– Por todos os chocolates do mundo! – Nina não acreditava nos próprios olhos. – Onde é que viemos parar?

– Vamos entrar ou não? – perguntou Roxy, hesitante.

Nina se adiantou esticando a mão com que segurava o Taldom.

– São apenas múmias – disse, em voz bem baixa. – Vamos atravessar a câmara nas pontas dos pés para procurar a saída.

Cesco, Roxy e Flor se deram as mãos e foram atrás de Nina, que avançava devagar.

Um jato de ar muito quente fez o pó azul se erguer e as crianças fecharam os olhos, levando as mãos ao nariz e à boca, a fim de se proteger. Mas aquela decisão custou caro à menina da Sexta Lua: a rajada de vento arrancou do bolso de seu macacão a Pluma do Gugui, que permitia ver Xorax. A Pluma de Ouro volteou no ar repleto com o pó azul e, instintivamente, Nina correu para recuperá-la.

Esse movimento pareceu despertar as múmias: ao mesmo tempo, todas elas ergueram os braços, abriram os olhos, amarelos como os dos gatos, e gritaram em coro:

**OS INFIÉIS QUE AQUI ENTRARÃO**
**SUAS CABEÇAS PERDERÃO.**
**A DANÇA DO KABÁ**
**À MORTE OS LEVARÁ.**

As vozes, roucas e pavorosas, ecoaram na Câmara da Morte Dançante. As múmias estavam prontas para o ataque e começou a soar uma música, proveniente do alto. Era lenta, angustiante, com um ritmo que acompanhava as batidas do coração.

– A música, a dança... Nina, use os cubos – sussurrou Flor. – Quem sabe as notas musicais detenham as múmias.

– Sim, sim! Use os cubos – aconselhou Cesco, de mãos dadas com as amiguinhas. – Jogue para o alto o Cubo do Goasil que Etérea lhe deu. A Oitava Nota é a chave para a nossa salvação.

Nina, que segurava o Taldom Lux com a mão direita, pegou os cubos com a esquerda.

– Se eu os atirar, não sei como recuperá-los. Só posso usar uma das mãos, porque preciso continuar segurando o cetro da Sexta Lua para que nos defenda.

Roxy teve uma idéia:

– Jogue um de cada vez e nós os pegaremos quando caírem e, ao mesmo tempo, vamos correr para a parede oposta, em busca de uma saída.

– Certo! – concordou Nina, nervosa.

E assim foi feito. A menina jogou para cima o primeiro cubo, o de prata.

Dó, Ré, Mi, Fá...

As quatro notas musicais se superpuseram à música da morte, porém oito múmias, quatro de cada lado, avançaram, atirando os discos contra os pequenos. Os objetos giravam sobre si mesmos e voavam ameaçadores para as crianças, que se abaixaram para evitá-los. Os discos voltaram para as mãos das múmias, como se fossem bumerangues.

– São os discos que cortam cabeças! – gritou Cesco. – Fiquem abaixadas!

A Dança do Kabá havia começado e apenas uma verdadeira magia poderia salvá-los.

Flor apanhou no ar o Cubo de Prata e devolveu-o a Nina, que pegou o de ouro e o atirou também.

As múmias recomeçaram a caminhar lentamente na direção deles.

Sol, Lá, Si...

O Cubo de Ouro emitiu suas três notas musicais, porém as múmias jogaram as armas mortais outra vez.

As lâminas roçaram a cabeça de Roxy, que gritou de pavor.

– Não vamos sair vivos daqui! – lamentou Flor, em pânico.

A música se tornava cada vez mais alta, as múmias erguiam as pernas e saltavam, dobravam o corpo para frente e a cabeça para trás: era a dança macabra.

As crianças se sentiram perdidas.

– Agora vou jogar para cima os três cubos ao mesmo tempo – decidiu Nina. – Espero que o de goasil emita a Oitava Nota.

Assim que ela jogou os três cubos mágicos para o ar, no centro da câmara se formou uma luz muito branca, a música da morte emudeceu de repente e ouviu-se a poderosa sinfonia da Harmonia do Universo: aquela que a orquestra da Sexta Lua havia tocado para Nina. Por fim, soou a Oitava Nota, que deu vida à mais suave e doce música de Xorax.

As múmias começaram a girar ao redor da câmara, como se tivessem enlouquecido. Agitavam-se e se contorciam. O fim delas se aproximava, no entanto continuavam a lançar os discos corta-cabeças contra as crianças, que corriam o mais rápido que podiam. Cesco deu um encontrão na quinta múmia, caiu e se levantou imediatamente. Roxy passou entre as pernas da décima quarta múmia e Nina, que havia chegado à parede oposta e agarrado a Pluma do Gugui, que fora pousar em cima do altar, gritou:

– Peguei a Pluma! Depressa, corram! Aqui há uma passagem.

A menina se enfiou numa abertura que ia dar sabe-se lá aonde e logo Cesco e Roxy entraram atrás dela. Aquela era a única salvação.

Mas Flor havia ficado para trás, os três cubos estavam caindo, o círculo luminoso ia se apagando e a Sinfonia da Sexta Lua chegava ao final. A última múmia dirigiu os olhos amarelos para a menina e, com o desespero de quem sabe que está para morrer, gritou como possessa e lançou o disco. O objeto atingiu Flor violentamente: as lâminas esbarraram na testa dela, provocando profundos talhos. A garota caiu. Muito sangue descia-lhe sobre os olhos, o nariz e a boca.

A sinfonia mágica se encerrou. Os três cubos se desvaneceram e as ataduras começaram a se desenrolar das múmias. Elas urravam como se alguém as estivesse massacrando, perdiam o equilíbrio e, cambaleando, davam encontrões umas nas outras, até que ficaram nuas, sem um fio sequer de linho que as cobrisse: os esqueletos estavam em más condições e eram de um negro manchado. Caíram no chão e se tornaram apenas montes de ossos e caveiras.

No meio delas, uma pessoa: Flor.

– Vamos! Logo a gente encontra a saída!

Suando, Nina animava os outros a andarem depressa. Nenhum deles percebeu que Flor havia ficado para trás, que as múmias a haviam ferido gravemente. O túnel em que estavam era muito escuro, por isso andavam devagar, tateando a escuridão. Só depois de algum tempo viram ao longe uma fresta por onde entrava luz. Imundos de poeira, cansados e com os olhos vermelhos, por fim voltaram à luz do Sol.

– Ei, Flor, saia daí! Estamos salvos – gritou Cesco para dentro do túnel.

Não obteve resposta. Preocupados, os três se entreolharam e imediatamente compreenderam que a amiga havia ficado na Câmara da Morte Dançante.

– Vamos voltar, temos que ir buscá-la – disse Roxy.

Ela já ia entrar no túnel quando Nina a deteve:

– Olhem os seus rubis, as pedras da Amizade Duradoura. Se estiverem quentes e luminosas, quer dizer que Flor está em perigo.

Cesco e Roxy pegaram seus rubis.

– Estão luminosos e quentes! – gritaram ao mesmo tempo.

– Por todos os chocolates do mundo! Ela está encrencada!

A voz de Nina se tornara fraca e triste, mas não teve tempo para pensar numa solução. Uma sombra imensa pairou sobre os três: acima deles, o Leão Alado volteava pelo ar montado por Karkon, que brandia o Pandemon Mortalis.

– Olhem, o Leão está vivo! É de carne e osso! – Roxy estava aterrorizada. – O encantamento de Karkon funcionou... Estamos perdidos!

– Eu sabia que a estátua do Leão estava viva! – Cesco fez um gesto de raiva. – Dodô vai se dar mal! Agora o prefeito LSL vai fazê-lo pagar caro.

A estrela de Nina estava muito negra e grande, a ponto de cobrir a palma da mão direita. Percebendo que se achava em perigo extremo, a garota olhou para os dois amigos e gritou o mais alto que pôde:

– Gugui!... Guguiiiiii!

O Pássaro Mágico da Sexta Lua apareceu no mesmo instante, pegou Nina sem nem mesmo pousar e levou-a para o alto. Cesco e Roxy foram se proteger atrás de uma duna de areia.

– Ha, ha, ha, ha! Ha, ha, ha, ha! – riu Karkon. Depois, berrou: – Agora estamos quites. Venha lutar comigo, se tiver coragem, sua bruxinha!

As asas do Leão eram grandes e fortes. O conde se mantinha de pé sobre o dorso do animal, com equilíbrio perfeito, e continuava a gargalhar, com o manto roxo se agitando no ar.

Na garupa de Gugui, que voava veloz, Nina atacou o inimigo e disparou raios laser com o Taldom. Um, dois, três raios, porém nenhum atingiu o alvo. O Leão Alado abriu a enorme boca e rugiu, mostrando os dentes agudos. Em seguida, aproximou-se da cabeça de Gugui para mordê-lo; o Pássaro se virou de repente, Nina perdeu o equilíbrio e caiu, indo afundar na areia.

Karkon também se desequilibrou e escorregou entre as asas do Leão; com muito custo, conseguiu se agarrar e ficou pendurado, balançando. Os dois animais haviam iniciado uma luta mortal. O Gugui escancarou o bico dourado, soltou um grito estrídulo e agitou as quatro asas, tentando se distanciar do felino. Mas o Leão conseguiu morder sua única pata. O Pássaro Mágico ergueu a cabeça, fechou os olhos e voou desesperado para o alto, depois se dirigiu para as pirâmides, piando agudamente de dor.

Nina se ergueu e olhou a cena. Sentiu-se perdida, temendo que desta vez Karkon saísse vencedor. Mas o Leão agitou as poderosas asas e fez o Mago cair também. Depois de dar três giros no ar, ele foi parar entre duas dunas.

A areia começou a tremer diante da pirâmide de Queóps e nela se formou um vórtice assustador, semelhante a uma tromba de ar. No centro do turbilhão, surgiu Osíris. O verdadeiro deus Osíris viera salvar as crianças. Era idêntico à estátua que os meninos tinham visto pouco antes lutar contra Karkon, quando este se transformara em Seth. O deus tinha pele verde, o capacete de rei egípcio e na mão trazia o Uas, um poderoso cetro semelhante ao Taldom Lux.

Roxy e Cesco foram arrastados pelo vórtice de areia até perto da divindade egípcia, que, com um só gesto, fez Nina também se aproximar dela. Como que atraídas por um imã, as três crianças se encontraram junto de Osíris, que, mantendo-os unidos, ergueu-os do chão, depois levantou o Uas, que se achava iluminado por uma luz verde, e, de súbito, todos foram engolidos pelo vórtice de areia diante do olhar atemorizado de Karkon, que não teve tempo sequer de disparar o Pandemon Mortalis.

A calma e o silêncio reinaram sobre o deserto.

Babando de raiva, Karkon chamou de volta, aos gritos, o Leão Alado, que voava em círculos acima das pirâmides. O felino, que continuava sob o encantamento do Mago, obedeceu. O conde se acomodou na garupa do Leão, que saiu voando por cima da extensão de areia, à procura do Gugui ferido e das crianças levadas por Osíris.

## CAPÍTULO 6

# O Livro dos Mortos e o Segredo de Toiran

Era muito difícil respirar dentro da nuvem de areia dourada; a areia do deserto entrava nos olhos, na boca, nas orelhas e poucos instantes pareciam uma eternidade. Com uma das mãos, Nina segurava o Taldom Lux com toda força e, com a outra, se agarrava ao manto brilhante de Osíris. Roxy e Cesco, fortemente abraçados um ao outro, eram mantidos junto ao corpo da divindade, que os sustinha contra si com firme delicadeza. O vôo para o lugar misterioso estava por terminar e, assim que o cetro de Osíris se apagou, o vórtice desapareceu.

Os três pequenos viram-se novamente no solo, entre miríades de grãos de areia e deitados sobre um piso frio, ladrilhado de ouro. Osíris se inclinou para eles, ajudou-os a se levantar e, depois, abrindo os braços, disse:

– Eu esperava a visita de vocês. Não tenham medo, pois vim ajudá-los.

A voz era calma e profunda, a pele esverdeada e os olhos, contornados de negro e com as pálpebras pintadas de azul, tinham uma expressão altaneira e pacífica. A divindade se movia lentamente e cada gesto parecia executado com perfeita calma.

Os três amiguinhos olharam ao redor, sentindo-se perdidos. Não tinham a menor idéia de onde se encontravam. As paredes da câmara eram altíssimas, feitas com enormes blocos de granito; não havia janelas, nem aberturas. Também não havia desenhos ou hieróglifos. Era um local despojado, sem móveis. Porém, a beleza do teto comparava-se à de um verdadeiro céu estrelado: era de um intenso azul-escuro e entre milhões de pequenas esferas prateadas que formavam as constelações estavam desenhados planetas e sóis, galáxias e cometas. Com os olhos voltados para cima, os meninos giravam lentamente a cabeça para admirar o espetáculo magnífico e inesperado.

– O Universo Alquímico é a coisa mais linda que existe – disse Osíris – e vocês o estão observando exatamente como os egípcios o observavam milhares de anos atrás. O conhecimento dos planetas e das galáxias era fundamental para meu povo e este teto foi pintado de maneira mágica.

Nina, Cesco e Roxy estavam maravilhados. Quando, caminhando com o nariz para cima, chegaram ao extremo da câmara, Osíris lhes pediu que parassem junto da parede, e depois pressionou um azulejo de faiança com a costumeira imagem do escaravelho verde e dourado, o que fez uma coisa extraordinária acontecer. No céu pintado acendeu-se uma infinidade de linhas luminosas que traçavam o percurso dos planetas e das estrelas. Pareciam trajetórias de um mapa estelar e era isso mesmo: aquela abóbada celeste mostrava as possíveis viagens no espaço e, então, as crianças compreenderam que os antigos egípcios haviam sido navegantes do universo.

Queriam fazer mil perguntas a Osíris, porém não tiveram tempo para isso: um rumor inesperado se fez ouvir, a câmara tremeu, os ladrilhos de ouro se movimentaram lentamente para os lados, deslizando uns sobre os outros, até que ficou um espaço vazio no centro. Pálidos, Roxy, Cesco e Nina olharam para baixo, mas a profundidade da voragem não lhes permitiu ver nada. Uma plataforma veio se elevando magicamente, preenchendo a abertura, e sobre ela havia algo extraordinário: uma embarcação antiqüíssima.

– Ooohhhh! – murmuraram as crianças quando a viram.

– Esta é Toiran, a nave voadora dos faraós – explicou Osíris, sem piscar. – Permaneceu aqui durante todo o tempo, porém nenhum arqueólogo descobriu este nosso precioso segredo.

A embarcação media uns quarenta metros de comprimento, a madeira era recoberta por ouro em folhas e na proa, alta e majestosa, erguia-se a figura de um pássaro mítico, a Fênix Árabe, com asas de um vermelho-rubi e corpo cravejado de pedras preciosas. A popa era recoberta por milhões de lápis-lazúli. No centro da Toiran, havia um sarcófago de cristal e, ao lado dele, um timão de ouro maciço; à direita, erguia-se uma enorme banheira circular, que continha um estranho líquido amarelo; na lateral, sobre majestosa estante de prata, achava-se um grande livro com capa negra e azul: era o sagrado Livro dos Mortos. Mas, estranhamente, não havia remos nem velas naquela embarcação antiqüíssima.

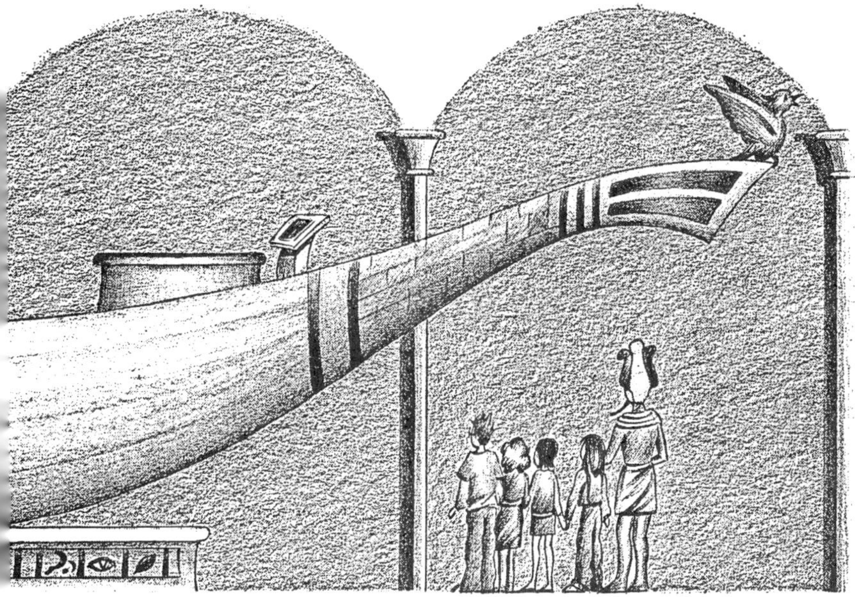

– Por que nos trouxe aqui? – perguntou Nina, aproximando-se da nave misteriosa. – Onde estamos, exatamente?

– Estamos no interior da Esfinge, onde ninguém jamais entrou a não ser os faraós e suas esposas – explicou Osíris às crianças ainda incrédulas. – Quando morriam, eles eram embalsamados e trazidos para a Toiran. Suas almas se transformavam em luz durante a longa viagem.

– Longa viagem? – perguntou Cesco, curioso.

– Sim, a viagem para Xorax, a Sexta Lua do Universo Alquímico. Nossa origem e nosso fim acontecem naquele maravilhoso planeta mágico. E hoje vocês ganharam o direito de saber disso.

Com um ar de sorriso, a divindade sentou-se junto da majestosa embarcação.

– Com a Toiran, pode-se voar até os mortos? – Roxy estava assombrada e não acreditava nas palavras da divindade verde.

– Sim. A embarcação voa, anulando espaço e tempo. Mas está parada há muitos séculos. Depois do desaparecimento do último faraó, ninguém mais a utilizou para chegar à meta preestabelecida, seguindo as linhas do céu estrelado que vocês vêem no teto. O firmamento é a maior invenção matemática e alquímica que existe. Até mesmo as pirâmides e a Esfinge foram construídas seguindo o alinhamento dos planetas e das constelações. Foi a Harmonia do Universo que nos levou a realizar estas enormes construções.

Entrecerrando os olhos, Osíris prosseguiu:

– As palavras, os números, as cores e a música contêm a própria vida. E você, pequena Nina, conseguiu revelar também o mistério da Oitava Nota. Muito bem! A música da Sexta Lua traz o Bem e aniquila o Mal.

A pequena alquimista se comoveu com aquelas bonitas palavras, que, no entanto, não eliminaram suas dúvidas e as muitas incertezas.

– Mas apenas os alquimistas bons podem ir para Xorax... – comentou, com uma pontinha de desconfiança.

– Os faraós e as divindades boas como eu podem ir para Xorax porque têm poderes alquímicos e mágicos. Por nossa vez, podemos autorizar os mortais dignos a entrar na embarcação porque fomos escolhidos pela Grande Madre Alquimista.

Nina se surpreendeu com o que Osíris acabava de dizer, pois nada sabia daquela história. Replicou:

– Mas você não tem a estrela vermelha na palma da mão, como eu.

– Não. Nós, divindades egípcias, não temos esse sinal mágico, mas somos alquimistas e desde sempre pertencemos à Sexta Lua – respondeu o deus egípcio calmamente, mostrando seu cetro, o Uas. – Eu fui designado para guia da viagem de vocês, como, antes de mim, seu antepassado Hamoi Aturi foi designado para ajudá-la na Ilha de Páscoa.

– Quer dizer que você sabe tudo a meu respeito e sobre a busca do Segundo Arcano! Devo agradecer-lhe porque sem a sua ajuda não teríamos conseguido derrotar Karkon.

Enquanto falava, Nina observava o cetro de Osíris:

– É parecido com o meu Taldom – comentou, cada vez mais confusa. – Tem os mesmos poderes?

– O Uas é o mais antigo modelo do Taldom. Eu também posso ir a Xorax usando-o e voando com a Toiran. O cetro e a nave representam privilégios que se destinam apenas a nós, divindades egípcias – explicou Osíris, prestando atenção nas crianças. – Mas agora estou aqui para ajudá-los a procurar o Segundo Arcano e...

De repente, a pequena alquimista o interrompeu porque ela e seus amiguinhos queriam saber onde e como estava sua querida amiga Flor.

– Precisamos encontrar Flor! Ela ficou na Câmara da Morte Dançante e estamos com medo de... com medo por ela.

– Flor? A menina magra de cabelos negros está ali, dentro do sarcófago de cristal. Eu a trouxe.

A divindade egípcia se calou e, com ar muito sério, ergueu-se e indicou a Toiran.

– O que aconteceu com Flor? – perguntou Nina, nervosa.

– Morreu.

A seca e trágica resposta de Osíris gelou as crianças. No primeiro instante, ficaram paralisadas pela notícia, depois correram para o sarcófago de cristal.

Muito pálida e com a testa muito machucada pelos discos corta-cabeças a menina ali estava, imóvel e sem respirar.

– Flooooor!

O grito desesperado dos três amiguinhos rompeu o silêncio.

Roxy se atirou sobre Flor e sacudiu-a uma porção de vezes, enquanto Cesco, em geral o mais ativo da turma, ajoelhou-se e escondeu o rosto com as mãos. Nina, segurando o Taldom com força, ficou olhando para a amiga e não conseguiu dizer uma só palavra. De seus bonitos olhos azuis, começaram a descer lágrimas enormes.

– Morta... Como poder ser? Ela tem que voltar a viver – gritou Roxy, dominada pela angústia. – Não podemos perdê-la assim!

Osíris se aproximou e pegou Nina pela mão.

– Há uma esperança de fazê-la voltar à vida – disse, indicando a grande banheira circular de granito rosa que estava ao lado do sarcófago.

– O que é preciso fazer? – agitou-se Nina, indo imediatamente para perto da banheira. – Diga logo, não há tempo a perder.

– Esta é a Sikkim Qadim, a faca utilizada nos antigos sacrifícios...

Enquanto falava, Osíris mostrou uma faca ondulada, com cabo de ouro e prata. O olhar assustado das crianças se deteve na lâmina afiadíssima.

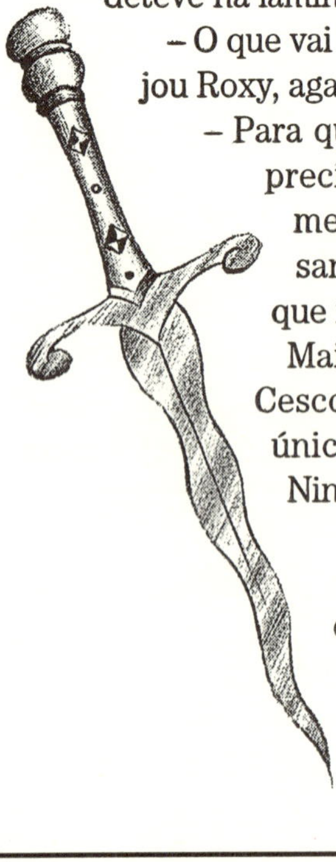

– O que vai fa... fazer com essa fa... faca? – gaguejou Roxy, agarrando-se ao sarcófago de cristal.

– Para que a amiguinha de vocês volte à vida preciso de três gotas do sangue de outra menina. Mas quem quiser oferecer seu sangue precisa ter muita coragem, porque irá arriscar sua vida.

Mais claro do que isso era impossível. Cesco não podia ajudar Flor porque era o único homem. Então, a decisão cabia a Nina e Roxy.

– Estou pronta, ofereço meu sangue.

Era a voz da menina da Sexta Lua, que deu um passo em direção a Osíris.

– Não! – discordou Roxy. – Eu é que devo fazer isso. Você não pode se arriscar. É uma menina de Xorax e precisa cumprir a missão para que as crianças voltem a pensar e, assim, salvar o planeta. Eu é que vou dar meu sangue a Flor.

Aquele era, de fato, um gesto de profunda coragem.

Nina abaixou os olhos, assentindo e pensando que jamais deveria ter posto seus amigos em perigo daquele jeito. As três crianças se abraçaram diante do corpo sem vida de Flor, depois a menina de cachos dourados se aproximou de Osíris, pronta para enfrentar a perigosa prova.

Diante da banheira, a divindade egípcia ergueu o Uas e, com a outra mão, mergulhou a lâmina da Sikkim Qadim no líquido amarelo. Numa fração de segundo, uma nuvem de fumaça azulada, que surgira do nada, cobriu Roxy da cabeça aos pés e ela desabou no chão, sem sentidos.

Osíris ergueu-a nos braços e se dirigiu para a estante, onde se encontrava o livro antigo.

– Este é o Livro dos Mortos. É o texto sagrado que permite às pessoas viajarem e também reviver através do Ritual da Vida. Só este Livro poderá fazer Flor reviver, graças à coragem de Roxy.

Enquanto dizia estas palavras, o deus pousou o olhar primeiro sobre Nina e Cesco, e depois, com infinita ternura, na menina que segurava nos braços.

– O Livro da Morte vai mesmo nos ajudar? – perguntou Nina, com a voz frágil.

– É nossa única esperança – respondeu a divindade egípcia.

Assim que Osíris deitou Roxy no chão, perto da estante, quatro pequenas chamas se acenderam no ar, acima do livro, e ficaram flutuando, ao mesmo tempo em que produziam uma fumaça violácea e muito perfumada. O Livro dos Mortos se abriu: as folhas viravam e viravam por conta própria, até parar em uma onde estava escrito:

## RITUAL DA VIDA

Foi então que uma voz profunda, vinda do alto, pronunciou algumas frases mágicas que davam início ao ritual egípcio:

*O Ritual da Vida só uma vez se deve realizar,*
*pois é tudo que o ser humano pode suportar.*
*Três gotas de sangue amigo se deve borrifar*
*sobre a pessoa falecida que se quer salvar.*
*Porém, se a luz não se manifestar,*
*a centelha da vida nunca irá voltar.*

Absolutamente imóveis, Nina e Cesco assistiam à cena, com os olhos arregalados e quase sem respirar.

A voz emudeceu, o Livro dos Mortos se fechou, as quatro pequenas chamas se uniram numa única labareda imponente e, como que disperso pelo vento, o fogo se desvaneceu, deixando um perfume intenso na câmara.

Osíris estava com a faca em punho e, com um movimento hábil, espetou três vezes a testa de Roxy com a ponta aguçada. Três gotas surgiram e, magicamente, voaram para Flor, depositando-se nos ferimentos. A divindade tornou a erguer Roxy nos braços, dirigiu-se ao sarcófago e colocou-a, ainda sem sentidos, ao lado da amiga morta. O ataúde de cristal começou a vibrar e depois de alguns segundos uma luz vermelha e ofuscante o envolveu. Ouviram-se gritos lancinantes. Nina e Cesco inclinaram a cabeça e fecharam os olhos. Tinham medo de ver um espetáculo aterrorizador!

Como que por encanto, os olhos de Flor se descerraram e, com um suspiro, ela abriu a boca como um peixe fora da água.

Roxy voltou a si de repente, gritando. As duas meninas, transtornadas e lívidas de terror, se entreolharam e em seguida se abraçaram, chorando. Cesco e Nina correram para elas. A felicidade por estar de novo juntos e vivos era tão grande que eram incapazes de falar, tal era a emoção. Flor tocava a testa e dizia:

– As múmias me atingiram aqui. Foi horrível. Eu tive tanto medo!

Roxy acariciou-lhe o rosto:

– Não ficou a mínima cicatriz, não ficou nenhum sinalzinho. Você continua linda e está viva!

Nina, que não tirava os olhos das duas amigas, garantiu a Roxy:

– Você também não ficou com a menor marca na testa. A faca de Osíris não deixou qualquer sinal.

Flor beijou o rosto da sua salvadora:

– Agora, somos irmãs pelo sangue. Ninguém jamais irá nos separar.

E Roxy, que evidentemente não havia perdido o espírito sarcástico, deu-lhe um tapinha num ombro:

– Pois é, menininha medrosa. Cuidado, se não levo você para as aranhas.

Por fim, as quatro crianças deram uma gostosa risada libertadora.

O pior parecia ter passado e Flor, que só naquele momento percebeu que estivera num sarcófago de cristal que se encontrava em uma nave oculta dentro da Esfinge, ergueu-se cambaleante e olhou estarrecida para a divindade egípcia à sua frente.

– Fique calma – disse-lhe Cesco. – É Osíris e, graças a ele, estamos salvos. Enquanto você estava morta, Nina lutou contra Karkon e o Leão Alado.

– O Leão Alado... – repetiu a menina, mais cismada ainda.

– Sim – acrescentou Nina, preocupada. – O conde nos alcançou aqui no Egito, montado no Leão Alado, e agora nos espera lá fora, entre as dunas e as pirâmides. O Gugui também foi ferido. Temos que encontrá-lo se quisermos voltar para casa.

Osíris se posicionou no timão da Toiran e, demonstrando satisfação, explicou:

– O Gugui vai voltar para a Sexta Lua porque um outro pássaro mágico virá ajudá-lo.

– Outro pássaro? – indagaram as crianças, em coro.

– A Fênix Árabe. É um animal mágico, símbolo do renascimento eterno. Ele morre entre chamas e renasce das próprias cinzas, cantando. Olhem, a imagem dele está na proa da nossa nave.

A explicação de Osíris encantou os meninos, que observaram com curiosidade a proa da Toiran.

– E onde ele está agora? – perguntou Nina, que temia pela sorte de Gugui.

– Deverá aparecer entre as dunas a qualquer momento e o pássaro da Sexta Lua poderá voar sossegado para Xorax – tranqüilizou-a a divindade egípcia, colocando as mãos no timão. – Vocês vão voltar para casa na Toiran. Eu já cumpri a minha missão. Boa sorte!

Osíris apoiou o Uas no peito e o cetro se iluminou. A divindade foi se tornando cada vez mais luminosa e transparente: em uma fração de segundo, só restou do seu corpo uma cascata de cristais prateados.

– Nããããoooo! – gritou Nina, estendendo as mãos para a frente, como que tentando reter o deus que os ajudara tanto. – Não vá emboraaa!

Mas Osíris desapareceu, deixando os quatro amiguinhos dentro da Esfinge. Apavorados e cheios de angústia, eles olharam ao redor, depois observaram a Toiran, sem saber o que fazer. No centro de uma das paredes da câmara de repente se abriu um espaço através do qual podiam ver, do alto, as pirâmides e um trecho do deserto.

Diante dos olhares assustados do grupinho, apareceu, de trás de uma duna, a Fênix Árabe. O pássaro mágico era esplendoroso e suas plumas de um vermelho-rubi cintilavam sob os raios do Sol. Ele batia as asas de maneira harmônica e seu canto melodioso atraiu o Gugui, que, com a pata ferida, saiu do esconderijo, arrastando-se na areia. A Fênix Árabe pousou ao lado dele, agitou as asas e ele imediatamente foi envolvido por labaredas. Nenhum grito de dor, nenhum gemido: o canto do pássaro maravilhoso ecoou pelo deserto. O fogo incinerou-o em um instante, e as cinzas mágicas envolveram o Gugui, que desapareceu suavemente.

O Gugui tinha se deslocado misteriosamente para a Sexta Lua. Estava salvo.

Das cinzas ainda cintilantes, surgiram as asas da Fênix Árabe: ela havia renascido e estava pronta para levantar vôo e sumir no horizonte.

– Incrível! – sussurrou Flor.

Como ela, Roxy, Nina e Cesco haviam ficado paralisados diante da cena.

– O Gugui está salvo. Viva! – comemorou a menina da Sexta Lua, apertando com força o Taldom Lux contra o peito. – Espero que já esteja com Etérea e os animais de Xorax. Espero, sim, de todo coração!

Contudo, a alegria de Nina durou pouco. Uma sombra insidiosa se desenhou entre eles e o céu: era Karkon que chegava, montando o Leão Alado. O conde estava pálido de ódio porque o Gugui escapara sem que pudesse fazer qualquer coisa e, ainda por cima, não conseguia encontrar as crianças.

Roxy puxou os amigos para trás e fez com que se abaixassem.

– Cuidado, ele não deve nos ver.

– Karkon está à nossa procura, mas acho que não vai nos encontrar.

Nina acrescentou, para acalmar os amigos:

– Ele não sabe como entrar na Esfinge.

Mas Cesco não estava sossegado:

– Osíris foi embora sem nos ensinar como fazer a Toiran funcionar. Deve ser complicado.

E o garoto tinha razão: nenhum deles sabia como utilizar a nave a fim de voltar para casa, anulando o tempo.

Então, começaram a procurar a solução para o problema: enquanto Cesco verificava o vaso canópico e os papiros para ver se estavam em ordem, Nina pegou as quatro folhas do Strade Mundi, que tinham as beiradas meio tostadas e estavam amarrotadas, porém ainda eram legíveis.

– Olhem, aqui estão desenhos da Esfinge e da Toiran. – A pequena alquimista indicou a página em que o timão e o Livro dos Mortos estavam circulados em vermelho. – Com certeza, o segredo da Toiran se encontra entre as folhas desse Livro. Mas mesmo que descubramos o modo de voltar para casa, vamos ter encrenca.

– Por quê? – perguntaram os outros.

– Porque ainda não encontramos sinal algum que nos indique onde se encontra o Segundo Arcano. Vocês se esqueceram por que viemos ao Egito?

Nina estava certa. Ainda não tinham cumprido sua missão.

Flor e Roxy sentaram-se desconsoladas sobre o sarcófago de cristal, Cesco se apoiou na banheira de granito. De repente, o garoto ficou agitado e perguntou a Nina:

– Será que não existe uma fórmula que possa nos ajudar? O pó de rubi que trouxemos deve servir para alguma coisa!

A menina da Sexta Lua sorriu e abraçou o amigo:

– Você é grande! Eu não pensei nisso. Como é que eu iria me arranjar sem você? Sem todos vocês... Vou me aproximar do Livro dos Mortos. Quem sabe ele fala comigo se eu usar o Taldom.

Nina queria tentar e, aliás, não tinha mesmo escolha. Apontou o Taldom Lux para o livro e a capa se abriu no mesmo instante.

– Deu certo! – ela se alegrou.

Uma pequena folha de papiro saiu do livro e caiu no chão. Cesco pegou-o e leu com Nina a mensagem escrita no idioma de Xorax:

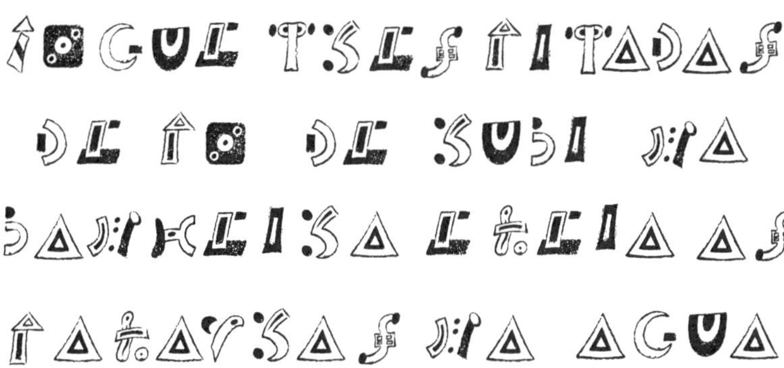

Nina pegou o saquinho em um bolso do macacão, jogou três pitadas de pó de rubi na água da banheira e pediu aos companheiros:

– Leiam comigo as palavras que vão aparecer na água.

O pó vermelho se dissolveu no líquido amarelo e, como que por magia, apareceram duas palavras escritas no alfabeto de Xorax.

– Abdir Seiat – leram os quatro, em voz alta.

– O que significa isso? – indagou Flor, com a voz ainda frágil.

– Não sei, mas acho que se trata das palavras que devemos utilizar no laboratório de Karkon para libertar o Segundo Arcano.

Roxy e Cesco olharam espantados para a pequena alquimista e ela continuou:

– Vocês não se lembram que, para Atanor, o Primeiro Arcano, meu antepassado Hamoi Haturi deixou escrito para mim as palavras "Mairobi tj Kutanga"?

– É verdade! – concordaram os três amigos de Nina.

– Bom, quer dizer que teremos que digitar no computador do laboratório de Karkon as palavras "Abdir Seiat" para libertar o Segundo Arcano, que uma das máquinas da Sala dos Encantamentos mantém prisioneiro. E desta vez descobriremos logo a seqüência numérica e poderemos mudá-la utilizando os números que eu trouxe do Zero Nevoento. Temos também a Carta Mater e a Grafite Roxa. A solução deve ser fácil.

Depois da clara explicação de Nina, Roxy lhe fez uma pergunta um tanto maldosa:

– O Primeiro Arcano era Atanor, o Fogo Eterno. Qual é o segundo? A Terra, a Água ou o Ar?

Nina ficou alguns instantes olhando para a amiga, depois se voltou para os outros dois companheiros e disse:

– Vamos saber isto quando estivermos diante das máquinas encantadas de Karkon. A Água não é, com certeza, porque nas Anotações do conde estava escrito que o Quarto Arcano está escondido em um lugar secretíssimo. Nas máquinas da Sala dos Encantamentos, estão aprisionados o

Ar e a Terra. Mas, de qualquer modo – prosseguiu a menina, aproximando-se de novo do Livro dos Mortos –, agora temos que fazer esta embarcação antiga funcionar e ir para casa.

Assim que Nina terminou de falar, Flor soltou um grito de susto:

– Eiiii! As andorinhas! Olhem, elas estão voando entre as pirâmides.

Da pequena janela que se abrira na Esfinge, as crianças viram um espetáculo maravilhoso: a frase para libertar o Segundo Arcano havia sido encontrada e as andorinhas voavam de novo para a Sexta Lua, levando os pensamentos das crianças do mundo inteiro. A fantasia e a criatividade estavam voltando.

Fora dado o primeiro passo: o Pensamento da Vida alimentaria mais uma vez o Mirabilis Fantasio de Xorax.

Mas a aventura ainda não havia terminado. Karkon tinha visto a revoada de andorinhas, compreendendo que as crianças estavam prestes a voltar para o Presente. Mas como o fariam, se o Gugui havia desaparecido? Furioso, cavalgando o Leão Alado, o conde vagava pelo céu egípcio e gritava como um possesso o nome de Nina e dos amiguinhos dela.

A menina da Sexta Lua sorriu, feliz, ao ver que as andorinhas haviam levantado vôo. Agora, precisava voltar logo para casa. Ainda havia muita coisa a fazer: ir à Sala dos Encantamentos para identificar a máquina encantada que aprisionava o Segundo Arcano, verificar os movimentos do prefeito LSL e defender Dodô das acusações que lhe haviam sido feitas. Pegou o papel com os desenhos da Toiran e, com a ajuda dos companheiros, tratou de descobrir como pôr em movimento a embarcação dos faraós.

– Olhe, no desenho do timão há uma série de letras. Parecem as do alfabeto da Sexta Lua...

A observação de Cesco era importantíssima. De fato, no timão da Toiran havia 26 letras em relevo.

– As letras são botões... – observou Roxy, que havia se aproximado do timão para ver bem as letras. – Talvez seja preciso apertá-los para compor palavras.

Nina compreendeu imediatamente o que devia fazer.

– Osíris nos contou que a nave voava para Xorax, mas não apenas para lá. O mapa do céu estrelado pintado no teto indica vários percursos, o que quer dizer que devemos apertar as letras que formam o nome do lugar para onde queremos ir.

– É isso aí! Tem que ser. Mas não queremos ir para outro planeta – observou Cesco, inquieto. – Veneza é a nossa meta...

Acrescentou depois de um instante:

– Já estamos na Terra, só que não em nossa época. É preciso anular o tempo e o espaço. Caso contrário, quem sabe onde iremos parar!

As crianças ficaram bem perto umas das outras para ter coragem. A essa altura, Nina decidiu:

– Eu acho que esta embarcação anula espaço e tempo. Senão, como é que os egípcios poderiam navegar pelo universo? Além disso, Osíris nos disse para voltar com ela, então quer dizer que isso é possível. Vou apertar os botões formando a palavra Veneza e tenho certeza de que a Toiran nos levará para casa.

– Tomara que assim seja! – disseram os três amiguinhos, confiando na solução proposta pela pequena alquimista.

Assim que Nina apertou o último botão, a Toiran começou a tremer e o Livro dos Mortos emitiu um jato de água dourada que se evaporou no mesmo instante, criando uma densa neblina que se espalhou pela câmara inteira. Os meninos deram-se as mãos e decidiram sentar-se porque estavam sendo muito sacudidos. O Taldom Lux se iluminou e vibrou, enlouquecido. O mapa no céu estrelado começou a pulsar como se fosse um coração; o teto inchava e desinchava, emitindo um rumor que lembrava o da respiração. Uma tira de prata tinha envolvido o planeta Terra, iluminando-o, e num piscar de olhos ele se tornou gigantesco a ponto de ocupar todo o teto. A tira prateada se rompeu e dirigiu-se para um determinado ponto, atingiu o centro da Itália e, como uma serpente luminosa, foi até Veneza, onde parou.

Só então a nave dos faraós se ergueu do chão, o sarcófago de cristal vazio se fechou, o timão de ouro girou velozmente e as crianças se agarraram, olhando ao redor. O teto se transformou de novo e o grande planeta Terra deu lugar a um céu negro crivado de magníficas estrelas. A Toiran, imersa no vapor dourado, iniciou a viagem, levando os pequenos passageiros para seu destino.

A nave voava no espaço deixando atrás de si um rastro luminoso, desviava-se à esquerda e à direita, como se de fato navegasse num oceano, erguia-se e descia atravessando massas fluorescentes e relâmpagos de luz enceguecedora, que faziam pensar em ondas majestosas. Os quatro amiguinhos, com os olhos arregalados, admiravam o cenário mágico, transportados a uma dimensão indescritível, na qual jamais haviam vivido. Vagavam no universo silencioso e livre. Nada parecia importante naquele momento: a beleza do infinito provocava uma felicidade tão grande que nenhuma palavra poderia descrevê-la. Imersos no espaço, eles viram passar ao lado da Toiran pequenos e grandes meteoritos, cometas com caudas luminosas e milhares de estrelas encantadas.

Súbito, a escuridão iluminada pela luz intermitente dos astros desapareceu e uma espessa barreira cinzenta surgiu no horizonte. A embarcação penetrou nela a toda velocidade, a proa com a Fênix Árabe avançou despedaçando o obstáculo e provocou uma abertura que dava diretamente para

a atmosfera terrestre. O impacto resultou em uma forte sacudidela e as crianças foram atiradas contra o timão. Roxy escorregou para junto da estante do Livro dos Mortos, que permaneceu miraculosamente de pé, enquanto Nina e Flor se agarraram na enorme banheira de granito.

Então a calma retornou. Começou a soprar um vento frio que fez os dentes das crianças baterem. Os quatro se achavam agachados na proa. Silenciosa, a Toiran voava na escuridão da noite, atravessando leves nuvens azuladas, e a Lua, grande e redonda, iluminava a estranha nave que descia lentamente em direção à lagoa de Veneza.

– Água! Olhem, é a laguna! – gritou Cesco segurando os óculos com as duas mãos. – Estamos em casa!

– Sim, sim, finalmente em casa! – Nina ergueu o Taldom e em seguida beijou-o, de tanta felicidade.

A embarcação pousou suavemente no espelho de água e foi navegando; quando chegou a poucos metros da Vila Espásia, parou exatamente onde, nas profundezas do mar, se encontrava o Aqueus Profundis. O vapor dourado pairava ao redor da nave, como uma névoa sutil. Na mão de Nina, o Taldom Lux começou a ficar luminoso e a vibrar. Do bico da cabeça do Gugui, saiu um círculo luminoso que envolveu as quatro crianças e as retirou da Toiran. Suspenso no ar frio da noite outonal, o grupo de amigos viu a embarcação levantar vôo para voltar magicamente ao antigo Egito, à câmara secreta no interior da Esfinge.

O círculo luminoso criado pelo Taldom se transformou numa espécie de cone de ar, que sugou os pequenos e os levou para o Aqueus Profundis.

Roxy, Flor, Nina e Cesco viram-se diante de Max 10-pl, que, com um sorriso contente, inclinou-se e os cumprimentou:

– Bem-vindox! Continua xendo domingo, 20:22:04. Como foi a viagem entre ax pirâmidex?

– Max, como é bom ver você de novo! A viagem foi sensacional, mas também assustadoramente pavorosa! – apressou-se a responder Flor, que não via a hora de contar a terrível aventura vivida com Roxy.

Max sacudiu as orelhas de sininho e se tornou sério:

– Aconteceu alguma coixa ruim?

– Sim, Max. Horrível! – confirmou Nina, que verificava se os papiros não se haviam estragado.

– Flor morreu e Roxy deu sangue a ela para que revivesse – contou Cesco, todo afobado, enquanto limpava as lentes dos óculos. – Tudo isso graças à intervenção de Osíris.

– É demaix! Que hixtória! Vocêx xão muito corajoxox, mexmo! – Max se aproximou de Flor para ver se ela estava bem. – Vocêx extiveram até com o mítico Oxírix. Eu também o vi uma vez na Xexta Lua e fiquei imprexxionado: ele não é muito bonito, com aquela pele verde!

O sofisticado robô de metal se balançou todo, deu um beijo em cada um dos garotos e depois indicou o andróide Andora:

– Agora xó falta reapertar ox parafuxos dax pernax. Ela extá xe recuperando bem e parece que deixou de xer perigoxa. Logo eu a colocarei de pé e vou ligá-la, axxim poderá me ajudar a limpar o laboratório. Dexcobri que é vantagem ter aqui um andróide fêmea.

Com ar travesso, Roxy perguntou:

– Será que você está se apaixonando por Andora, Max?

Ele se girou, rápido, rodou velozmente as orelhas em forma de sino, seus olhos ficaram vesgos por um momento, depois sacudiu a cabeça e, ofendidíssimo, respondeu:

– Eu... eu, apaixonado? Nunca. Nunca, jamaix!

E saiu andando, batendo os pés metálicos barulhentamente. As crianças caíram na risada por causa do embaraço do amigo andróide.

– Vocês acham que o Gugui está bem? – perguntou Flor, aproximando-se do monitor enorme do laboratório.

– Podemos perguntar a Etérea – propôs Cesco.

Mas Nina pegou a Pluma do Gugui e, abanando-a no ar, deu a entender que, por meio dela, poderia verificar se o pássaro da Sexta Lua havia sarado.

Esfregou a Pluma e a esfera verde-esmeralda surgiu no centro do Aqueus Profundis. A imagem era nítida: à distância entreviam-se os montes de goasil e de rubis, as altas plantas de fustala e um lindo prado do perfumadíssimo misyl. A esfera girava lentamente e as crianças a observavam, curiosas. E eis que de repente apareceu o Gugui, que piscou várias vezes os enormes olhos, mostrou a pata curada e voou ao redor das fustalas, sorrindo, todo feliz. Nina enviou-lhe um beijo e os outros acenaram com as mãos.

– Até a próxima aventura, querido Gugui! – disse a menina da Sexta Lua antes que a esfera desaparecesse. – Até logo!

Max escutou em silêncio a narrativa das crianças: ainda estava zangado por causa da insinuação de Roxy. Com certo nervosismo, pegou um vidro de geléia de morango e... comeu a metade em poucos segundos!

Roxy pegou o vaso que continha a Grafite Roxa, Cesco desenrolou o papiro da Carta Mater e Nina entregou o saquinho com o restante de Pó de Rubi para Flor, que, cantarolando uma música de amor, deu uma piscadela de olhos amigável para Max.

Quando terminaram, os quatro saíram do Aqueus Profundis, deixando o andróide emburrado, e se dirigiram para o laboratório da vila. Uma vez lá, sentaram-se no chão; ainda estavam perturbados, porém as tensões da viagem diminuíam.

As sugestivas imagens da aventura no Antigo Egito ainda lhes passavam pela mente, empolgando-os, porém o cansaço e a fome começaram a se fazer sentir.

– Estamos mortos de cansaço, Nina! – Cesco deu um amplo bocejo. – Vamos para casa. Amanhã é segunda-feira e temos que ir à escola.

– É... E a primeira aula é de inglês... – comentou Flor, espreguiçando-se.

Roxy levou as mãos à altura do estômago:

– Que fome! Não vejo a hora de jantar. Minha mãe já deve estar com tudo pronto e eu, como de costume, estou atrasada.

Nina cruzou os braços, apoiou-se na bancada de trabalho e sorriu:

– Obrigada por tudo. Vocês são amigos fantásticos. Superamos provas terríveis e com certeza outras nos esperam. Mas estou certa de que vamos conseguir salvar Xorax. Por hoje já fizemos o bastante. O malvado Karkon deve estar voltando do Egito com seu maldito Leão.

Isso! O Leão Alado. Naquela noite, se alguém estivesse observando a estátua de mármore sobre a coluna da praça de San Marco nada perceberia. Não havia dúvida: a anulação do tempo era uma grande invenção. Assim como acontecia com Nina e seus amigos, que viajavam e regressavam sem que os ponteiros dos relógios avançassem um segundo sequer, também o Leão aparentemente jamais se ausentara de sua coluna. Os venezianos o tinham visto lá, imóvel, enquanto na realidade ele estava fora do tempo e do espaço: tinha ido para uma outra época com o conde.

Cesco não conseguia se livrar da dúvida:

– E se antes de viajar no tempo os olhos do Leão emitiram a luz roxa? Quem sabe alguém viu... E se assim foi, vão estourar mais polêmicas sobre a magia! É ruim, Dodô está em perigo!

Flor teve um sobressalto, Nina deu um soco na parede e Roxy lamentou:

– Outra confusão! Eu não agüento mais, gente!

O relógio assinalava exatamente 21 horas. Os quatro amiguinhos saíram correndo do laboratório e, quando chegaram ao hall da vila, encontraram Ljuba, visivelmente zangada, e o professor José, que tirava a capa e o chapéu.

– *Hola*, moçada! Acabo de chegar. Há *muchas* novidades.

Ljuba rendeu-se à evidência dos fatos e, desconsolada, conseguiu apenas dizer:

– O jantar já vai para a mesa... O que faço com você, Nina? Esperava que, pelo menos na noite do seu aniversário, ficasse um pouco comigo...

Nina abraçou-a:

– Oh, sim! Ainda é meu aniversário.

– Você se esqueceu? – A governanta russa fez cara de quem desconfia. – Em geral as crianças não se esquecem de lasanha, de batatinha frita... para não falar no bolo!

– Não, não! É que este aniversário está me parecendo o mais longo da minha vida – respondeu a pequena alquimis-

ta, rindo. – Vamos nos sentar à mesa e você verá o que vai acontecer com sua deliciosa lasanha!

Nina conseguira tranqüilizar Merengue, que, com um sorriso nos lábios, foi toda contente para a cozinha pegar seus deliciosos pratos.

– Então, professor José, o que aconteceu? – perguntou Roxy, que não via a hora de ir jantar.

– Esta noite, enquanto vocês estavam aqui... estudando... digamos assim – respondeu o professor espanhol em tom irônico –, eu estava na casa de Dodô quando dois guardas bateram à porta. Abri, eles entraram e foram diretamente ao quarto do amiguinho de vocês, a fim de ver se ele estava mesmo de cama, doente. Perguntaram-lhe, à queima-roupa, se tinha estado na praça e se havia notado alguma coisa estranha, enfim, se tinha visto uma luz roxa sair dos olhos do Leão Alado. Dodô, é claro, respondeu que não havia saído de casa e eu, que percebi o nervosismo do garoto, confirmei tudo, procurando acalmar também os dois guardas. Mas eles não ficaram muito convencidos e, ao sair, nos disseram para ter cuidado e que não deveríamos falar sobre o Leão Alado. Comportamento esquisito, não? Tenho certeza de que é uma manobra do prefeito LSL.

A narrativa de José perturbou muito os pequenos e Nina ficou séria.

– Pronto! Eles descobriram que o Leão desapareceu de novo – disse Cesco, mordendo os lábios, de tão nervoso. – Eu sabia que iriam tentar pôr a culpa em Dodô, a fim de demonstrar que é ele que anda falando em magia e faz acontecerem coisas estranhas.

– Temos que ficar alertas para não cair em nenhuma armadilha. Agora, vão para casa. Amanhã pensaremos no prefeito. Então, Karkon e o Leão já terão voltado. A nossa esperança é que ninguém tenha percebido nada.

Nina tinha absoluta razão no que acabava de dizer e os três se acalmaram.

– Tá. A gente se vê amanhã à tarde, na casa do Dodô – disse Roxy, abrindo o portão da vila.

Quando os amiguinhos foram embora, Carlo Bernotti se aproximou de Nina com um ramalhete de pequenas rosas.

– São para você, feliz aniversário!

A menina da Sexta Lua corou e, emocionada, agradeceu com uma reverência o gesto delicado do jardineiro, que foi se reunir a Ljuba, na cozinha.

Assim que ficaram a sós, o professor José ergueu a mão e sacudiu o dedo indicador diante do nariz da garota.

– Olhe aqui, Nina, essa história do Leão Alado precisa terminar o quanto antes. Não quero saber nada do que vocês fizeram, nem para onde foram, mas...

A menina alquimista o interrompeu:

– Não posso, mesmo, contar nada ao senhor. Mas, por favor, ajude-nos a combater o prefeito. A magia do Leão existe realmente e não tenho como bloqueá-la. É tudo culpa do conde Karkon Ca'd'Oro. Tenho certeza de que ele e LSL estão de acordo para prender Dodô e todos nós porque...

Nina se calou ao ver que Carlo e Merengue entravam na sala.

– O jantar está servido. Vamos para a mesa?

Carinhosa, Ljuba deu o braço para Nina e os quatro foram sentar-se à mesa.

– Feliz aniversário, Nina, e que a vida lhe sorria sempre! – desejou o professor José, que, em seguida, ergueu seu copo num brinde.

A noite terminou com alegria, apesar de a menina não se esquecer do que a esperava. Sua mente fervia, em busca de um jeito para entrar na Sala dos Encantamentos do conde e, ao mesmo tempo, evitar que o prefeito decidisse processar e prender seu amiguinho Dodô.

À meia-noite em ponto, José e Carlo foram dormir no chalé da vila, para onde se encaminharam cantarolando canções espanholas. Ljuba apagou as luzes, as velas, e deu boa-noite à sua pequena alquimista, que subiu a escada em caracol, com Adônis e Platão correndo um atrás do outro e passando entre os pés dela.

Cansada e preocupada, a menina deitou-se. Aos poucos, o medo foi crescendo: lembrou-se do sonho do monge, de sua Voz persuasiva e do cheiro horrível do hálito de Karkon. O modo como ele havia pronunciado a palavra P E R S U A - S Ã O ainda a fazia se arrepiar.

*Não... Nunca mais quero ter aquele sonho*, pensou cobrindo os olhos com as mãos. *Nunca mais vou beber o Potássio. Vai ver que foi aquela poção que me tornou vulnerável e me fez ouvir a Voz sem conseguir anulá-la.*

Nina sentia-se confusa e assustada. Esperava que o avô ou Etérea a ajudassem a não sonhar mais com aquele monge inquietante. Os pensamentos se sucediam num ritmo angustiante e ela acabou por ter certeza de que logo o Livro Falante a faria encontrar a carta que lhe daria dicas para derrotar a Voz.

*O Systema Magicum Universi jamais falhou e, se falou em uma carta que me salvará, quer dizer que é verdade. Tenho que esperar com paciência e libertar o Segundo Arcano.*

Nervosa, a menina da Sexta Lua não parava de se revirar, enrolando-se nas macias cobertas: não tinha vontade alguma de dormir porque temia que o monge se introduzisse de novo nos seus sonhos.

Platão e Adônis saltaram em cima da cama e distraíram a pequena dona daqueles pensamentos aflitivos. Assim, ninada pelos dois afetuosos animais, finalmente Nina se tranqüi-

lizou e ficou olhando para fora, através da janela. O céu estrelado estava lindo, a lua cheia brilhava lá no alto e a garota fechou os olhos, lembrando-se da música majestosa da Sexta Lua. O mistério da Oitava Nota fora revelado e, se a Harmonia do Universo havia derrotado as horrendas múmias egípcias, então todo Mal poderia ser aniquilado. Até mesmo o Mal de Karkon.

## Capítulo 7

# Hauà e a voz de Ondula

Entre relâmpagos e raios de fogo, o conde Karkon se materializou em seu quarto, sacudiu a areia da capa, voltou-se para a lareira e cuspiu dentro dela. Em seguida, com raiva, jogou o Pandemon Mortalis e a cópia do Jambir sobre a mesa. Naquele mesmo momento, a poucos metros do Edifício Ca'd'Oro, exatamente na praça San Marco, a estátua de mármore sobre a coluna teve um sobressalto e por um instante os seus olhos se iluminaram com uma luz roxa, ao recolher a essência vital do felino. O encanto terminou temporariamente e o Leão Alado voltou a ser frio e a manter-se imóvel, como se nada houvesse acontecido. O regresso do passado não havia sido problemático.

Se bem que fosse noite alta, Karkon não tinha intenção alguma de dormir: atormentava-o a suspeita de que as crianças ainda se encontravam no Egito, escondidas em algum lugar secreto e protegidas por Osíris. Saiu para o corredor derrubando papéis, cadeiras, alambiques e chamou seus pupilos aos berros, como um alucinado, tanto assim que os andróides acordaram sobressaltados e acenderam imediatamente as luzes em seus quartos.

– Acordem, seus preguiçosos que não servem para nada!

A voz do Mago entrou com violência nos ouvidos de Visciolo, que adormecera na sala de manutenção dos aparelhos mecânicos.

Seguido por Alvise e Barbessa, ainda de pijama, Karkon desceu para o laboratório K e tentou se pôr em contato com seu andróide preferido: Andora. Todavia, os impulsos que enviava eram devolvidos sem qualquer resposta.

Acontece que o computador construído por Max 10-pl funcionava com perfeição, mas era claro que o conde não podia saber disso.

– Aquela maldita bruxinha bloqueou todo contato com o meu andróide. Não consigo saber sequer se Andora está ferida ou se está bem. Os *microchips* vitais não respondem.

Enfurecido, o Mago se voltou para as duas crianças andróides e disse:

– Vocês vão verificar se Nina e os outros voltaram. Amanhã cedo irão à Vila Espásia. Digam a Irene e Gastilo que fiquem de olho na escola onde os amigos da neta de Misha estudam. Sabina irá espionar os movimentos de Dodô. Entenderam?

Os dois gêmeos assentiram e, cambaleando de sono, foram dormir. Visciolo entrou naquele momento.

– Senhor, perdoe-me, mas eu estava ocupado... Como foi a viagem?

– Muito mal! Aquelas crianças intrometidas escaparam entre as pirâmides, graças à interferência de Osíris. Não as vi mais. Nem sei se voltaram, porque o Gugui, que teve a pata ferida por meu valoroso Leão, foi embora com a ajuda da Fênix Árabe.

– Entendo... Mas essa Nina tem amigos em todos os lugares e em todas as épocas! – observou o Caolho ajeitando o tapa-olho que cobria a cavidade orbital vazia.

– Sim, isso mesmo. A netinha do professor Misha é esperta. Mas o destino dela está selado. Eu a destruirei!

Karkon distraiu-se pensando na milésima vingança, enquanto alisava o cavanhaque.

– Senhor, o marquês LSL mandou que eu lhe entregasse esta carta.

Visciolo entregou um envelope misterioso ao conde, que o abriu e começou a ler em silêncio. De repente, explodiu:

– Mas que interesseiro insaciável! Ele quer cada vez mais! É um absurdo e ele vai me ouvir! Se não fizer o que eu quero, vou destruí-lo! Ele tem que respeitar nosso acordo: fiz com que se tornasse prefeito para pegar Nina e os amiguinhos dela. Em troca, eu lhe dei também um monte de ouro. E ele tem coragem de me pedir mais dinheiro, porém ainda não prendeu nenhum daqueles fedelhos da Giudecca. Chega! LSL é um tolo! Vai ter que andar direito ou vou substituí-lo por outro prefeito!

As palavras de Karkon eram repassadas de ódio e, à medida que falava, sua voz ia subindo de tom. Ao terminar, rasgou a carta e jogou-a no fogo. Visciolo recuou, com medo; curvou ainda mais o corpo corcunda e esperou que o conde se acalmasse.

– Assim que esse prefeito mendigo voltar de viagem, vamos esclarecer de vez essa questão. Agora, deixe-me sozinho. Preciso pensar.

Karkon acomodou-se em uma poltrona, fechou os olhos e começou a resmungar frases incompreensíveis. O Caolho saiu sem fazer o menor rumor. As luzes do prédio se apagaram e uma calma aparente o envolveu.

Às 8:00, enquanto Dodô tomava o café-da-manhã com sua mãe, bateram à porta: eram dois médicos do hospital que vinham fazer um exame para verificar o estado do paciente.

O menino ainda estava com a cabeça enfaixada, mas, por sorte, os ferimentos vinham sarando lentamente. Os médicos retiraram a bandagem com gestos apressados e, quando Dodô se olhou no espelho, lágrimas de desespero desceram-lhe pelas faces.

– Es... es... estou ca... ca... careca! Não tenho mais os meus ca... ca... cabelos vermelhos!

A mãe tentou consolá-lo, mas o pequeno não parava de soluçar e dizia que não queria que ninguém o visse daquele jeito.

A manhã estava sombria, com o céu coberto de nuvens, e a fraca luminosidade do dia entrava pelas janelas das salas de aula. Cesco, Flor e Roxy assistiam à aula de inglês esperando com ansiedade pelo sinal das 13:30. Queriam muito ter notícias de Dodô e Nina. Não imaginavam que Irene e Gastilo os vigiavam, escondidos perto do portão da escola.

Enquanto isso, uma grande limpeza estava em andamento na Vila Espásia. Ljuba e Carlo lavavam os vidros das altas janelas góticas, enquanto Nina e o professor José acabavam de se aprontar para ir visitar o amigo machucado. Adônis, como sempre, corria feliz à frente de Nina, abanando a cauda e fazendo voarem as folhas secas que cobriam as alamedas do jardim.

A pequena alquimista e o professor saíram exatamente às 9:00 e foram andando, tranqüilos, sem perceber que eram seguidos por duas crianças. Eram Alvise e Barbessa, que, sorrateiros, os espionavam. Perto da casa de Dodô, Sabina estava escondida atrás do poço do campinho. Quando Alvise e Barbessa chegaram, os três andróides se reuniram e ficaram observando todos os movimentos dos inimigos.

Adônis se deitou diante da porta: por ali nenhum estranho passaria, com certeza. José se acomodou na cozinha para tomar uma boa xícara de café com a mãe de Dodô e Nina foi para a sala de visitas, fazer companhia ao amigo.

Como ele estava assustado e triste!

*Tenho que dar um jeito para fazer Dodô rir*, pensou ela. *Mas na verdade ele... hum... com a cabeça pelada, ele está feinho. Ainda bem que cabelos crescem depressa!*

A pequena alquimista começou a contar o que havia acontecido no antigo Egito e, para não impressionar demais Dodô, disse que Flor correra um sério perigo, mas estava bem. Logo teriam que lutar de novo com Karkon.

– Precisamos libertar o Segundo Arcano o mais depressa possível! Terá que ser nos próximos dias... Mas não sei se você poderá ir com a gente. Ainda está muito fraco. Acho que, quando retirarem os pontos, vai poder sair de casa e ir à escola, não?

Nina não tinha certeza se Dodô iria ficar bom logo. Desconsolado, ele tocou a cabeça brilhante como uma lâmpada e comentou:

– Eu sou mes... mes... mesmo um az... az... azarado!

A menina da Sexta Lua segurou o amigo pelos ombros e o sacudiu com força.

– Você é corajoso! – afirmou, energicamente. – Lá no Egito foi muito difícil sem você. E vai ser mais ainda quando entrarmos na Sala dos Encantamentos. Mas tenho certeza de que você vai ficar bom logo e aqueles andróides moribundos que o deixaram assim irão pagar caro!

Dodô apertou na mão o rubi da Amizade Duradoura e jurou que logo estaria mais forte do que antes.

Depois de conversar e brincar mais um pouco com o companheiro, Nina decidiu que já era hora de voltar para casa: tinha muita coisa a fazer e, principalmente, não podia adiar mais a busca do Segundo Arcano.

Quando chegou à Vila Espásia, ela foi se fechar no laboratório e releu com atenção as Anotações de Karkon, detendo-se mais na Numeromagia e na Mecanogeometria. Era fundamental aprender a utilizar os Números Bons, apesar de ainda não ter resolvido o enigma do 0.

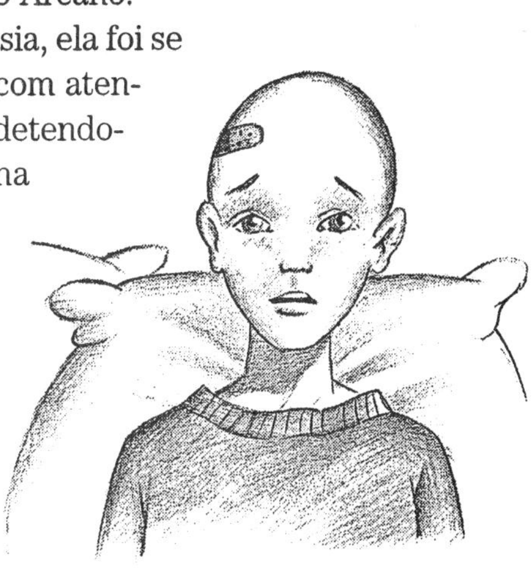

Era mais do que certo que o conde usara magia perigosa para impedir que entrassem na Sala dos Encantamentos, todavia era preciso libertar o Segundo Arcano de qualquer jeito!

À tarde, quando os andróides comunicaram a Karkon que Nina e seus companheiros haviam regressado do Egito, o mago espremeu o cérebro para compreender como eles tinham conseguido voltar sem o Gugui. Mas foi em vão.

Uma semana depois, quando o prefeito LSL voltou para a cidade, o conde foi imediatamente à Prefeitura e fez sérias ameaças.

– O senhor está sentado na cadeira de prefeito porque eu assim quis. Não se esqueça disso! Tem que mandar prender imediatamente aquele menino tolo, Dodô. Assim, os amigos dele se assustam e param de ajudar Nina. Eu cuido daquela bruxa! Tenho uma arma invencível – afirmou Karkon, quase encostando seu rosto no do prefeito. – O destino de Nina De Nobili está nas minhas mãos.

O marquês LSL procurou frear a agressividade do Mago, porém acabou tendo que ceder:

– Está bem. Vou organizar um plano para prender Dodô. Talvez até utilize aquele professor espanhol esquisito, para consegui-lo. Mas, em troca, meu caro conde, quero mais ouro e mais dinheiro.

Karkon fulminou-o com o olhar e, agitando a ampla capa roxa, retrucou:

– Já recebeu tudo que merecia, meu caro marquês. Só a mina de ouro é suficiente para pagar seus serviços. Não seja ganancioso. Quando esta história acabar e eu me tornar o Único Grande Alquimista do Universo, verá que saberei recompensá-lo de maneira adequada. Mas lembre-se: o que quer que aconteça, não utilize a arte mágica. Só deverá usá-la se ou quando eu permitir. O senhor é apenas um servidor meu!

Jamais Karkon havia falado tão sério. O seu projeto maléfico era de tal maneira devastador que ninguém conseguia se opor a ele.

O conde foi embora da Prefeitura a passos rápidos e LSL permaneceu em seu gabinete, pensando.

Uma coisa era certa: se antes Nina e seus quatro companheiros tinham apenas um inimigo, agora a batalha para libertar do Mal os pensamentos das crianças se tornara

muito mais difícil. O marquês LSL era adepto de Karkon e o fato de ele se ter tornado prefeito de Veneza complicava ainda mais as coisas: aquele homem tinha muito poder e sabia como usá-lo!

Os dias passavam rapidamente e, enquanto Max tentava pôr a Andora mecânica de pé, entupindo-a com geléia de morango, as crianças estudavam as Anotações do conde em seus mínimos detalhes. Flor já sabia quase de cor as fórmulas da Alquimia das Trevas, enquanto Roxy e Cesco tinham um conhecimento quase perfeito de como eram construídas as máquinas que aprisionavam os Arcanos. Nina já estava preparada para utilizar a Grafite Roxa e a Carta Mater; os números do Zero Nevoento também não tinham mais segredos para ela. Porém, a ameaça de Karkon era iminente: quanto mais passavam os dias, mais aumentava a dificuldade para derrotá-lo.

Uma boa notícia alegrou a turminha: Dodô estava melhor e afinal tinha voltado para a escola, usando um bonito gorro cor-de-laranja para ocultar a careca.

Numa tarde nublada de novembro, o menino foi à Vila Espásia e, ao vê-lo chegar, Ljuba preparou um lanche caprichado para comemorar a ocasião: torta musse de chocolate com creme de chantili, suco de laranja e balas de baunilha.

Cesco começou a brincar com o amigo, tentando tirar-lhe o gorro, mas Dodô não tinha a menor intenção de mostrar a cabeça pelada para as garotas.

*Dodô parece estar em plena forma*, pensou Nina. *Chegou o momento de agir! Amanhã é domingo e não há aula... Perfeito! Hoje é o dia perfeito!*

– Agora que estamos todos juntos outra vez, poderemos enfrentar Karkon – disse aos amigos. – Etérea me mandou uma mensagem urgente: é preciso libertar o Segundo Arcano. Mas, antes de irmos ao Edifício Ca'd'Oro, vou pedir ao Livro que nos ajude. Não sei o que vai acontecer nas próximas horas. Talvez seja melhor vocês telefonarem para seus pais: digam que vão ficar aqui comigo até amanhã. Assim ficaremos mais sossegados. O professor José não vai criar caso se sumirmos por algum tempo. Ele sabe e compreende.

A menina da Sexta Lua chamou Ljuba e disse para não perturbá-los porque iriam estudar. A governanta russa olhou as crianças, que estavam muito quietinhas, sentadas no divã da Sala das Laranjeiras. Abanou a cabeça:

– Está bem, está bem... – concordou em tom irônico e um tanto preocupado. – Não vão se cansar demais...

Os cinco amigos se dirigiram para a porta do laboratório, Nina colocou a esfera de cristal em seu nicho e todos entraram, prontos para a próxima aventura.

Depois de ter apoiado a mão com a estrela sobre a folha líquida, a pequena alquimista perguntou:

– Livro, que Arcano eu devo procurar: o do Ar ou o da Terra?

O Systema Magicum Universi se iluminou:

*Isto você é quem terá que desvendar,*
*porém uma coisa eu posso lhe falar.*
*Os números e as fórmulas vão lhe servir*
*e dois animais mágicos a irão seguir.*
*Como a alquimia suas regras tem,*
*Etérea sabe de tudo muito bem.*

– Animais mágicos? Quer dizer que o Esbáquio vai vir! – exclamou Cesco, todo contente.

– É, talvez ele venha com Tilinto ou com Quásquio – assentiu Nina, voltando-se para Roxy.

Dodô estava animado, não via a hora de viver uma nova aventura.

– Eu queria tan... tanto que a Ondu... du... la, Ondula viesse!

A menina da Sexta Lua abriu o alçapão e fez um sinal para os amigos. Todos desceram para o Aqueus Profundis: era preciso entrar em contato com Etérea.

– Oi, meux amigox! Olhem xó como Andora é eficiente!

Todo agitado, Max dava pulinhos aqui e ali, apontando para o sofisticado robô karkoniano. O andróide parecia completamente restabelecido. Estava de pé e tirava o pó do monitor do computador, mas, assim que viu as crianças, parou e abaixou a cabeça.

– Vamox, vamox, não fique trixte! – disse Max, procurando animar a Andora mecânica. – Aqui você vai ficar bem e elex não vão lhe fazer mal algum.

Nina e seus companheiros estavam de boca aberta.

– Max, tem certeza de que ela não vai ficar agressiva de novo? – indagou Cesco, dando uma volta em torno de Andora.

– Não, não. Agora ela é pacífica. Xó que não conxigo fazê-la rir. Parece que não tem a menor vontade de viver aqui. Max com o tempo ela vai mudar de idéia.

O bom andróide estava contente: finalmente não mais estava sozinho no Aqueus Profundis.

Nina ergueu a cabeça de Andora e fitou-a nos olhos: de fato, seu olhar era muito triste.

– Está bem, Max. Diga a ela que vá se sentar. Preciso falar com Etérea. Ative o computador do Aqueus Profundis, é urgente.

Max 10-pl obedeceu no mesmo instante e depois de alguns segundos Cesco já estava a postos, acomodado junto ao teclado do computador.

– Mensagem para a Madre Alquimista, de Nina, 5523312. Tenho que falar com você. Preciso entrar na casa de Karkon e o Livro me disse que deverei ir com dois animais mágicos. Sabe quem são eles?

No enorme monitor fixado na parede apareceu um foco de luz pulsante e depois, entre cintilações de prata, as crianças viram flutuar o Taldom Lux de Etérea. Mas apenas a menina da Sexta Lua ouviu a voz da Madre Alquimista ressoar na sua mente.

*Virão para cá o Esbáquio 8833108, que lhe dará*
*coragem, e Ondula 8833109, que usará a sua voz.*
*Agora, digite o código deles, depois esfregue a Pluma do Gugui*
*e Xorax aparecerá. Empunhe o seu Taldom, o meu já*
*está em posição. Em seguida, pronuncie três vezes*
*"Olys Assaf" e*
*aperte os olhos de goasil. O Esbáquio surgirá ao seu lado.*
*Logo em seguida, diga em voz alta, por três vezes,*
*a palavra "Zuky" e Ondula irá voar.*
*Faça-o já!*

Cesco digitou com muito cuidado os códigos que Nina lhe ditou e ela esfregou a Pluma do Gugui: a esfera verde-esmeralda apareceu e flutuou no ar, iluminando o laboratório. Nesse momento, diante dos olhares curiosos dos amigos, Nina tirou o Taldom Lux do bolso central do macacão e pronunciou por três vezes "Olys Assaf" (amarelo e branco, as cores do Esbáquio), pressionou os olhos de goasil e aguardou. A alquimia mágica estava se realizando: o Taldom Lux de Etérea emitiu um relâmpago azul e o Esbáquio apareceu dentro da esfera. Lentamente, o grande e simpático pintinho de Xorax passou para dentro do Aqueus Profundis. Assim que viu as crianças, começou a soltar bolhas de sabão de felicidade, porém Max interferiu de imediato, tapando-lhe a boca.

– Xim, xim, xabemox que você extá contente, max não faça exxax bolhax aqui dentro.

Cesco, Roxy, Dodô e Flor abraçaram o estranho animal, que se sentou ao lado do computador. Nina lhe sorriu e iniciou o procedimento para trazer Ondula. Tudo deu certinho: depois de alguns segundos, também a borboleta cor-de-laranja saiu da esfera e, cantando, voou pelo laboratório.

Flor ficou encantada e, com os braços erguidos, tentava tocar no animal mágico da Sexta Lua.

– Ela é maravilhosa! Tem rosto meigo e as mãos tão pequeninas e rosadas!

Ondula pousou na cabeça de Max, colocou as mãozinhas na testa metálica e lhe deu um beijo: as orelhas do andróide começaram a girar freneticamente de emoção. A borboleta emitiu alguns gorjeios, voou rente ao chão, apoiou os minúsculos pés no piso e começou a andar, observando todos os detalhes do Aqueus Profundis. Por fim, voou ao redor dos pequenos, sacudindo as asas alegremente.

Aqueles dois esplêndidos animais representavam mais uma garantia para que o plano deles desse bom resultado, mas Nina sabia que não seria nada fácil entrar no prédio de Karkon. Em primeiro lugar, era preciso resolver este problema: como levar Ondula e Esbáquio para lá?

Desta vez, seria impossível utilizar o bote de Roxy: fazia frio demais e tentar atravessar o canal da Giudecca seria um grande erro. Seria preciso encontrar uma solução. Nina olhou para Taldom e teve uma idéia genial:

– Claro! Podemos ficar invisíveis e pegar a balsa para a praça San Marco! – Os olhos dela estavam iluminados pela alegria. – Gente boa, vamos agora mesmo para o laboratório da vila! O Livro vai nos ensinar como usar o Taldom para ficarmos invisíveis. Aliás, eu e Dodô já fizemos isso quando fomos para o fundo do mar em busca do Leão Alado e do Cálice de Pedra, o cálice que controla as marés. Só ficando invisíveis poderemos viajar na balsa com os nossos amiguinhos da Sexta Lua.

– Sim. É ver... ver... verdade – confirmou Dodô, lembrando-se da aventura que haviam vivido em julho, quando ele fora parar dentro da boca do Leão.

Mas Flor não se sentia nada tranqüila: não tinha vontade alguma de se ver em outra fria; ela havia escapado por pouco da péssima experiência no antigo Egito.

– Invisíveis? – perguntou, hesitante. – Está falando sério, Nina?

– Você usa o Taldom. Tudo bem. Só tem uma coisa: como vamos entrar no prédio? – Cesco já encontrara defeito no plano. – O portão fica sempre fechado com cadeado.

– Bom, Ondula voa, por isso para ela vai ser fácil entrar... – sugeriu Roxy.

Nina achou a sugestão boa e reformulou o plano:

– Então, todos ficarão invisíveis, menos Ondula. Ela voará até o Edifício Ca' d'Oro, tentará entrar e depois abrirá o portão ou uma janela para nós. O que acham?

Desta vez, foi Max quem interferiu:

– Como a minha amiga Ondula é medroxa, deverá comer Pó de Rubi. Axxim terá maix um dom mágico: imitar a voz dox humanox.

– É mesmo, o Pó de Rubi! – animou-se Cesco.

E Nina se antecipou:

– Não usamos tudo no Egito. Espero que dê.

Os meninos ficaram exultantes: agora sim, estavam prontos para enfrentar o Mago!

Esbáquio, cansado de ficar parado, tentou dar um salto de felicidade, porém foi retido por Max, enquanto Ondula agitou as asas alegremente e anuiu com a cabecinha, fazendo oscilar as duas antenas negras e sutis. Andora, que até aquele momento ficara imóvel, começou a aplaudir, surpreendendo todo mundo. Max correu para ela e observou-a, curioso. Só então o andróide feminino bateu as pálpebras algumas vezes e, envergonhado, abaixou a cabeça: tinha batido palmas sem pensar, num impulso.

Nina, que continuava desconfiada, sussurrou para Max:

– Esquisito, esse comportamento... Vigie esse andróide, não confio nele.

Depois de alguns instantes de desânimo, o grupinho se dirigiu para a saída do Aqueus Profundis. Cesco abriu a porta, fez Esbáquio entrar no trole e ele ocupou quase todo o espaço. Flor se acomodou no colo de Roxy, Cesco e Nina se espremeram num canto. Dodô acabou nos braços do grande floco de penas amarelas. Claro, a única que não tinha problema era Ondula, que, despreocupada, esvoaçava pelo túnel secreto.

O trole saiu disparado e num instante chegaram ao laboratório da vila. Imediatamente, Ondula comeu logo uma boa porção de Pó de Rubi, começou a cantar e, depois falou, imitando a voz de Cesco:

– Oi! Eu sou Ondula, a borboleta mágica de Xorax!

Ele e os demais ficaram de queixo caído. Nina acariciou a cabecinha da borboleta cor-de-laranja e indagou:

– Você imita qualquer voz?

– Sim, claro. Falando e cantando também – respondeu Ondula, imitando a voz da pequena alquimista.

– Muito legal! – festejaram as crianças.

A menina da Sexta Lua consultou o relógio: marcava 23 horas, 59 minutos e 6 segundos. Depois foi até o Systema Magicum Universi, apoiou a mão com a estrela na folha líquida e disse:

– Livro, precisamos ficar invisíveis usando o Taldom. Você pode nos ajudar?

*Em primeiro lugar e agora*
*Ondula tem que ir embora.*
*A porta de saída é o único entrave,*
*Abra-a, pois o caminho ela já sabe.*

A borboleta deu duas piruetas no ar e Nina abriu a porta do laboratório para que ela saísse. Os quatro amiguinhos tornaram a olhar para o Livro, que se iluminou.

*Agora, os olhos fechados vocês têm que manter*
*Porque foi ordenado que a magia não devem ver.*
*Mas não se esqueçam:*
*Apenas por duas horas o encanto vai durar*
*e depois desse tempo a realidade há de voltar.*

Antes que o Livro iniciasse a magia, as quatro crianças pegaram a Carta Mater, a Grafite Roxa, abraçaram Esbáquio e se colocaram bem junto de Nina, que enfiara num bolso do macacão as nove tiras dos números negros que trouxera do Zero Nevoento.

– Estes números têm o poder de anular os Numeromagos – explicou e fechou os olhos.

O Taldom começou a vibrar na mão da pequena alquimista e dos olhos de goasil saiu um sutil fio de fumaça negra que, como um laço, envolveu o grupo. O Systema Magicum Universi elevou-se da bancada de experiências e girou ao redor de si mesmo até formar um pequeno furacão que sugou todos de uma só vez.

Uma correnteza fortíssima de vento os transportou e poucos segundos depois se encontravam diante do portão do Edifício Ca' d'Oro. Haviam se tornado invisíveis; as demais pessoas não percebiam a presença deles, porém eles se viam uns aos outros. Cesco fez um carinho na cabeça do Esbáquio, que sorriu e se conteve para não soltar bolhas; Roxy tocou num dos braços de Flor, enquanto Dodô olhava para as próprias mãos. Naquele momento passou por eles um guarda-noturno; os pequenos se imobilizaram junto à parede, porém o homem nada viu de estranho e passou direto.

– Perfeito, a magia deu certo – murmurou a menina da Sexta Lua, apertando mais o Taldom. – Ninguém pode nos ver.

Ondula, que, nesse meio-tempo, conseguira entrar no prédio de Karkon através da chaminé de uma lareira, voou para o pátio sem ser vista.

Era meia-noite e todos dormiam. Ou quase todos.

As únicas luzes acesas eram as do quarto de Karkon, que provavelmente estava testando alguma das suas maldades, e as do Refeitório, onde Visciolo cochilava. Portanto, era indispensável evitar até mesmo o menor ruído; caso contrário, a missão fracassaria.

A borboleta pousou na corrente que trancava o portão e puxou-a com força. O esforço que Ondula fazia era tanto que o suor lhe escorria pelo rosto, mas acabou conseguindo o que queria: mais alguns puxões e o cadeado se abriu. A borboleta puxou um dos lados do portão, saiu e disse:

– Pronto, podem entrar.

– Você está nos vendo? – surpreendeu-se Nina.

– Claro que sim. – Ondula riu e agitou as asas. – Se eu não visse vocês, não seria uma borboleta mágica, não é?

A turminha entrou com cuidado no prédio, mas Esbáquio era obrigado a se movimentar saltando, por causa das pernas em formato de molas. Então, em dois saltos percorreu o pátio e chegou primeiro à escada que ia dar na Sala dos Encantamentos. Ficou esperando pelos outros com impaciência. Roxy, que andava olhando ao redor, parou de repente, ergueu a cabeça e fez um sinal para Ondula, que imediatamente pousou em seu ombro direito.

– Tenho uma idéia – segredou-lhe a menina. – Você imita a voz de Karkon e faz Visciolo abrir a porta para a gente.

A borboleta fez que sim com a cabeça, Nina aprovou a idéia, mas antes que Ondula saísse voando recomendou-lhe que tomasse cuidado. Enquanto o grupinho subia a escada, a linda borboleta foi ao Refeitório, parou do outro lado da porta e, imitando a voz do Mago, falou:

– Visciolo, vá abrir a porta da Sala dos Encantamentos. Mas não precisa me esperar, pode ir dormir. Tome cuidado

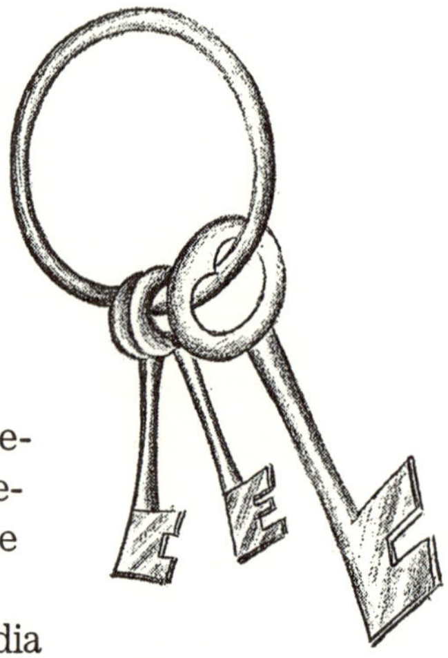

para não acordar os andróides: preciso ficar a sós e em absoluto silêncio.

A imitação da voz rouca e terrível foi perfeita, tanto assim que Visciolo não suspeitou de nada. O servo caolho, corcunda e manco se ergueu da cadeira e andou rapidamente para a porta, dizendo:

– Precisa de mais alguma coisa, senhor?... – Mas quando saiu para o corredor não viu ninguém e resmungou: – Ele já foi... que pressa!

Tratou de ir o mais depressa que podia para a Sala dos Encantamentos. Quando chegou diante da porta, pegou uma argola com chaves e enfiou a maior delas na fechadura, diante dos olhares apavorados das crianças e de Esbáquio, que se apertavam num canto.

– Ele não nos vê mesmo! – murmurou Flor para Cesco.

– É, não percebeu nada – respondeu o menino, também baixinho. – Ainda bem!

O caolho deixou a porta entreaberta e foi andando lentamente para seu quarto. Ondula, que esvoaçava, tranqüila, pelos sombrios corredores, veio sem dificuldade para junto dos amigos.

– Caminho livre, turma, podemos entrar – disse Nina, adiantando-se com cautela.

A sala tinha poucas velas acesas e, envoltos na penumbra, os cinco amigos se movimentaram entre as máquinas encantadas.

Uma estava desligada. Parecia um Forno e tinha ao lado um monte de folhas gigantes da Erva Medicalis. Era a máquina que havia mantido preso Atanor, o Fogo Eterno, o Primeiro Arcano que Nina já havia libertado. Cesco e Roxy se aproximaram do timão, que girava lentamente no centro das três máquinas, e, em seguida, olharam com a maior atenção o quadro-negro pendurado na parede. Nele estavam escritos dezenas e dezenas de algarismos. Flor apoiou a mão sobre a máquina. Ela lembrava uma Estufa a carvão e soltava um silvo contínuo, ensurdecedor. Dodô examinou a última máquina.

– Pa... pa... parece um mi... mi... míssil e pe... pe... pelas janelinhas das por... por... portinholas dá para ver uma luz lá den... den... dentro.

Nina observou com atenção as paredes da sala, porém a pouca luz não lhe permitia ler os vários papéis que estavam fixados nelas. A um certo momento chamou-lhe a atenção uma pequena tira de papel verde presa com uma tachinha. Estendeu a mão para pegá-la, porém Esbáquio deu um salto, foi parar em cima de uma mesinha que se achava perto da janela e fez um barulhão.

– Pssssiuuuu! O que está fazendo? – repreendeu-o Nina. – Se fizermos barulho, os andróides vão acordar e Karkon virá correndo para cá.

Esbáquio se desculpou, abaixou a cabeça, girou as orelhas e sentou-se. Ondula pegou a tira de papel verde e entregou-a à menina da Sexta Lua, que se aproximou de uma vela e leu:

*Hauà: 6065514. Não tocar no Míssil e manter a máquina ligada.*

– Interessante... – murmurou a menina.

Curiosos, os demais se aproximaram para ler.

– O que quer dizer Hauà? – perguntou Roxy.

– Se bem me lembro, é uma palavra árabe e significa Ar.

Assim dizendo, mais uma vez a sabichona da Flor fez uma bela figura.

– Ar? Então... Bem, pode se referir ao Segundo Arcano. No Caderno Negro do meu avô está escrito que o Ar é invi-

sível e móvel, que é o princípio da vida sem tempo e tem a Alma Brilhante.

Nina estava convencida de se encontrar no caminho certo para resolver o enigma e não via a hora de conquistar o Segundo Arcano. Sabia que agora não era o momento de utilizar as palavras encontradas no antigo Egito, "Abdir Seiat", porque seria necessário digitá-la no teclado do computador do laboratório K. Lembrava-se bem do procedimento porque havia resolvido desse modo o problema do Primeiro Arcano. A menina da Sexta Lua compreendeu que chegara a hora de usar a Carta Mater e a Grafite Roxa para interromper a energia do Míssil. Para fazê-lo, precisava escrever o código 6065514 e modificar os Numeromagos que compunham a máquina encantada.

– Lembro-me de que nas Anotações de Karkon está explicado que, uma vez escritos os números, é preciso dizer três vezes as palavras mágicas Numerus Noctis – comentou Nina, pegando o papiro da Carta Mater.

Enquanto isso, Cesco abria cuidadosamente o vaso canópico que continha a Grafite Roxa.

Sob os olhares atentos de Ondula e Esbáquio, as crianças se aproximaram do Míssil, a menina da Sexta Lua estendeu o papiro no chão e se ajoelhou, pronta para utilizar a Grafite, mas, quando ia enfiar a mão no vaso, a borboleta voou para junto dela, dizendo:

– Não, eu é que devo pegar a Grafite e escrever na Carta Magna os números que você ditar.

A pequena ficou olhando, cheia de curiosidade. Ondula enfiou a mão no vaso, molhou os dedos na tinta roxa e esperou. A pequena alquimista começou a ditar os números respeitando a seqüência:

– 6, corresponde aos cubos, 0 é o motor de todos os mecanismos, mas é preciso manter a posição para o Norte...

Depois de um profundo suspiro, Nina repetiu o 6, em seguida disse duas vezes o 5, número que criava os cilindros, a seguir pronunciou o 1, que criava as barras de calamita, e, por fim, disse o 4, que correspondia às rodas dos mecanismos. Quando Ondula terminou de escrever a seqüência exata do Hauà, a menina da Sexta Lua pronunciou três vezes "Numerus Noctis".

Os números se ergueram da Carta Mater e permaneceram suspensos a meio metro do piso. Esbáquio olhou aquelas estranhas formas cor-de-violeta que flutuavam no ar e sorriu, divertido. As crianças se aproximaram até quase tocar nos estranhos números, que não pareciam perigosos. Ondula esvoaçava ao redor e o deslocamento de ar que provocava fazia oscilar os números.

Só então Nina tirou de um bolso as tiras negras e brilhantes que havia trazido do Zero Nevoento.

– Estes são os Números Bons, que irão aniquilar os maus... – explicou, fazendo os amiguinhos se distanciarem. – Não fiquem perto, não sei o que vai acontecer.

A pequena alquimista deu início à mágica alquímica: estendeu no chão os nove números impressos nas tiras e esperou. O 6 negro se ergueu e se sobrepôs ao 6 roxo e os demais números fizeram a mesma coisa, um depois do outro. O único que ficou descoberto foi o 0 roxo, o Numeromago que correspondia ao motor. O mais importante.

– Só vieram nove tiras, está faltando o 0...

Nem bem Cesco terminou de falar e de repente, no meio da sala, apareceu um grande círculo cheio de neblina, contornado por uma moldura fosforescente. Uma rajada de vento gélido esfriou o ambiente e as velas se apagaram, deixando tudo escuro. Os pequenos conseguiam ver alguma coisa graças à luminosidade que escapava pelos visores das portinholas do Míssil, que continuava com luz por dentro.

– Parem, não toquem nele! – avisou Nina. – É o Zero Nevoento!

Dentro do círculo, desencadearam-se pequenos relâmpagos; um fio de névoa escapou do Zero Nevoento e se dirigiu para os números que flutuavam no ar, depois parou e se colocou exatamente no lugar do número que faltava: o 0, que de roxo se transformou em cinza, depois ficou negro, como os demais. Só então o grande círculo de neblina desapareceu, deixando todos perplexos, inclusive Esbáquio, cujos olhos giravam devido ao pavor que ele sentia.

Os números se tornaram grandes e espessos, incharam como se estivessem cheios de ar, parecendo balões de borracha, e, atraídos pelo Míssil, grudaram-se nele como se fossem imãs. Em seguida, assumiram a forma das partes mecânicas que representavam e começaram a destruir as engrenagens: assim, a Mecanogeometria perdeu todo o poder e o encantamento karkoniano se desvaneceu.

– Olhem só! Os Numeromagos foram derrotados e o encantamento vai se desfazer!

Nina estava contente e ansiosa para obter o Segundo Arcano. Dodô, mantendo o gorro cor-de-laranja bem enterrado na cabeça, foi para junto de Flor.

– Estou com me... me... medo. E se o Mi... Mi... Míssil explodir?

De fato, estava acontecendo uma coisa esquisita: o Ômbio, um óleo mágico de cor verde criado por Karkon com saliva de dragão e urina de cisne, começou a escorrer e a máquina encantada se tornou viscosa. A luminosidade que se entrevia pelas portinholas começou a apagar e acender, de modo intermitente. O mecanismo dos Numeromagos estava falhando!

Até mesmo o líquido precioso de Orvalho de Lírio, que Karkon inventou para encantar as máquinas, transformava-se num esquisito mingau amarelo.

Nina correu para o timão e moveu-o de leve, fazendo um pequeno desvio para o Norte. As portinholas do Míssil se abriram inesperadamente, uma pequena esfera gasosa esvoaçou por cima da máquina e desapareceu.

– Aquela esfera é Hauà! – esclareceu Nina. – Ela contém o Ar, o Segundo Arcano!

Suas últimas palavras foram abafadas por uma sirene de alarme e a sala imediatamente foi iluminada por uma luz vermelha e laranja que deslumbrou as crianças. Esbáquio reagiu prontamente e, com três saltos, derrubou o Míssil. Os garotos correram para a porta e Ondula, que tapava os ouvidos com as mãozinhas, voou para os corredores do prédio.

– Estamos perdidos! – gritou Cesco, correndo como um possesso. – Karkon vem vindo aí!

– Calma... Ninguém pode nos ver – lembrou-lhes Nina. – Estamos invisíveis!

Ela também corria, levando o vaso canópico, e era seguida por Flor, que tinha embaixo de um braço a Carta Mater.

Dodô rolou escada abaixo, mas felizmente não se machucou. Nina continuou correndo e os demais a seguiam de perto.

– Depressa, vamos para o laboratório K – disse a pequena alquimista. – Depressa!

No entanto, no fundo do corredor uma porta se abriu e um facho de luz escapou por ela, iluminando as paredes mofadas. Os cinco amigos e Esbáquio se detiveram, enquanto Ondula voou mais alto e foi pousar numa trave do teto, torcendo para não ser vista. Pela porta aberta, saíram Irene e Sabina: estavam de pijama e rosqueavam o pescoço e as mãos.

– Quem é? É você, Visciolo? – indagaram os dois andróides crianças.

A borboleta ia responder com a voz do Caolho, para tranqüilizá-las e fazer com que voltassem a dormir, mas o pó do teto a fez espirrar.

– Atchiiimmm!

Sabina olhou para a direita, depois para a esquerda e não viu ninguém. Irene foi até a escada e olhou para cima, mas, por sorte, não viu Ondula, que, com medo de espirrar de novo, tapara o nariz com as mãos. As crianças procuraram se manter imóveis até que os andróides voltassem para o quarto. A magia da invisibilidade ainda se encontrava ativa, porém iria durar apenas mais meia hora.

Depois disso, todos estariam numa bela encrenca.

## Capítulo 8

# A ameaça dos Oculis Serpentis

– Irene, vamos dormir... Estou morta de cansaço. Não há ninguém aqui.

Sabina sentia-se fraca: seu coração de gato, como os dos demais andróides crianças, já não batia com regularidade.

– Tenho impressão de que alguma coisa está errada – disse Irene, bocejando. – Acho melhor avisar Visciolo...

Mas Sabina arrastou-a por um braço até o quarto e fechou a porta. O corredor voltou a ficar às escuras. Ondula voltou a voar, usando as antenas como radar para não se chocar contra eventuais obstáculos e, ao atravessar as salas do prédio, observou com atenção os esquisitos trastes espalhados na maior desordem: montes de lâminas de aço, barris cheios de líquidos acinzentados. computadores quebrados, fios elétricos, retortas muito velhas e grandes frascos de vidro contendo órgãos e pedaços de animais. Ondula estava curiosa e, ao mesmo tempo, com medo, porque jamais vira um ambiente tão aterrorizador: não tinha a menor semelhança com Xorax e suas paisagens maravilhosas.

As crianças e Esbáquio se encaminharam para o laboratório K. Os corredores eram estreitos e longos, o piso estava corroído pela umidade e cheio de buracos perigosos. Roxy tropeçou duas vezes, indo sempre se chocar contra Esbáquio, que saltava, procurando não fazer barulho. Cesco avançava mantendo-se junto das janelas pelas quais se filtrava a luz dos postes da rua.

– Estamos quase chegando – disse ele –, a porta do laboratório K fica para aquele lado...

Assim que o garoto virou o ângulo do corredor, viu a porta do laboratório ao fundo e ficou impressionado: dela saltavam estranhos e pequenos feixes de luz verdes e amarelos que se moviam com muita rapidez, cintilavam aqui e ali, permanecendo a uma altura de meio metro do piso.

– Olhem! O que será aquilo?

Nina se adiantou, empunhou o Taldom Lux e se aproximou das inúmeras faíscas esquisitas que se movimentavam em ziguezague, como se fossem vagalumes. Flor e Dodô se voltaram e viram que de trás vinham outras luzinhas, sempre de cor verde e amarela.

– Estamos cercados! – gritou Nina e Esbáquio deu um salto, indo parar ao lado de uma horda de coisas estranhas que vagavam nos corredores. Só então todos perceberam a terrível ameaça: eram os Oculis Serpentis, que chegavam em grande número.

Os Oculis eram uma invenção de Karkon, que os havia espalhado pelo edifício inteiro, inclusive no laboratório K. Ativavam-se à noite e, como sentinelas vigilantes, tinham a missão de registrar eventuais entradas de estranhos. Essas serpentes de cor esverdeada avançavam, deslizando agilmente no piso, mantendo-se eretas e com as caudas enrodilhadas. A cabeça era composta por duas pequenas câmaras de filmar e os olhos registravam qualquer imagem por meio de raios infravermelhos. Portanto, os Oculis Serpentis enxergavam também no escuro.

– Por todos os chocolates do mundo! – surpreendeu-se Nina e apontou o Taldom. – São serpentes com olhos luminosos!

Mas, antes de disparar, a garota olhou para os amigos, incerta sobre o que deveria fazer.

– Estamos invisíveis, elas não podem nos ver – lembrou-a Cesco. – Não esquenta. É melhor não usar o Taldom Lux

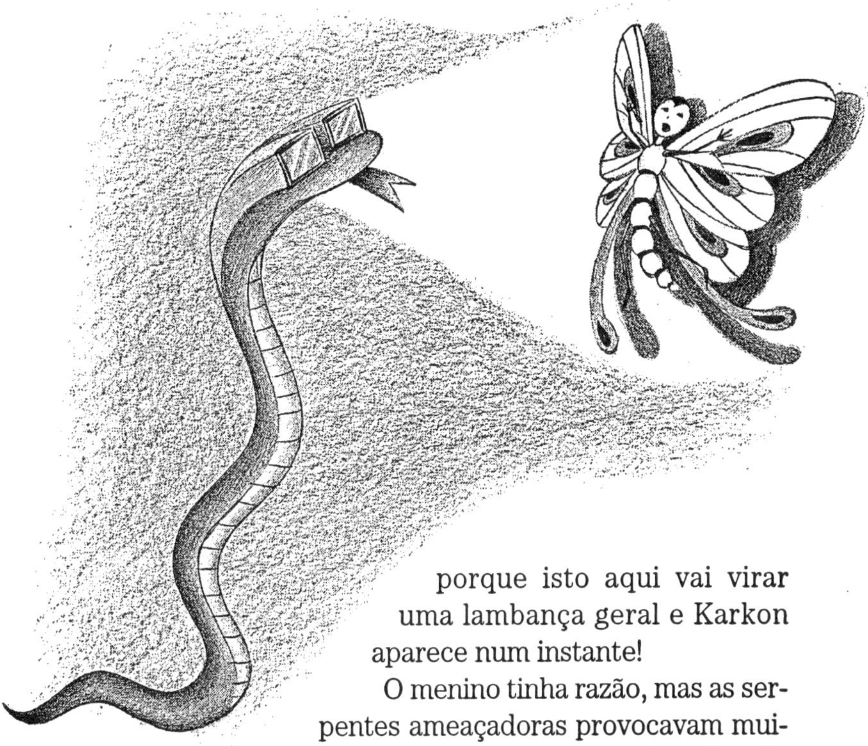

porque isto aqui vai virar uma lambança geral e Karkon aparece num instante!

O menino tinha razão, mas as serpentes ameaçadoras provocavam muito medo. Esbáquio esmagou três, saltando sem querer em cima delas: as cabeças com as filmadoras se despedaçaram, mas os corpos continuaram a se movimentar, debatendo-se contra as paredes. Os Oculis que chegavam do fundo do corredor filmaram a cena e passaram a se movimentar com mais velocidade. Ondula voou rente ao piso e, com suas mãozinhas, tentou quebrar mais uma, porém não conseguiu. De repente, uma das serpentes voltou-se e fixou os olhos luminosos na borboleta, que ficou ofuscada. A imagem do rosto aterrorizado de Ondula apareceu no monitor do quarto de Karkon. Aí, foi uma grande confusão!

O mago estava distraído, escrevendo em seu novo caderno de códigos e de estranhas descrições mágicas. Faltavam 15 minutos para as 2 horas e ele não esperava ser perturbado em plena noite, quando o monitor se iluminou.

Será que havia um intruso no prédio? Esquisito, pois reinava um silêncio sepulcral. O conde afastou o tinteiro, olhou a clepsidra – um antigo relógio de água que tinha sobre a mesa; desconfiado, ficou olhando para o monitor e não tardou a ver o minúsculo rosto da borboleta cor-de-laranja, com a boca aberta pelo susto e os olhos arregalados. Em seguida, a imagem desapareceu e de vez em quando a transmissão das filmadoras dos Oculis Serpentis se interrompia ou mostrava apenas os corredores escuros.

Karkon se ergueu, empurrou a cadeira, ajeitou a ampla capa roxa, guardou o caderno vermelho, pegou o Pandemon Mortalis, saiu para o corredor e berrou a plenos pulmões:

– Visciolo! Onde você está, seu maldito corcunda?

O Caolho acordou assustado, pulou da cama e foi ao encontro de Karkon vestido apenas com uma malha suja e ceroulas de lã.

– Há alguém no corredor que dá para o laboratório K – disse o conde, andando com passos largos e rápidos, seguido de perto pelo criado tonto de sono. – Os Oculis Serpentis enviaram-me a imagem esquisita de uma borboleta com rosto humano.

– Com rosto humano? – indagou Visciolo, ainda meio adormecido. – Tem certeza, senhor?

– Por acaso está duvidando do que eu digo? – O Mago deu um empurrão tão forte no Caolho que ele foi bater contra a parede. – Depois vamos ter uma conversinha a esse respeito. Mesmo que seja apenas uma estúpida borboleta, você tem que me explicar como ela conseguiu entrar na minha casa! Você não presta atenção em coisa alguma, não serve para nada, mesmo! Você e aqueles estúpidos andróides crianças só me dão aborrecimentos!

Karkon estava muito nervoso e, com os olhos vermelhos de raiva, ordenou:

– Vá até a Sala dos Encantamentos e verifique se tudo está em ordem. Depois, vá me encontrar no laboratório K.

O Caolho obedeceu e, submisso, se distanciou mancando e puxando para cima as ceroulas, que estavam escorregando.

Quando o Mago chegou perto do laboratório K, viu dezenas e dezenas de Oculis se arrastando de um lado para outro, como se tivessem enlouquecido; alguns estavam quebrados e suas caudas se agitavam apenas em resposta aos circuitos elétricos. Pegou um deles e examinou-o com cuidado.

– Essa não! – exclamou, irritado. – Alguém quebrou minhas sofisticadas câmaras de segurança!

Olhou ao redor. As crianças e Esbáquio se mantinham imóveis, quase sem respirar, com as costas apoiadas na parede oposta e atentos a todos os movimentos de Karkon.

– Atchimmmm! Atchimmmm!

Ondula não conseguira conter os malditos espirros!

O conde ergueu os olhos e, se bem que ali houvesse pouquíssima luz, viu a estranha borboleta, que cobria a cabeça e o corpo com as asas. As crianças não puderam intervir porque os Oculis Serpentis os impediam de passar. Se qualquer um do pequeno grupo desse um passo, seria o fim: esmagar outra daquelas serpentes mecânicas revelaria ao Mago que estavam ali. Suas presenças seriam imediatamente percebidas.

– Veja só! Um frágil bichinho lá em cima... – Karkon passou entre os Oculis Serpentis e ergueu a mão direita para pegar Ondula. – Venha, pequenina, não vou machucar você.

Mas a borboleta abriu as asas e saiu voando em ziguezague para evitar que Karkon a apanhasse. No entanto, a fuga durou apenas alguns instantes: o Mago retirou de um bolso do interior da capa uma flecha Fetidis Imunda, que tinha a ponta envenenada. Jogou-a com força e a flecha cravou em uma das asas de Ondula, que emitiu um grito agudo de dor e caiu.

O conde avançou com passos apressados e a borboleta não pôde levantar vôo para fugir. Arrastando-se a custo, acabou indo de encontro aos Oculis Serpentis, que a imobilizaram com suas grossas caudas verdolengas. A essa altura, Karkon chegou ao local onde Ondula estava e ia esmagá-la com o pé quando Cesco agiu: com um salto de verdadeiro atleta, arrancou-lhe dos ombros a ampla capa roxa. O alquimista do Mal não teve tempo de reagir e viu-se nu como um verme no meio do corredor, com todos os Oculis Serpentis registrando sua ridícula imagem: a pele dele era cinzenta e roxa, enrugada e visguenta. Envergonhado, Karkon tentou se cobrir com braços e mãos, gritando:

– Enxofre e Amoníaco, quero desaparecer como um ser demoníaco!

Uma nuvem amarela envolveu o conde; ele desapareceu, deixando no ar um cheiro acre que se alastrou pelo corredor inteiro. Os Oculis Serpentis se assustaram e, em pânico, fugiram velozmente, trombando uns nos outros: o odor horroroso deixado por seu amo os idiotizara, fazendo-os perder o sentido da orientação. Esbáquio se aproximou de Cesco e abraçou-o com força, soltando uma imensa bolha de sabão. De fato, a atitude do garoto tinha sido muito corajosa. Porém, naquele exato instante, todos se lembraram de que a magia da invisibilidade estava por terminar: já se haviam passado as duas horas. Os corpos das crianças e do grande pintinho branco da Sexta Lua voltaram a ser de carne e osso. Nina se precipitou para junto de Ondula.

– Você está muito machucada? – perguntou, pegando-a com a maior delicadeza.

– Estou sentindo que vou desmaiar... – sussurrou a borboleta com voz fraca. – Tire a flecha, está envenenada.

Nina agarrou a Fetidis Imunda com dois dedos e puxou com força. Ondula tapou a boca para não gritar e dos seus olhos desceram duas lágrimas de ouro.

– Estou chorando... Isto nunca havia me acontecido. Em Xorax não acontecem estas coisas. Ajude-me a levantar, não consigo voar com este ferimento...

A borboleta cor-de-laranja pôs-se de pé, ajudada pelos meninos, e tentou andar, mantendo as asas fechadas.

Esbáquio se aproximou dela de um salto, pôs a língua para fora e lambeu o local machucado. Ondula acariciou o rosto branco e macio do amigo, agradecendo, mas, para ficar boa, era preciso uma magia que só Etérea seria capaz de realizar.

– Vou me esconder naquele buraco na parede – disse a borboleta. – Quanto a vocês, entrem no laboratório e soltem o Segundo Arcano antes que o Mago volte. Não se preocupem comigo. Vou resistir e com Esbáquio a meu lado ficarei bem.

Cesco e Roxy apressaram-se a entrar no laboratório (por sorte, os Oculis Serpentis haviam deixado a porta aberta) O menino correu para o teclado do computador e chamou Nina: no grande monitor via-se a imagem da pirâmide de Queóps, que estava se desfazendo. Nina, que entrou naquele momento, disse, aflita:

– Depressa! Digite as palavras árabes e a esfera gasosa que saiu do Míssil vai reaparecer!

Cesco estava pronto e a menina da Sexta Lua, com Flor e Dodô de cada lado, pronunciou as palavras mágicas "Abdir Seiat" e o garoto digitou-as. O efeito foi imediato: tal como havia acontecido na primeira vez com as imagens das estátuas da Ilha de Páscoa, que se haviam transformado na baqueta de vidro que continha o Atanor, assim também, naquele momento, a pirâmide do Egito começou a mudar de forma e no monitor apareceu a esfera gasosa. O computador se desligou e a esfera saiu do monitor, indo materializar-se diante da turminha. Na mão de Nina, o Taldom começou a vibrar e a produzir ondas elétricas que atraíram a estranha formação; o bico de ouro da cabeça do Gugui, na extremidade do cetro mágico, se abriu e a esfera gasosa foi engolida pelo Taldom Lux, que se iluminou. Nesse instante, no grande monitor afixado na parede direita do laboratório, apareceram os dizeres:

*ALARME! ALARME! ALARME!*
*SEGUNDO ARCANO REVELADO,*
*O MAL PERDEU PODER.*
*AS PIRÂMIDES AGORA SÃO INACESSÍVEIS.*
*FECHEM AS FONTES DOS OUTROS DOIS ARCANOS*
*E CARREGUEM O PANDEMON MORTALIS*
*COM O KABITUS MORBANTE.*

– Conseguimos, o Hauà é nosso! O Segundo Arcano foi liberado! – exultou Nina, entre abraços trocados com os amigos. Mas, de repente, ela se imobilizou, tornou a ler a mensagem e perguntou: – O que é Kabitus Morbante? Não me lembro de ter lido essas palavras nas Anotações de Karkon.

– Não pe... pe... pense nisso agora, Nina. Va... va... vamos embora daqui. É pe... pe... perigoso!

Assim dizendo, Dodô correu para Esbáquio, que tomava conta de Ondula.

Roxy e Flor subiram a escada, seguidas por Cesco, porém tiveram uma péssima surpresa: os andróides vinham chegando, em companhia de Visciolo, que descobrira a invasão e o estrago na Sala dos Encantamentos.

– Crianças estúpidas! Vocês inutilizaram o Míssil e vão pagar caro por isso! – ameaçou o Caolho, babando.

Na primeira fila estavam Sabina, segurando uma barra de ferro incandescente, e Irene, que brandia um chicote.

Nina abriu uma das janelas do corredor e disse:

– Esbáquio, faça bolhas, depressa!

O enorme pintinho encheu as bochechas e imediatamente soprou cinco bolhas. Flor pulou com agilidade para cima da menor e, para manter o equilíbrio usando as mãos e os pés, segurou o rolo da Carta Mater entre os dentes. Roxy se agarrou na bolha maior e ficou com as pernas penduradas, balançando. Cesco sentou-se, com as pernas cruzadas, em cima da bolha mais macia; Dodô se jogou na mais longa e ficou deitado, imóvel, com o vaso canópico apertado contra o peito.

Alvise correu para tomar impulso e, de um salto, alcançou o pobre Dodô, que quase escorregou da bolha.

– Seu bobão, bobão, bobão! Você veio apanhar mais, é?

Com um gesto rápido, o andróide arrancou o gorro cor-de-laranja da cabeça do garoto. Dodô ficou com a cabeça pelada descoberta; as cicatrizes ainda estavam bem visíveis e os karkonianos morreram de rir, caçoando dele.

– Seus an ... an... dróides cretinos! Vão em... em... embora!

O menino, que com uma das mãos segurava o vaso e com a outra protegia os ferimentos, acabou perdendo o equilíbrio. Ele ia cair bem à frente do terrível Alvise, que já estava pronto para bater nele, quando Roxy deu um impulso em sua bolha com um balanço do corpo, aproximou-se e estendeu a mão para o amigo em dificuldade. Dodô segurou-se na mão dela com toda força e conseguiu se equilibrar em sua bolha, que já se aproximava da janela. Roxy se pendurou na bolha perigosamente e deu uma valente bofetada no andróide, que continuava agitando os braços.

– Tome isto, seu robô infame! – gritou a menina engrossando a voz.

Alvise caiu: a bofetada de Roxy fez um dos seus olhos saltar e ele não conseguia mais enxergar direito. Enquanto isso, Visciolo avançava, ameaçador, e tinha toda a intenção de bater em Nina, que falava sem parar, incitando os amigos a irem embora depressa. As quatro crianças voaram pela janela e num piscar de olhos se viram flutuando sobre a praça San Marco. A pequena alquimista teria que se arranjar sem a ajuda dos companheiros. Então, tratou de disparar o Taldom, que, graças ao Hauà, havia se tornado poderosíssimo. Além de fogo e de raios laser, ele passara a lançar também fortíssimos jatos de ar. Os andróides recuaram. Só Irene avançou e, fazendo o chicote estalar, tentava chicotear o pobre e corajoso Esbáquio, que procurava se defender saltando de um lado para outro. Visciolo atacou-o, mas o grande pintinho branco ergueu uma pata, encolheu-a e a esticou com toda força, dando um senhor pontapé em Caolho, que se esborrachou no chão.

Nina aproveitou a situação, ficou de pé sobre a última bolha e continuou disparando raios laser contra Sabina, que a ameaçava com a barra de ferro incandescente. Irene e Barbessa também avançaram, saltando como macacas, e fizeram tudo que podiam para que Nina caísse de cima da bolha. Foi então que Esbáquio deu dois saltos e girou três vezes sobre si mesmo, atingindo com um pé as karkonianas, que foram bater violentamente contra a porta do laboratório K. Ondula se arrastou até junto do amigo, que a recolheu com delicadeza.

– Nina, antes de sair pela janela, olhe aquela porta pequena e negra, com as batentes vermelhos, que fica embaixo da escada! – gritou a borboleta, com as últimas forças que lhe restavam.

Nina se voltou e viu a estranha entrada indicada por Ondula, que explicou, rapidamente:

– A Voz da Persuasão, que tanto a atormenta, está ali dentro. Mas não entre lá enquanto não souber como enfrentar esse encantamento. Ela é perigosa, muito perigosa.

Agitando os braços como se nadasse, a menina da Sexta Lua deslocou a bolha flutuante em direção à misteriosa porta, mas, quando estava a menos de um metro da saída, sentiu uma língua de fogo lamber-lhe as costas. Era Karkon. Ele havia voltado e disparava o seu Pandemon Mortalis. Esbáquio, que havia colocado a borboleta ferida na cabeça, saltou para cima e empurrou a bolha de Nina, que foi direto para a janela. Um sopro de vento ajudou e a pequena alquimista logo se viu a salvo sob o céu veneziano.

Percebendo que se achava em perigo, o grande pintinho branco saltou para o peitoril da janela e, em seguida, pulou

no vazio, segurando a pequena Ondula. Visciolo se inclinou tentando agarrar o engraçado animal da Sexta Lua, mas lhe ficaram nas mãos apenas algumas plumas macias e brancas. Em seguida, o Caolho olhou para a rua lá embaixo e nada viu.

– Ele se estourou todo! – disse, voltando-se para o conde. – Deve estar morto!

– Malditos! Eles escaparam mais uma vez debaixo do meu nariz! E me roubaram também o Segundo Arcano. Essas malditas crianças merecem a morte, uma morte terrível!

Karkon gritava escancarando a boca, que se tornou enorme como a de um dragão.

Irene e Sabina tentaram se erguer, mas o mago começou a chutá-las.

– Máquinas estúpidas e sem cérebro! Aquele bando de fedelhos sempre engana vocês!

Alvise, tendo nas mãos o gorro cor-de-laranja de Dodô, correu para o quarto com Barbessa; o Caolho tratou de se refugiar num canto do corredor, de cabeça baixa, com medo de que o conde batesse nele também. Karkon o escorraçou com maus modos, depois abriu a sala secreta dizendo uma frase incompreensível. Entrou e em seguida a porta negra com batentes vermelhos se fechou hermeticamente e um silêncio fúnebre tomou conta do prédio. O conde queria que a Voz o ajudasse a deter Nina o mais depressa possível. Mas a Alquimia das Trevas era de fato devastadora e a energia negativa poderia destruir até a si mesma...

Ouviu-se um leve gemido, depois um grito sufocado e, por fim, um urro desumano fez estremecer paredes e colunas. Os andróides se esconderam embaixo da cama e Visciolo foi se trancar no banheiro, encolhendo-se embaixo da pia. A Voz da Persuasão era poderosa, tão poderosa que nem mesmo Karkon conseguia controlá-la inteiramente: ele havia inventado uma arma mágica terrível, capaz de se voltar até mesmo contra o seu criador. Quando o conde saiu da sala secreta, estava suando, tinha o rosto desfigurado pelo medo, a respiração ofegante, a boca seca e as mãos trêmulas. Cobriu-se todo com a ampla capa roxa e foi para o seu quarto quase se arrastando, como se estivesse mortalmente cansado.

– Preciso me concentrar, preciso saber usar direito meu poder – resmungava. – Aquela Voz é o meu recurso. Não posso derrotar a mim mesmo...

O conde se deixou cair na cama e murmurou ainda:

– É Nina, a neta de Misha que deve morrer...

Então, mergulhou num sono profundo.

Se Nina pudesse imaginar o que a Voz da Persuasão havia feito com o Mago, saberia que ia ser muito difícil vencê-la. Karkon estava "educando" a monstruosidade que criara, mas a técnica ainda não era perfeita.

Enquanto no Edifício Ca' d'Oro o Mago amargava mais uma derrota, a menina da Sexta Lua e seus amigos viajavam nas bolhas de sabão que voavam sobre Veneza. A noite estava fria e ficar lá em cima não era muito agradável, se bem que a paisagem fosse sensacional.

– Olhem lá embaixo, é Esbáquio! – agitou-se Flor. – Ele está pulando em cima daquela ponte.

Nina agitou mãos e pés de maneira a dar a direção que queria à bolha, até que a fez pousar no alto de um poste de luz.

– Esbáquio, pare aí! – gritou.

Então, o grande floco branco se havia salvado! Ele olhou para cima e, com um sorriso triste, indicou a pequena borboleta, que já não conseguia mais ficar com os olhos abertos. O veneno da Fetidis Imunda a estava matando.

A pequena alquimista desceu do poste e aproximou-se correndo; fez um afago em Ondula e beijou-a, enquanto Esbáquio se balançava e girava as orelhas, de tanta tristeza. Cesco e os outros assistiam à cena, flutuando em suas bolhas de sabão. Em coro, disseram:

– Use a Pluma do Gugui, Nina! Faça-os voltar para Xorax, agora mesmo!

E assim foi feito. Nina esfregou a Pluma e a esfera cor-de-esmeralda surgiu logo acima da ponte. Etérea estava nela.

Os olhos azuis da Grande Madre Alquimista expressavam dor e preocupação. Um feixe de luz saiu da esfera, envolveu Esbáquio e Ondula de uma só vez. Quando Nina tornou a olhar para a esfera, viu os dois animais mágicos, seus amigos, ao lado de Etérea, que ergueu a borboleta e curou a asa ferida com um sopro de ouro. Ondula se mexeu quase que imediatamente e depois, de novo feliz e alegre, fez três piruetas, deu dois saltos mortais e enviou um beijo para Nina. A esfera desapareceu, deixando sobre a ponte uma nuvenzinha de palhetas de prata.

Nina permaneceu de olhos baixos por alguns segundos. Desta vez sentiu medo de perder Ondula. Se não fosse pela rápida e eficiente intervenção de Etérea, com certeza a linda borboleta teria morrido envenenada. As lutas contra Karkon se tornavam cada vez mais perigosas e as missões tinham um alto risco de fracassar. A menina subiu no poste sem grande esforço, deitou-se comodamente sobre sua bolha, deu um impulso e se aproximou dos amigos. As bolhas de sabão se deslocaram velozes acima dos tetos e campanários, sobrevoaram campinhos e canais, até chegar à ilha da Giudecca.

Um sentimento ambíguo havia tomado conta da pequena alquimista: sentia-se feliz, mas também preocupada. Mesmo que Hauà, o Arcano do Ar, tivesse por fim voltado para a Sexta Lua e milhões de andorinhas estivessem voando do Egito para levar as idéias das crianças ao Mirabilis Fantasio,

a aventura ainda não havia terminado. Karkon Ca'd'Oro e o prefeito LSL não se haviam rendido e agora, que Nina e seus companheiros haviam derrotado mais uma vez o Mago, a guerra seria total.

Eram quase 4:00 da manhã quando as crianças aterrissaram no jardim da vila. Com frio e sono, jogaram-se nos sofás da Sala das Laranjeiras e dormiram como pedras.

No entanto, Nina não conseguiu se acalmar e dormir. Foi sentar-se numa poltrona da Sala da Lareira. Ali, diante do fogo, com Platão no colo e Adônis a seus pés, pensou em tudo que havia acontecido desde que chegara em Veneza. Em poucos meses, sua vida havia se modificado profundamente, a misteriosa morte do vovô Misha e a viagem a Xorax tumultuaram tudo. Olhou a estrela, sua marca de nascença, fechou os dedos com força, fechou também os olhos e apoiou a cabeça no encosto da poltrona. Pensou no que Ondula tinha dito. "A porta negra com batentes vermelhos. A Voz da Persuasão está lá dentro", repetia-se mentalmente, tentando imaginar o que mais haveria naquela sala. O fogo crepitava na lareira e o calor aqueceu os pés gelados da menina, que, cansada até o esgotamento, acabou por adormecer, ninada pelo ronronar de Platão. Pelo menos naquela noite estava livre da terrificante presença do inquietador monge.

Às 7:00, Ljuba entrou na Sala das Laranjeiras e viu os quatro amiguinhos adormecidos. Cesco estava encolhido num divã e roncava a mais não poder; a seu lado, Dodô estava esticado, com um dos braços pendurados e o outro apoiado no peito, ainda segurando o vaso canópico. Na poltrona de veludo bordô, abaixo do quadro da princesa Espásia, Roxy dormia tranqüilamente, enquanto Flor, ainda segurando a Carta Mater, achava-se estendida de barriga para cima no tapete persa, rodeada por almofadas macias.

– O que aconteceu? O que estão fazendo aqui? Vocês dormiram vestidos?

A voz de Merengue entrou como um foguete nos ouvidos dos pequenos, que saltaram de pé, cambaleando de sono, como se tivessem escutado uma sirene de alerta.

– Estávamos cansados, estudamos até tarde e... – Cesco procurava uma boa justificativa.

A bondosa Merengue sacudiu a cabeça e ergueu os braços para o céu:

– Haja paciência! Vou para a cozinha preparar o café-da-manhã para vocês. Onde está Nina?

– Aqui – respondeu a menina, que havia acordado com a voz da governanta e se apressara a ir para a Sala das Laranjeiras. – E estou com uma fome que nem te conto!

– Ah, bom... Vejo que você também dormiu vestida.

Ljuba olhou-a com atenção e perguntou:

– Não foi para a sua cama?

– Na verdade, eu adormeci na Sala da Lareira.

E ela piscou para a governanta, que foi bufando para a cozinha, seguida por Platão e Adônis.

Quando as crianças ficaram sozinhas, Nina disse:

– Desta vez ainda nos saímos bem, mas estou muito preocupada e temo que Karkon logo dê sinais de vida. Temos que estar prontos para tudo.

Dodô se levantou do divã e espreguiçou-se.

– Vo... você acha que o pre... pre... prefeito vai continuar pegando no meu pé?

– Não sei – respondeu a pequena alquimista –, mas é bom tomar cuidado. Não tenho a menor idéia do que possa ser esse tal de Kabitus Morbante. Quando libertamos o Segundo Arcano, apareceu uma mensagem que continha essas palavras.

Roxy bocejou e Cesco também: estavam mesmo exaustos e queriam passar o domingo em santa paz, sem procurar problemas.

– Biscoitos de amêndoas, brioches com creme, chá quente, chocolate quente e suco de laranja. Vamos lá, pessoal! Comam, que vocês estão precisando!

Ljuba acabava de entrar na sala com uma enorme bandeja cheia de gostosuras e o sorriso iluminou o rosto dos cinco jovens heróis.

A manhã decorreu tranqüila. Nina e Cesco jogaram xadrez, Roxy e Dodô resolveram palavras cruzadas e Flor ficou acomodada numa poltrona macia, escutando suas músicas preferidas. Mas a sombra e a água fresca não duraram muito.

Às 11:00, José chegou e estava de rosto fechado. Aproximou-se de Nina e os dois foram para a Sala do Doge. O professor, sem tentar esconder a preocupação, mostrou uma carta de LSL.

– Eu a recebi hoje de manhã. O prefeito quer falar urgentemente comigo. Tenho a sensação de que está para acontecer uma coisa horrível. Tomei uma poção calmante, mas sei que minha intuição não se engana. Precisamos ficar atentos. Principalmente, temos que verificar se pretendem envolver Dodô de novo. Ele é o mais vulnerável entre vocês.

Nina escutou com atenção e começou a andar de um lado para outro da sala, a fim de ver se surgia alguma idéia.

– Diga-me uma coisa, Nina: vocês aprontaram alguma esta noite?

A pergunta direta do professor colocou a pequena em dificuldade.

– Sim... – respondeu ela, por fim. – Estivemos na casa de Karkon e tiramos uma coisa de lá. Não posso lhe dizer mais nada, professor.

A menina da Sexta Lua ficou olhando diretamente para José, que se ergueu agitado e, também olhando-a de frente, assentiu:

– *Muy bien*, compreendo. Mas tome cuidado. Se eu puder ajudar de algum jeito, fale comigo.

A garota aproximou-se de uma das estantes da biblioteca e, de costas para o professor, explicou:

– Tenho uma missão a cumprir. A alquimia está me ajudando, mas o conde Karkon é forte e usa muitas armas mágicas. Até agora eu consegui derrotá-lo, mas não sei se vou continuar assim. Pode crer, professor, eu gostaria de contar ao senhor o que está acontecendo, porém não posso mesmo. Peço-lhe que fique por perto de Dodô e que descubra o que o prefeito está querendo.

José estendeu a mão e acariciou o rosto de Nina.

– Você é como o seu avô. Tem caráter forte e dotes alquímicos muito especiais. Estou feliz por ser o seu professor, se bem que às vezes penso que você sabe coisas que eu nem sequer posso imaginar. Mas lembre-se de que não deve descuidar dos estudos da escola: precisa também ter conhecimentos de História e Geografia... – O professor se voltou para a porta. – Farei com prazer tudo o que puder para ajudar você e seus amigos. Juro. Mas agora vamos, estão nos esperando.

– Professor – deteve-o Nina –, o senhor sabe o que é Kabitus Morbante?

– Sei, sim. É um encantamento da Magia Negra. Serve para infectar e potencializar certos objetos – José estava surpreso com aquela pergunta. – Por que quer saber?

– Karkon fez esse encantamento, tenho certeza – disse a menina, nervosa –, e eu não sei como me defender dele.

– Não conheço o antídoto para eliminar o Kabitus Morbante. Você sabe que não lido com Magia Negra.

– É, eu sei... Então, preciso encontrar uma poção e com urgência. Eu mesma cuido disso, professor. – A pequena alquimista estava refeita e determinada de novo. – Se precisar de ajuda, eu lhe peço. Não se preocupe.

Ela se encaminhou para a porta, seguida pelo professor, que estava perplexo. Assim que ele entrou na Sala das Laranjeiras, Dodô correu ao seu encontro e o abraçou.

– Onde foi parar seu gorro cor-de-laranja? – perguntou José.

– Eu o per... perdi – respondeu o garoto, todo sem jeito, e para desviar a atenção pediu a José que lhes desse uma aula de História.

O professor não se fez de rogado.

– Muito bem, moçada. Tratem de tomar nota, então, porque eu vou lhes falar do antigo Egito.

Nem bem ele terminou de falar, o grupinho caiu na risada.

– Não, não, por favor! Nada de Egito! Já o conhecemos bastante! – manifestou-se Roxy.

E todos rolaram de rir. Claro que o professor não podia entender o motivo de tanta alegria, mas não se ofendeu. Ao contrário, pegou um copo, encheu-o com suco de laranja e fez um simpático brinde aos amiguinhos.

A manhã de domingo decorreu tranqüila, entre deliciosas comidas preparadas por Ljuba para o almoço e conversas divertidas. À tarde, José foi para o chalé onde se hospedava, para ler seus poeirentos livros de alquimia e as crianças resolveram ir ao Aqueus Profundis visitar Max e Andora.

– Por fim, vocêx chegaram. Eu extava aflito!

Max 10-pl estava sentado ao lado de Andora, a andróide de Karkon, "clone" da tia de Nina, que, meses antes, havia sido capturada e programada de novo por Max.

– Correu tudo bem, apesar de Ondula ter sido ferida – contou Nina, aproximando-se com um ar desconfiado de Andora. – Etérea não mandou nenhuma mensagem, Max?

– Ondula? E como ela extá?

Perturbado pela notícia, Max parou de trabalhar no rosto de Andora e voltou-se para Nina.

– Está bem. Etérea curou-a num instante – informou a menina. – Mas Ondula escapou de uma boa.

– A Madre Alquimixta procurou por você – disse o bom andróide, dando mais uma lustradinha na face direita de Andora.

– Então, vamos entrar logo em contato com ela, quero saber se o Segundo Arcano está funcionando.

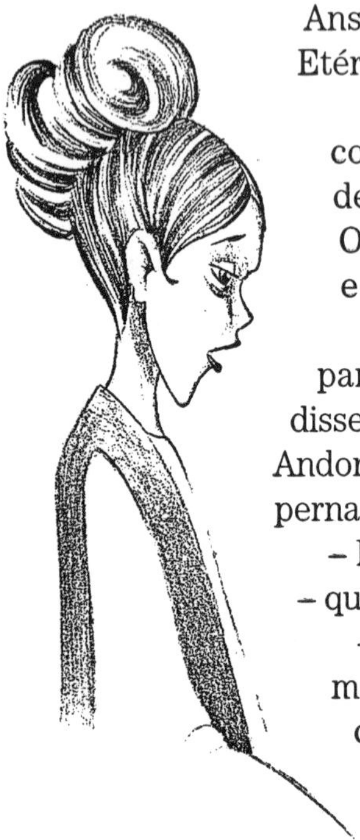

Ansiosa, Nina não via a hora de falar com Etérea.

Cesco sentou-se junto ao teclado do computador, Flor e Roxy ficaram ao lado de Andora e a observavam atentamente. O andróide karkoniano inclinou a cabeça e olhou-as.

– Agora ela está perfeita, Max. Nem parece que passou por um incidente – disse Flor, tocando de leve uma das mãos de Andora. – O rosto está mais do que normal, as pernas e os braços estão como novos.

– Mas ela ficou boa ou continua malvada? – quis saber Roxy, preocupada.

– Boa, não xei. Mas xei que não é maix má. Aliáx, ela me parece muito dixpoxta a colaborar.

Max estava visivelmente satisfeito com o trabalho feito em Andora e se havia convencido de que a andróide já não era perigosa.

Nina se aproximou de Cesco e ditou a mensagem para Etérea.

– Mensagem para a Madre Alquimista de Nina 5523312. Estou pronta para contato.

O monitor gigantesco do laboratório se iluminou imediatamente, Etérea apareceu e falou telepaticamente com a pequena alquimista:

*Cumprimentos, Nina 5523312!*
*O Segundo Arcano está funcionando muito bem*
*e os pensamentos das crianças*
*chegam em grande quantidade ao Mirabilis Fantasio.*
*Veja você mesma e alegre-se, com os seus amiguinhos.*

No monitor surgiram milhões de andorinhas que voavam no céu de Gizé, acima das pirâmides e da Esfinge. A imagem mudou de repente e o impressionante Mirabilis Fantasio iluminou o Aqueus Profundis. Os pequenos ficaram imóveis diante da cena extraordinária. Até mesmo Andora ergueu os olhos e ficou fascinada. A luz era fortíssima e pulsava como se fosse viva. Hauà e Atanor estavam em plena ação. Etérea apareceu no monitor; seus grandes olhos azuis e o rosto de luz emanavam um fluido mágico.

*Agora, escute-me bem: coisas graves vão acontecer,*
*você deve enfrentá-las com inteligência e intuição.*
*Use a Alquimia da Luz e sempre confie em si mesma.*
*Karkon está com os outros dois Arcanos e muitos poderes obscuros.*
*Livros, cartas e poções irão ajudá-la na sua missão.*
*No entanto, muitos são os perigos que terá de enfrentar*
*e eu só posso lhe dizer uma coisa:*
*são estas as regras.*

O monitor escureceu e Nina permaneceu parada. Roxy e Dodô se aproximaram dela, querendo saber o que Etérea lhe havia dito telepaticamente, mas a menina da Sexta Lua dirigiu-se para a lareira, olhou as chamas que não soltavam fumaça, verificou se as pedras mágicas estavam queimando normalmente. Então, sentou-se num banquinho e ficou pensativa.

Etérea a preveniu porque os poderes obscuros de Karkon eram de fato maléficos: principalmente a Voz da Persuasão. Mas Nina não queria sobrecarregar os amigos contando-lhes sobre aquele pesadelo que a atormentava.

– Etérea lhe disse alguma coisa muito séria? – perguntou Flor, com sua voz sempre meiga e delicada.

– Disse que eu terei que superar muitos obstáculos. Mas vocês me ajudarão, não é?

A pequena alquimista virou-se para os amigos e esperou pela resposta.

– Claro que sim! – respondeu Cesco, sentando-se na bancada, perto do livro Strade Mundi. – Você ainda tem alguma dúvida?

– Va... va.. vamos ficar sempre jun... jun... juntos! – Dodô coçou a cabeça e sorriu.

– Estamos a meio caminho, libertamos dois dos quatro Arcanos, o Fogo e o Ar, e eles já estão fornecendo energia para a Sexta Lua, mas ainda faltam a Terra e a Água...

Nina parecia mesmo muito preocupada. Cesco deu-lhe um tapinha em seu ombro e, com jeito alegre, disse:

– Nas Anotações de Karkon está escrito que o Arcano da Água se encontra escondido em um local secreto e por enquanto nada podemos fazer a esse respeito. Porém, a terceira máquina, que aprisiona o Arcano da Terra, está na Sala dos Encantamentos. Isso já é uma grande coisa, não acha?

– É, sim... Eu sei que a máquina que aprisiona o Arcano da Terra é a Estufa a carvão, aquela que emite um silvo ensurdecedor – respondeu a pequena alquimista, que não agüentava mais tanta ansiedade por encontrar modos de resolver os problemas e cumprir sua missão. – Mas acho que agora o conde vai inventar mágicas e encantamentos para impedir nossa entrada de novo na sala e nossa aproximação da máquina. Temo que Kabitus Morbante seja exatamente isso.

Max fez um carinho em Nina e depois verificou o alimentador que dava energia a Andora.

– Tudo vai dar certo, é xó ter paciência. Vejam, exte andróide karkoniano também parecia perdido, max agora extá em plena xaúde.

Nina olhou para o alimentador e, curiosa, perguntou:

– O que acontece se esse tubo se soltar?

– Bem, xe ele xe xoltar, Andora não receberá energia e xe apagará. Max ixxo nunca vai acontecer, porque eu verifico a cada minuto. – Sem parecer preocupado, Max explicou a delicada situação do andróide karkoniano. – Dexde que interrompi ox circuitox que a mantinham em contato com Karkon, o computador indica a perda de forçax de Andora. Axxim, é precixo alimentá-la xempre. Max ela não quer comer geléia de morango e continua fraca!

– Cuidado para que ela não se apague de uma vez – recomendou Nina. – Você sabe que isso poderá pôr em perigo a vida da minha verdadeira tia.

– Xim, xim. Pode deixar...

Max estava alegre e a tranqüilidade dele contagiou as crianças, que resolveram ir para a vila. Assim que chegaram, Cesco vestiu seu blusão e, acariciando Adônis, que abanava o rabo, todo feliz, disse:

– Está quase na hora do jantar. Temos que ir para casa, senão amanhã vamos perder a hora da escola.

Roxy brincou um pouco com Platão. Flor, ajeitando os cabelos, dirigindo-se a Dodô, Roxy e Cesco, avisou:

– Vamos ter que nos encontrar amanhã, turma!

– Por quê? – perguntou Nina, surpresa.

– Porque precisamos estudar inglês. Terça-feira vai haver uma provinha.

– Ah, é!... Inglês... – resmungou Cesco.

– Tá! Então, boa sorte! Espero vocês na quarta-feira à tarde – despediu-se Nina.

Em seguida, fechou o portão e ficou a sós com seus pensamentos.

CAPÍTULO 9

# O documento dos Magos e o adeus de Andora

Às 9:00, as crianças já se achavam sentadas nas carteiras e ouviam atentamente a professora de Matemática, que explicava um difícil problema de Geometria. Dodô era o único distraído, mas havia um motivo: o gorro que o pai lhe emprestara era grande demais, porém não havia nenhuma outra coisa para cobrir a cabeça pelada. Pensava e tornava a pensar no gorro cor-de-laranja perdido durante a luta com Alvise. Que vontade de quebrar a cara daquele andróide cretino!

Mas a raiva de Dodô não era nada em comparação com a angústia de Nina, que vivia com medo de ouvir de novo a maldita Voz.

A menina da Sexta Lua já havia tomado o café-da-manhã e, comodamente sentada na Sala do Doge, lia um livro de Birian Birov, intitulado *Companheiros de aventura*. O escritor e alquimista, que havia desaparecido misteriosamente como o vovô Misha e agora também estava em Xorax, escreveu esse livro antes do romance *Separados*, que Nina lera várias vezes.

A pequena alquimista fora procurar na ampla biblioteca algumas idéias para lutar contra o maléfico Karkon. Lendo rapidamente os títulos de vários livros, com a pressa de quem quer resolver logo seus problemas, ela acabou passando os olhos pelo calendário. Só então percebeu que ele permanecera no mês de outubro e, virando as folhas, pensou:

*Por todos os chocolates do mundo! Já estamos em pleno inverno. Daqui a um mês será Natal. Meu primeiro Natal em Veneza sem vovô Misha...*

Um véu de tristeza escureceu o rosto da pequena, que, no entanto, sentia-se reconfortada por saber que o avô continuava ao seu lado: no fundo, ele não estava morto!

Aquela segunda-feira de novembro havia começado de um modo especial: a neblina desceu rapidamente e Veneza parecia pairar no espaço, suspensa entre o mar e o céu; todos os rumores soavam abafados e os passos das pessoas que andavam pelas ruas e praças emitiam apenas um leve tique-taque.

O professor José, envolto em sua capa negra e com o costumeiro chapéu pontudo, encaminhava-se em ritmo acelerado para a Prefeitura. Estava muito preocupado: logo no começo do dia, o encontro com o prefeito não era de bom augúrio. Aliás, a carta que havia recebido dele era bastante clara. Assim que entrou no prédio da Prefeitura, sentiu um arrepio percorrer-lhe a espinha, olhou ao redor e viu uns dez funcionários com rostos sombrios, que escreviam sem nunca erguer a cabeça.

– Por favor, o prefeito marquês Loris Sibilo Loredan o espera na sua sala. Queira me acompanhar, senhor.

A voz do funcionário não tinha qualquer cor ou inflexão, era quase mecânica.

Curioso e ao mesmo tempo cauteloso, o professor entrou na sala de LSL.

As cortinas de veludo verde-escuro não deixavam entrar o mínimo fiapo de luz pelas janelas, os móveis eram tétricos e a escrivaninha, posicionada sobre um estrado de madeira, era laqueada de vermelho. A única luminosidade na sala provinha de um enorme lustre de cristal de Murano.

– Bem-vindo, professor José!

O prefeito surgiu inesperadamente às costas do professor, que, de susto, deu um salto para trás. Depois, instintivamente, foi para junto de uma parede, onde estavam pendurados alguns quadros esquisitos que retratavam homens e mulheres com cabeças de serpentes.

– Bom dia, prefeito. Recebi sua carta – disse José, permanecendo imóvel. – Em que posso ajudá-lo?

– Em que pode me ajudar? Bem, acho que pode fazer muito...

O marquês caminhava bem devagar e, de vez em quando, passava uma das mãos nos cabelos fartos e grisalhos. Súbito, ele girou o corpo e fixou no professor os olhos de um verde quase transparente. Àquela altura, os rostos de ambos os homens se encontravam a poucos centímetros um do outro. Sibilando, LSL acrescentou:

– O senhor vai me ajudar, não?

José recuou um passo e, virando a cabeça de lado para evitar tanta proximidade com o prefeito, respondeu:

– Depende do que quer de mim, é claro.

LSL fez um gesto rápido e colocou algo colorido sob o nariz do professor.

– Conhece isto? Sabe de quem é?

Assustado, o professor hesitou, depois disse:

– É um gorro de lã cor-de-laranja. Não sei de quem pode ser...

Segurando o gorro com força exagerada, o prefeito subiu no estrado e foi se sentar na grande cadeira estofada que ficava atrás da escrivaninha. Colocou o gorro em cima de papéis e, erguendo o indicador da mão direita, bradou:

– O senhor sabe muito bem de quem é! É daquele menino, o Dodô. Sim, sim... É do Dodô.

O professor precipitou-se para a escrivaninha querendo pegar o gorro, mas LSL segurou-lhe as mãos.

– Não, não, não, professor. Isso não está certo. Vamos, controle-se... Tenho intenção de devolver o gorro do menino, mas...

– Mas o quê?

José estava ficando irritado com o comportamento do marquês e mal conseguia manter a calma.

– Olhe, professor, este gorro de lã foi encontrado, durante a noite anterior, em uma sala do Edifício Karkon, de propriedade do conde Karkon Ca' d'Oro. E não foi só isso. Alguns sistemas de vigilância foram destruídos. E, pior, viram o Dodô voando... Entende? Voando sobre uma bolha de sabão, em companhia de outras crianças. – A voz do prefeito se tornava cada vez mais sibilante e ameaçadora. – É um fato muito grave. Mais uma vez, esse menino provocou uma encrenca séria. O senhor me compreende, não?

– Não sei como esse gorro foi parar no Edifício Karkon – rebateu o professor espanhol. – E acho que isso aí nem é do Dodô.

– Oh, não me venha com essa! Sinto muito, mas é dele, sim. Veja o nome Dodô bordado por dentro. Além disso, acredito piamente na palavra do conde Karkon. No entanto, meu caro professor, poderei até contemporizar se o senhor me ajudar a dissuadir esse menino e seus companheirinhos de utilizarem artes mágicas. O senhor sabe muito bem que a magia está proibida! Enfim, ou me ajuda ou mandarei prendê-lo juntamente com Dodô. O senhor gostaria de passar férias numa das celas da prisão do Chumbo?

– Se eu ajudar, promete que não fará qualquer mal a Dodô e aos amigos dele?

O professor havia concluído que precisava ganhar tempo e conseguir um compromisso: precisava manter LSL manso. Enquanto ouvia o prefeito falar, ele espremia o cérebro tentando imaginar o que as crianças tinham ido fazer nos domínios de Karkon. Claro, Nina lhe contou pouca coisa porque tinha que manter a sua missão secreta. Mas agora a situação estava se complicando.

– Bem, bem... Vejo que o senhor está começando a compreender. – LSL inclinou-se sobre a mesa, como se quisesse chegar mais perto do professor. – Vou encarregá-lo de um trabalho que até agora ninguém fez de maneira satisfatória.

– Qual? – perguntou José, apoiando as mãos na escrivaninha.

– Fazer um estudo sobre o Leão Alado para comprovar que ele não é mágico, que é uma estátua normalíssima. O senhor se certificará disso, apresentará as provas e assim todos se convencerão de que não se trata de nenhum evento mágico. Está bem?

Então, o prefeito tirou um papel de uma das gavetas: era um Contrato Anti-Magia.

– Assine aí sem mais delongas – ordenou, em tom imperioso.

LSL deu uma caneta a José, que, depois de assinar no final da página, levantou-se e, quando ia saindo da sala, ouviu o prefeito gritar:

– Pegue isto e leve para seu amigo Dodô. Depois do Natal nos veremos de novo.

O professor apanhou o gorro no ar e saiu sem um cumprimento sequer. A neblina estava cada vez mais densa e ele sentiu que seu sangue gelava nas veias. Precisava falar com Nina o mais depressa possível. Quando chegou à Vila Espásia, encontrou a menina lendo. Tirou a capa, o chapéu, sentou-se, e então mostrou a ela o gorro de Dodô e o contrato que havia assinado. Nina ficou pálida e, preocupada, desabafou:

– Maldito LSL. Ele está recebendo ordens de Karkon. Eu sabia! O que vamos fazer?

– Em primeiro lugar, temos que manter a calma. Estou certo que daqui por diante o prefeito vai me vigiar. Para contentá-lo, vou fazer o estudo que ele exigiu: um relatório com "provas" de que o Leão é apenas uma estátua de mármore. Mas, minha querida Nina, você tem que me prometer não fazer nada que ponha em perigo sua vida e a de seus amigos. Dodô iria direto para a cadeia e eu com ele.

José parecia realmente decidido e, apesar da raiva que sentia, a garota concordou.

– Está bem. Vou continuar minhas pesquisas alquímicas tomando muito cuidado. Não posso prometer mais nada, professor. Meus amigos são indispensáveis, eles me ajudam de verdade. Sem eles não vou conseguir cumprir minha missão. O que precisamos fazer é vital... Vital para todas as crianças do mundo, entende? – A menina alquimista pegou as mãos do professor e, apertando-as com força, acrescentou: – Preciso fazer isso porque o vovô me pediu e me sinto feliz fazendo o que ele quer. É algo tão grande e maravilhoso que um dia o senhor também vai ficar sabendo.

José deu um beijo na face da aluna, deixou o gorro de Dodô com ela e foi para o chalé. Pretendia estudar para organizar bem o seu projeto.

Naquele dia Nina não comeu nada e pediu a Ljuba que levasse o gorro para a mãe de Dodô. Passou horas entre os livros da Sala do Doge e o laboratório; fez anotações, desenhou esquemas, inventou novas fórmulas alquímicas, que, contudo, não funcionaram. Nada era capaz de anular aquela maldita Voz. Tudo parecia dar errado e pela primeira vez ela se sentiu sozinha no universo. Leu tanto que à noite seus olhos estavam vermelhos de cansaço.

Antes de ir se deitar, entrou no quarto do avô e acendeu a luz: a suntuosa cama com dossel era linda, o perfume de violeta que flutuava no ambiente tornava tudo limpo e familiar. Tocou de leve no armário e nas gavetas, alisou as cortinas de veludo vermelho e, antes de sair, olhou para uma pequena mesa redonda de três pernas: em cima dela, havia um rolo de papel envolto por uma longa fita. Curiosa, abriu-o imediatamente.

– Ora, está em branco! – desiludiu-se.

Nesse instante a luz se apagou, a fita tornou-se luminosa, voou por cima da cama com dossel, depois desceu lentamente e esticou-se sobre o tapete persa, deixando à vista uma frase:

*Folha para ser lida amanhã.*

– Amanhã? – indagou, surpreendida.

Talvez houvesse chegado a ajuda de que tanto precisava. Agora, era só esperar que a noite passasse: no dia seguinte iria ficar sabendo uma coisa importante.

A menina da Sexta Lua correu para seu quarto, vestiu o pijama azul e adormeceu abraçada ao rolo de papel.

Mas a escuridão do Mal voltou a atormentar seus sonhos.

Um imenso manto vermelho envolveu tudo ao redor dela, como da outra vez. Nina quis acordar, porém não conseguiu. Tentava inutilmente abrir os olhos.

*Eu não tomei Potássio, como da outra vez... por que o pesadelo voltou?*, pensava, ao mesmo tempo em que sentia uma força poderosa arrastá-la para o local do seu medo.

Viu-se numa sala enorme, com duas janelas; percebeu a luz do Sol filtrando-se por frinchas da janela que ficava à sua esquerda, enquanto a da direita, aberta, mostrava um céu noturno e estrelado. No centro da sala havia duas poltronas vazias e um pedestal com um globo terrestre. A menina andava como que perdida, olhando ao redor e, de repente, sentiu a boca e o nariz serem invadidos por uma sensação horrível: era o já conhecido hálito fétido de Karkon, aquele cheiro nauseabundo que quase a fazia vomitar. Lembrou-se, então, da palavra que o Mago tinha dito no Quarto dos Espelhos: "PERSUASÃO".

O sangue da pequena alquimista pareceu gelar nas veias: *O hálito, o fedor, a palavra mágica... foi assim que a Voz entrou em mim*, pensou, cada vez mais nervosa. Por fim, compreendia qual era o encantamento que Karkon lhe havia lançado!

Do fundo da sala, viu aproximar-se lentamente o monge, com aquele capuz que lhe ocultava o rosto e o manto que deixava ver apenas as mãos e pés descalços.

– Então, você voltou a me procurar – disse o estranho personagem, enquanto ia chegando mais e mais perto dela.

– Não, foi você que entrou nos meus sonhos – rebateu Nina, tremendo como uma folha ao vento.

– Não. Está enganada. É de mim que você precisa. – A voz do monge era tranqüila, quase doce. – Agora, sente-se aqui, a meu lado. Você está muito cansada.

O monge sentou-se numa das poltronas e Nina sentou-se na outra, ao lado da dele. Observou de perto o estranho hábito que vestia aquele homem sem rosto e sem sombra.

– Onde estamos? – perguntou a garota.

– Estamos onde você quer estar – respondeu o monge. – Tudo o que vê é fruto de seus pensamentos. Este é o quarto dos seus sonhos.

– Não. Isso não é verdade. E você não é real. Você é A Voz da Persuasão, eu sei! Nina tentou se erguer, mas o globo terrestre que estava sobre o pedestal começou a girar sem que ninguém tivesse tocado nele.

– Pode me chamar como quiser. Eu sou aquele de quem você precisa – repetiu a Voz. – Veja, você queria que o globo terrestre girasse e ele está girando: gira para você!

Era verdade, Nina havia desejado isso e estava surpresa. Colocou a mão com a estrela sobre o globo terrestre que girava e o monge disse:

– O mundo vai ser seu. Sei que você quer o mundo e só eu posso ajudá-la a consegui-lo.

– O mundo inteiro?

Nina voltou-se e o monge já não estava sentado na poltrona. Ergueu-se, aflita, e viu-o ao lado da janela que permitia perceber a luminosidade do Sol lá fora.

– Quer que seja dia, Nina? Veja, o Sol faz a sua vontade – disse a Voz, e abriu a janela, pela qual entraram os raios dourados.

Depois o monge desapareceu para, em seguida, reaparecer junto da janela que dava para as estrelas.

– Quer que seja noite? Pronto, a lua faz a sua vontade.

A voz era cativante e, realmente, persuasiva. Nina não sabia o que dizer: sentia-se atraída pelo que via, apesar de saber que não devia escutar o maldito monge, de jeito nenhum.

– Não, não. Eu quero acordar. Deixe-me ir embora!

A pequena alquimista correu para a parede da esquerda, porém não encontrou saída. Correu para a da direita, mas lá também não havia porta. Olhou pelas janelas, mas viu apenas dia numa delas e noite na outra.

– Calma, você está muito nervosa. Estou aqui para ajudá-la. Olhe como o mundo é maravilhoso. Eu lhe darei tudo o que quiser. Espero seus passos.

O monge tornou a sentar-se na poltrona e, com uma das mãos, fez o globo terrestre girar.

– Você é falso! – gritou Nina. – Você não existe!

– Existo porque você existe – respondeu a voz com a tranqüilidade de sempre. – Eu sou aquele de quem você precisa.

– Chega, chega! Você está me enlouquecendo!

Nina estava transtornada. Sua respiração se tornava cada vez mais ofegante, sentia que as pernas quase não a sustentavam e tinha uma sede terrível.

– Tome, beba... É água fresquíssima.

Nas mãos do monge apareceu um copo de cristal cheio de água. O desejo da pequena havia sido satisfeito antes mesmo que ela o formulasse.

Nina pegou o copo e, avidamente, tomou toda a água. Era gostosa e, levemente picante, lembrava a água de uma fonte de montanha. Só depois é que ela se deu conta de que havia tomado algo que a Voz lhe oferecera e que jamais devia ter feito isso.

– Você me deu alguma droga? – perguntou, desconfiada. – O que havia naquele copo?

– Apenas água. Eu jamais poderia fazer mal a você. Realizo todos os seus desejos. Ainda não entendeu?

O monge estendeu os braços, ergueu as mãos e agitou-as. De repente, apareceram dezenas e dezenas de pombas brancas que voaram acima da cabeça de Nina e depois saíram pelas janelas.

– A candura, a paz, a serenidade. O mundo que você deseja é esse, não é verdade? – perguntou a Voz.

– Sim... Mas você é uma ilusão. Você é o Mal!

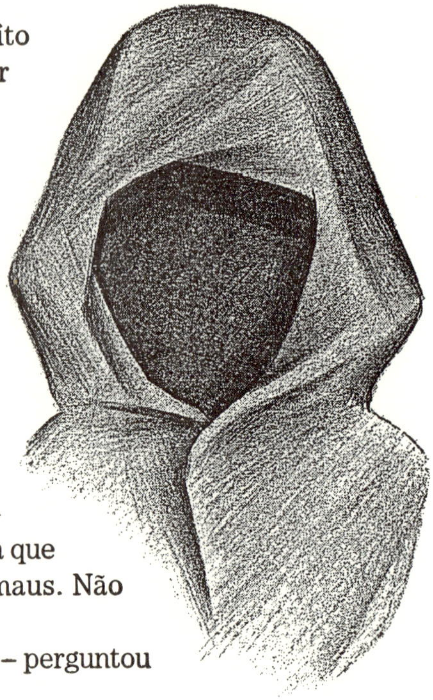

Nina teve que fazer muito esforço para pronunciar essas palavras, o que a fez compreender que a Voz da Persuasão havia tomado conta de sua mente.

– Está enganada mais uma vez, Nina. Você é que vive na ilusão. Pensa que está lutando contra o Mal e é exatamente o contrário. – O monge se aproximou muito dela e, quase sussurrando, acrescentou: – Os que você pensa que são bons na verdade são maus. Não está se sentindo usada?

– Eu, usada? Por quem? – perguntou a garota.

Ela observava atentamente o capuz do monge: ele estava a poucos centímetros e era enorme a tentação de descobrir o rosto da Voz.

– Usada por quem diz que gosta de você, mas é mentira – respondeu o monge, distanciando-se um pouco. – Não tente descobrir meu rosto porque veria o que ainda não deve ver. Eu sou o Bem. Ouça as minhas palavras. Sou aquele de quem você precisa.

Assim que disse isso, o monge desapareceu, deixando Nina sozinha na sala, enquanto o globo terrestre continuava a girar. De repente, o manto vermelho apagou todas as imagens e engoliu a menina, que sentiu o corpo arder.

Nina acordou sobressaltada, suando como se tivesse ficado ao Sol por muitas horas. Acendeu o abajur de cabeceira e de um salto ficou de pé sobre o tapete. Adônis uivou de susto e Platão arqueou o corpo, todo arrepiado.

Eram 5:00 da madrugada. O pesadelo voltara e o coração de Nina batia a mil por causa do medo.

Ela olhou a estrela na palma da mão: estava vermelha. Portanto, o perigo da Voz não fazia a estrela escurecer. Foi ao banheiro e lavou o rosto para se refrescar; voltou para o quarto e deitou-se no chão, entre Adônis e Platão. Não tinha mais sono. Olhava para o teto e pensava no que o monge sem rosto havia dito. Adônis latiu e empurrou com a pata o rolo de papel que Nina havia encontrado horas antes no quarto do avô.

– Agora posso ler, a noite já acabou – disse ela, acariciando a cabeça do grande cachorro.

Com cuidado, estendeu o rolo no chão e surpreendeu-se ao encontrar dentro dele dois pequenos bastões perfumados, um negro, que tinha gravada a palavra FALSUS, e outro branco, com a palavra VERUS. Cheirou-os: o odor deles era muito agradável. Então, olhou a folha de papel e começou a ler em voz alta. Cão e gato se deitaram e ficaram escutando.

Nina compreendeu no ato que não se tratava de uma carta como as que havia recebido até então. O título era muito imponente. Na verdade, era um documento proveniente de Xorax e fora escrito pelos Magos da Sexta Lua reunidos na Sala Azul do Grande Conselho do Mirabilis Fantasio. Na folha havia o timbre do Jambir e, no final, estava escrito no idioma da Sexta Lua "Voar para Viver". Era uma frase que Nina conhecia bem porque vovô Misha a tinha escrito em seu quadro-negro.

Muito emocionada, ela leu:

## SOBRE A VERDADE

Xorax, Mirabilis Fantasio, Sala Azul do Grande Conselho

Para Nina 5523312

Documento assinado pelos Magos Bons e pelos Alquimistas de Xorax.

Você é a menina da Sexta Lua e queremos ajudá-la, mas fique sabendo desde já que a sua Vontade vale mais do que qualquer outra coisa. O que vai ler agora poderá ser-lhe útil se você souber usar sua inteligência e a alquimia.

A Verdade está no Pensamento. Portanto, Pensar é Criar a Verdade.

Cuidado, Nina. Muitas vezes as coisas parecem verdadeiras, mas não são. Existe também o Pensamento negativo, existe a Alquimia das Trevas, que tem poderes sombrios. Há muito a Treva devora a Luz, a Treva esconde a Verdade e faz as coisas parecerem o que não são. Entende?

As coisas verdadeiras não precisam se esconder e se mostram como de fato são. É por isso que toda Verdade é transparente. Não aceite as palavras que lhe parecem verdadeiras, mas não o são.

Um exemplo a ajudará a compreender melhor:

Imagine que está em uma sala repleta de espelhos que mostram a sua imagem. Como é que você fará para demonstrar que é a verdadeira Nina e que as outras são apenas imagens refletidas?

Cada movimento que você faz, todas as suas imagens fazem.

Portanto, qual é a verdadeira Nina?

Pense bem.

Se, por acaso, teve a idéia de quebrar os espelhos para eliminar as imagens, está errada: a violência não leva à Verdade.

Você correria o risco de se cortar nos espelhos quebrados.

A solução é mais simples: se soprar seu hálito nos espelhos a imagem irá desaparecer e só você, a verdadeira Nina, permanecerá visível.

Como vê, as imagens podem enganar.

Mas os sons também enganam e a realidade às vezes é uma Falsa realidade.

Cabe a você compreender que a Verdade nem sempre é bonita, que nem sempre mostra coisas boas. A Verdade às vezes pode ser cruel, justamente por não ter necessidade de se esconder. Essa é uma das regras da vida humana.

Aprenda a usá-la com inteligência.

A Voz da Persuasão que a atormenta não diz a Verdade.

Use os dois bastõezinhos perfumados, Falsus e Verus, quando a escutar de novo e talvez tudo se torne mais claro.

Enfim, só podemos lhe dizer mais uma coisa: aquela Voz é uma prova.

Todos nós passamos por ela e a superamos.

Os que não puderam superá-la hoje se encontram a serviço do Mal.

Cuidado: a Alquimia das Trevas pode fascinar até mesmo você.

Que sua força alquímica a guie!

– Por todos os chocolates do mundo! Que documento importante! Os Magos Bons de Xorax se preocupam comigo!

Nina estava mesmo surpresa, pois não esperava uma coisa daquelas. O documento era precioso porque a ajudava a combater a Voz. Os Magos Bons e os Alquimistas da Sexta Lua a estavam colocando em guarda: o encantamento da Voz da Persuasão era uma prova difícil de superar e só a Verdade derrotaria o malefício.

*Eles também enfrentaram essa prova e a superaram*, pensou Nina, apertando nas mãos os bastõezinhos perfumados. *Eu também tenho que superar, não quero passar para o lado de Karkon. O Mal jamais irá se apoderar de mim!*

Decidida como sempre, a pequena alquimista olhou a estrela que tinha na mão e jurou a si mesma que não fracassaria.

Um raio de Sol filtrou-se entre as cortinas e iluminou-lhe os olhos. Eram 7:00 da manhã de terça-feira. O dia começara de maneira radiosa e a menina da Sexta Lua estava pronta para entrar em ação. Vestiu a calça comprida negra, que tinha pernas largas e amplos bolsos laterais, a malha de lã cor de laranja e calçou as botinhas azuis; desceu a escada correndo e irrompeu na cozinha para tomar café com leite e comer biscoitos.

– Bom dia, Ninotchka, já acordada tão cedo? Vai ter aula com o professor José? – perguntou Ljuba, atarefada, fazendo uma torta.

– Não, o professor só vai me dar aula daqui a alguns dias – respondeu Nina, com a boca cheia de biscoito – porque está ocupado com um trabalho muito importante.

– Um trabalho? – A governanta russa ficou curiosa. – Que trabalho?

– Um trabalho secreto que você não pode saber qual é... – provocou a pequena e voou para fora da cozinha, rumo ao laboratório.

– Sua menina travessa, você nunca me conta nada! – repreendeu-a Ljuba meigamente, continuando a rechear a torta com deliciosa geléia.

Assim que entrou no laboratório, Nina escondeu numa gaveta o precioso documento dos Magos Bons de Xorax, colocou os dois bastõezinhos perfumados sobre a bancada de trabalho e interpelou o Sistema Magicum Universi:

– Livro, como se usam os bastõezinhos contra a Voz?

*Verus e Falsus, claro e escuro,*
*Seu uso está no futuro.*
*Quando a Voz lhe falar,*
*um dos dois irá ajudar.*
*Nunca fácil há de ser*
*a Verdade reconhecer.*

O Livro tinha dado a resposta, porém Nina não estava satisfeita. Mas, quando tentou fazer outra pergunta, a folha líquida se iluminou de novo e apareceu uma longa mensagem:

*Outras fórmulas alquímicas você experimentará*
*e, no momento certo, derrotar o Mal conseguirá.*
*O perigo não se encontra apenas na voz*
*porque Karkon está cada vez mais feroz.*
*Muitas horas e sacrifícios você irá enfrentar,*
*para uma alquimista completa, então, se tornar.*
*Ouro Tacitus e Fumus Diabolicus ferverão,*
*mas somente no mágico caldeirão.*

Nina compreendeu que, para libertar os Arcanos e se tornar uma sábia alquimista, teria que enfrentar, mais de uma vez, novas provas.

*Ouro Tacitus e Fumus Diabolicus? Mas essas são fórmulas da Alquimia das Trevas, eu as vi escritas nas Anotações de Karkon. Como poderei criá-las?*, pensava a garota, não conseguindo entender por que o Livro a mandara fazer aquilo. Pegou as Anotações e leu atentamente as duas fórmulas:

*Pôr 3 quilos de ouro para fundir durante 6 horas, mexendo a cada 2 minutos; acrescentar vísceras de um cão e 6 cabeças de galinha. Deixar macerar por 24 horas. Acrescentar Fumus Diabolicus à mistura. O Ouro Tacitus serve para encantar o Numeromago Zero, que cria o motor.*

Nina ergueu a cabeça e gritou:

– Não posso matar cães e galinhas!

Em seguida, leu a fórmula do Fumus Diabolicus:

*Obtém-se queimando filhotes de focas esquartejados, fígado e corações de babuínos. O Fumus Diabolicus deve ser guardado em um barril de amianto.*

A menina da Sexta Lua deu um pulo em cima do banquinho. Jamais criaria aquelas poções: nunca iria matar animal algum!

Aproximou-se do Livro e colocou a mão com a estrela sobre a folha líquida:

– Não posso fazer o que você disse. Aliás, para que servem essas fórmulas? Você sabe que já encontrei o Numeromago Zero. Tenho a Carta Mater e a

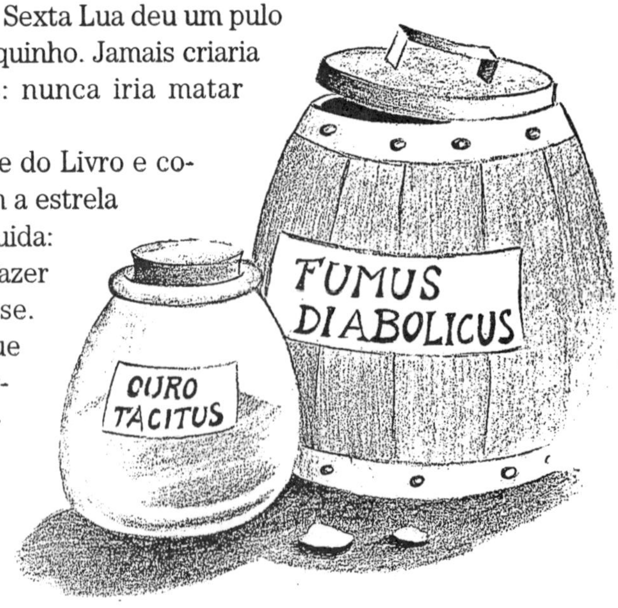

Grafite Roxa, já entrei no Zero Nevoento e, portanto, posso transformar os números de Karkon e quebrar o encanto das máquinas que aprisionam os Arcanos.

*O que eu disse você tem que realizar,*
*pois meus conselhos não deve desprezar!*
*O Numeromago Zero mais forte se tornou*
*porque o Mago Karkon o reforçou.*
*Mas é muito importante você saber*
*que o Orvalho de Lírio perdeu o poder*
*de tudo encantar. Isto há de ajudá-la*
*a todo o Mal que encontre derrotar.*

– O Orvalho de Lírio?

Perplexa, Nina pegou as Anotações de Karkon: era uma fórmula da Alquimia das Trevas:

*Líquido precioso presente apenas em alguns lírios brancos que só florescem uma vez a cada cem anos. Para conseguir meio litro de Orvalho de Lírio, são necessários no mínimo dez lírios. Ele serve para encantar máquinas e para isso bastam dez gotas a cada dez anos.*

– Hum... – comentou Nina, em voz alta. – Se o Orvalho de Lírio perdeu o poder, significa que a máquina que aprisiona o Terceiro Arcano está fraca... Entendi! Por isso o Mago reforçou o Numeromago Zero, que controla o motor! Por fim, entendi!

A pequena alquimista estava exultante. Lembrou-se de que do Míssil, que mantinha o Segundo Arcano preso, havia saído não apenas Ômbio, o óleo esverdeado de saliva de dragão e urina de cisne, mas também uma substância amarelada muito esquisita. Certamente era o Orvalho de Lírio!

Nina ficou contente: por fim parecia-lhe estar no controle da situação.

Mas o Sistema Magicum Universi continuou a dar importantes informações:

*Com o Orvalho de Lírio você não tem que se preocupar,*
*no entanto, novas magias agora vai ter que inventar.*
*Não faça perguntas, siga a pista*
*e assim prove ser boa alquimista.*
*Um livro de Birian Birov ajudará*
*e, assim, tudo mais fácil será.*
*Nenhum animal para isso morrerá,*
*uma vez que o necessário existe já.*

– Um livro de Birov? Mas qual deles?

Nina ainda estava bastante atrapalhada. Precisava encontrar o Fumus Diabolicus e o Ouro Tacitus, mas ainda não sabia como fazer isso. De repente, lembrou-se de que estava lendo o livro *Companheiros de aventura* e correu à Sala do Doge para pegá-lo na biblioteca. Folheou-o rapidamente e na página 270 começava o capítulo intitulado “Como movimentar objetos e líquidos de um lugar para outro sem andar”.

E, mais uma vez, Nina compreendeu. Para se apoderar do Terceiro Arcano, precisava voltar à Sala dos Encantamentos. Mas era evidente que a máquina que o mantinha prisioneiro havia sido reforçada por Karkon e seria impossível mudar o Numeromago Zero. Portanto, era preciso roubar as duas substâncias da Alquimia das Trevas, o Fumus Diabolicus e o Ouro Tacitus, que estavam escondidos num local secreto do Edifício Karkon. Para fazer isso, não seria preciso enfrentar de novo Karkon: bastaria seguir as indicações de Birian Birov, deslocando os líquidos magicamente, enquanto permanecia na segurança e na comodidade da vila.

Mas como? Nina leu atentamente o capítulo inteiro e viu que a solução era surpreendente!

Era preciso tomar a poção de Coentro Veloz, um líquido superpoderoso que permitia deslocar objetos e líquidos apenas com a força do pensamento. Uma vez tomada a poção, seria possível transferir os recipientes do Ouro Tacitus e do Fumus Diabolicus do Edifício Karkon para a Vila Espásia sem que ninguém percebesse.

– Extraordinário! – exclamou ela, entusiasmada.

Sim, mas como se fazia a poção do Coentro Veloz?

A pequena alquimista voltou para junto do Systema Magicum Universi e, em tom decidido, indagou:

– Livro, como se faz o Coentro Veloz?

*Cinco litros de Água de Chuva,*
*duas colheres de Farinha de Trigo Escaldante,*
*um quilo de Pimenta Roxa*
*e uma pitada de Cabeleira de Cometa.*
*Ferver por 2 horas e 4 segundos, beber*
*seis goles e pensar nos objetos a transportar.*
*Cuidado, Nina:*
*para conseguir estes ingredientes,*
*serão necessários dois meses de busca.*
*Comece já e peça ajuda a seus quatro amigos.*

Nina ficou desanimada: em poucas horas aconteceram muitas coisas e a maior parte era muito complicada. Encontrara o documento dos Magos Bons com os dois bastõezinhos perfumados para lutar contra a Voz; além disso, o Livro lhe anunciara que teria de enfrentar outra difícil prova em seu aprendizado de alquimista: precisava começar a trabalhar imediatamente para descobrir as fórmulas da Alquimia das Trevas.

*É demais... demais, mesmo! Não vou agüentar*, pensou, exausta e preocupada. *Por que mais uma prova,*

*agora que eu poderia e deveria me concentrar em libertar os dois últimos Arcanos? Não entendo...*

Como se não bastasse, lembrou-se do prefeito LSL, que queria acabar com Dodô.

Com um olhar alucinado, saiu do laboratório e foi para a Sala das Laranjeiras, levando consigo o livro de Birov. Sem ânimo nem para ler, deitou-se no divã e acabou por adormecer sobre as macias almofadas de seda e ouvindo o ronronar de Platão.

O toque da campainha acordou-a de repente: já eram 16:00 e seus amigos estavam chegando, pontuais. O primeiro a entrar foi Dodô, que, todo entusiasmado, mostrou-lhe o gorro cor-de-laranja:

– O... o... obrigado, Nina. Co... co... como o conseguiu de vol... vol... volta?

– É, isso aí! – entoaram os outros. – Como você conseguiu?

A pequena alquimista fez o grupinho se acomodar no grande divã diante do retrato de vovó Espásia e contou sobre a visita do professor José ao prefeito e a ameaça feita por LSL. Dodô abaixou a cabeça e começou a gritar de medo. Flor tratou de consolá-lo, enquanto Roxy e Cesco socavam as almofadas de tanta raiva.

– Não fique assim, Dodô! – exortou-o Nina, pondo-se de pé. – José já está fazendo um estudo sensacional, o maldito marquês vai ficar contente e nada vai acontecer com você. Podemos ficar sossegados.

Cesco observou-a desconfiado e perguntou:

– Tá... Porém há mais coisa, não é, Nina? Você está muito nervosa.

– É, estou mesmo. Preciso dizer duas coisas muito importantes a vocês.

E a pequena desabafou: disse tudo aos amigos. Pela primeira vez teve coragem de lhes revelar seus pesadelos, de contar como a Voz da Persuasão havia entrado nela, narrou os dois sonhos com o maldito monge e, depois, mostrou-lhes o documento dos Magos Bons de Xorax, que falava sobre a Verdade, mostrou os dois bastõezinhos, o branco e o negro, falou sobre o livro de Birov e a necessidade imediata de criar a fórmula do Coentro Veloz.

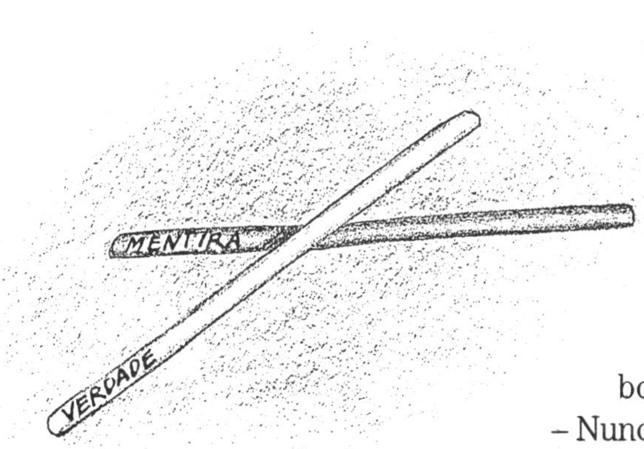


– Puxa vida! Que história! – admirou-se Cesco, tirando os óculos e passando a mão no cabelo à escovinha.

– Dois meses? – perguntou Roxy, pondo duas balas na boca ao mesmo tempo.

– Nunca fizemos uma fórmula que demorasse tanto!

– Pre... pre... precisamos começar a tra... tra... trabalhar agora mesmo!

Dodô saltou de pé, pronto para pôr mãos à obra, mas Flor puxou-o por um braço, obrigando-o a sentar-se de novo.

– Calma, calma, minha gente! Antes de qualquer coisa, Nina precisa estar bem. Não pode continuar angustiada pela Voz, como está agora.

– Não se preocupem com a voz – disse Nina, muito séria. – Esse é um problema apenas meu.

– É nosso também, porque não queremos que você seja atraída pelo Mal – determinou Cesco. – O que faremos se você passar para o lado de Karkon? E se tiver que nos matar?

As palavras de Cesco atingiram a pequena alquimista, que reagiu no mesmo instante:

– Acha que sou capaz de trair vocês? Que sou capaz de me aliar a Karkon? Quer dizer que não confia em mim!

Zangada, ela virou as costas para o amigo e não falou mais. Ele se aproximou e pediu-lhe desculpa. Flor, Roxy e Dodô também se empenharam em acalmá-la. Por fim, Nina voltou-se para eles e, empunhando o Taldom Lux, proclamou:

– Prefiro morrer a me tornar uma karkoniana!

Os quatro amigos pegaram do bolso seus rubis da Amizade Duradoura e, exibindo-os para Nina, prometeram em coro:

– Estaremos sempre com você. Somos amigos e juramos ajudá-la nesta difícil missão. Vamos conseguir: Karkon será derrotado para sempre!

O grupo, mais unido do que nunca, dirigiu-se ao laboratório para iniciar o preparo da fórmula do Coentro Veloz. A coisa mais fácil e, no entanto, a mais demorada era conseguir os cinco litros de água de chuva. Flor teve uma boa idéia a respeito.

– Vamos pegar uma vasilha bem grande e deixá-la lá fora. Acredito que em dois meses vai chover. Só nos resta esperar pelo mau tempo.

Cesco pegou um velho balde de cobre.

– Vamos deixá-lo no jardim, perto da grande magnólia, e torcer para que chova o quanto antes. Mas como é que se faz a Farinha de Trigo Escaldante?

Nina e Flor começaram a ler vários livros de alquimia, enquanto Dodô procurava entre frascos, ampolas e vidros algum que contivesse Cabeleira de Cometa. Roxy tratou de procurar a tal da Pimenta Roxa entre pedras preciosas e metais. A tarde passou num relâmpago; as crianças lidaram com panelinhas ferventes e líquidos gasosos, tentando criar os elementos necessários. Nada adiantou: todas as experiências fracassaram. Apesar de a desilusão ser muito grande, não desanimaram e, antes de ir embora, os quatro amiguinhos garantiram a Nina que, com um pouco de paciência, encontrariam a solução.

– Talvez seja o caso de pedir a ajuda ao professor José – propôs Cesco.

Mas Nina duvidou:

– Ele tem muito que fazer, não tem tempo para nos dar ajuda. De qualquer modo, se não conseguirmos sozinhos, vou falar com ele.

Às 20:00, os quatro meninos foram embora e a Menina da Sexta Lua desceu para o Aqueus Profundis: queria falar com Max. Quando entrou no laboratório submarino, viu Andora andando de um lado para outro, balançando os braços,

– Max, tem certeza de que ela não vai armar encrenca? – perguntou.

O bom andróide girou as orelhas em forma de sino e sorriu:

– De vez em quando, alguma coisa xe quebra, max ela extá funcionando bem – respondeu, abrindo mais um vidro de geléia de morango.

– Ela tem comido? – quis saber a pequena alquimista, curiosa.

– Não. Coxpe tudo fora. Vai ver que xó precixa de energia para xobreviver.

Na verdade, Max estava preocupado porque Andora, se bem que fosse quase que completamente autônoma, não queria comer nada. Vivia triste e deprimida. Além disso, só falava quando interpelada. Muitas vezes se aproximava da parede de vidro, ficava um tempão olhando o fundo do mar com peixes nadando entre as algas, e seus olhos se tornavam brilhantes, como se fosse chorar.

– Você acha que ela quer sair um pouco? Vai ver que não é feliz estando sempre presa aqui – ponderou Nina. – Mas é claro que não podemos levá-la lá para fora...

A pequena alquimista não sabia o que aconselhar a Max, mesmo porque não confiava em Andora: sabia que sempre fora malvada. Claro, a andróide poderia ter mudado, mas sempre haveria o temor de que pudesse aprontar alguma malvadeza.

– Ela vai acabar xe acoxtumando a viver aqui no Aqueux Profundix – insistiu Max. – É apenax uma quextão de tempo.

– Acho que Andora pode viver sem comer porque tem um sangue especial – explicou Nina. – Nas Anotações de Karkon está escrito que nas suas veias corre o Magma Sulfuroso, um líquido especial que faz esses andróides de Karkon viverem até cem anos. O que você acha, Max?

– Magma Xulfuroso... xim. Pode xer. Max tenho certeza de que, cedo ou tarde, Andora vai precixar comer.

Os dias passaram lentos. Max tentava em vão fazer Andora engolir geléia de morango, enquanto Nina, com seus inseparáveis amigos, todas as tardes procurava soluções alquímicas que não davam resultado. Flor já havia lido uns cinco livros de alquimia clássica, Roxy havia escrito uma montanha de fórmulas, nenhuma delas certa; Cesco e Dodô catalogavam minuciosamente todos os frascos, ampolas e alambiques do laboratório, esperando encontrar um indício útil. A única coisa que tinham feito era a Pimenta, só que não era roxa e sim amarela! E, para coroar, não havia o menor sinal da Cabeleira de Cometa. Mas houve um fato positivo: a chuva! O balde que eles haviam deixado junto da magnólia encheu com Água de Chuva. Portanto, deram um passo pequenino à frente. Mas não era o suficiente.

Nina estava de moral baixo e numa tarde fria de dezembro foi ao chalé da vila, onde encontrou o professor José quase desaparecido sob um monte de livros, papéis e mapas variados. Ele estava terminando o estudo exigido pelo prefeito LSL.

– Mais uma semana e vou entregar tudo – disse o professor, enquanto escrevia o enésimo comentário do estudo "Ausência de Magia". – Tenho certeza de que o prefeito não vai encontrar motivo para reclamar. Criei um verdadeiro documento sobre o Leão Alado. Olhe, até mesmo desenhei o Leão por partes para demonstrar que nada tem de mágico e que se trata apenas de uma inócua estátua de mármore. Talvez o prefeito acredite mesmo em mim!

Nina aplaudiu e agradeceu ao professor por tanto empenho: certamente, Dodô escaparia das ameaças de LSL e aquele maldito DECRETO seria anulado.

– Professor, tenho que lhe perguntar uma coisa importante – começou a menina, sentando-se ao lado de José. – Sei que o senhor está muito ocupado, mas preciso muito de ajuda.

– *Muy bien*, pode falar.

Ele passou a dar toda a sua atenção à pequena aluna. Nina perguntou onde poderia encontrar Cabeleira de Cometa e ele sacudiu a cabeça.

– Sinto muito, mas Cabeleira de Cometa é uma coisa muito rara e de criação difícil. Posso ver se nos meus apontamentos há algo que possa ajudá-la, mas devo avisá-la desde já que é perigoso procurar esse elemento alquímico. Nunca lidei com ele. Seu avô provavelmente o conhecia. Não encontrou nenhuma menção a respeito nos cadernos ou nos livros dele?

Nina também meneou a cabeça e, quando se mexeu para apoiar os cotovelos na mesa cheia de livros e papéis, derrubou o álbum dos Alquidesenhos. Teve impressão de que um relâmpago lhe atravessava a mente. Pegou o álbum e comentou:

– Este álbum cita o Pó de Cometa. Então... Quem sabe...

O professor se pôs de pé e, franzindo a testa, assentiu:

– É... Quem sabe...

A hipótese de que o álbum de Alquidesenhos pudesse ter alguma informação a respeito da Cabeleira de Cometa não era totalmente absurda. Nina abraçou José e saiu correndo do chalé, enquanto o professor gritava:

– Cuidado, é uma alquimia perigosa...

Mas a pequena alquimista não podia ter medo. Não devia!

Assim que chegou ao laboratório da vila, ela abriu o álbum mágico e começou a estudar o Pó de Cometa. Pegou uma pitadinha dele e colocou no caldeirão de cobre, que já continha ouro e safira. A mistura começou a ferver e desprendeu uma fumaça negra e malcheirosa. Com as faces sujas e a testa suada, Nina despejou água e depois despejou a mistura errada em um balde. Tornou a experimentar, acrescentando duas colheres de prata viva, mas nesse momento o fogo da lareira se apagou. Aquilo jamais havia acontecido. Aliás, jamais deveria acontecer. Alarmada, ela desceu correndo, entrou ao trole, chegou ao Aqueus Profundis, entrou como uma fúria e gritou para Max:

– Venha comigo, depressa! Eu fiz alguma bobagem: o fogo da lareira apagou!

Max ficou muito agitado.

– Impoxxível! Exxe fogo não pode apagar. Vamox deprexxa ver o que aconteceu.

O problema do fogo apagado fez Max sair do Aqueus Profundis pela primeira vez. E isso também jamais deveria acontecer...

Andora ficou sozinha no Aqueus Profundis. Max, que a vinha mantendo livre para que se mexesse à vontade, se esquecera de amarrá-la ou desligá-la temporariamente antes de sair. Nina estava tão nervosa e solicitara sua atenção com tanta urgência que ele nem havia pensado em bloquear o andróide karkoniano.

Andora olhou ao redor, ergueu-se da cadeira em que se achava sentada e passou os dedos de leve no teclado do computador. O impulso de se colocar em contato com Karkon era muito forte. Assim que começou a digitar a seqüência para isso, um choque elétrico fez todo seu corpo tremer: o sistema de bloqueio criado por Max funcionava perfeitamente e o contato com o Mago era impossível. Andora recuou, cambaleante, e foi chocar-se contra a parede de vidro que mostrava o fundo da lagoa. Voltou-se e se encaminhou para onde estava o trono de cristal que Nina usava quando queria se transferir para a Sexta Lua. Sentou-se e procurou algum botão para acionar o mecanismo.

– Sair, sair! Quero ir embora daqui – murmurava o andróide em desespero.

Por sorte, não havia botão algum para ativar o trono. Andora se ergueu de um salto; um véu de triste loucura empanou-lhe o olhar, então ela pegou uma pinça e enfiou-a no ouvido esquerdo, depois puxou com força e extraiu um pequeno cilindro de cobre. Colocou-o em cima da bancada. Destacou o tubo alimentador que a mantinha viva e, antes de se desligar para sempre, escreveu uma carta para Nina:

*"Não posso viver aqui. Nunca mais terei liberdade porque você não pode me libertar, Nina. Sei que fiz mal a você, à verdadeira Andora e também à sua tia Carmen. Odiava vocês! Mas essa era a minha missão, foi para isso que Karkon me programou. Eu tinha que obedecer às ordens dele. Agora me sinto inútil, tenho medo de voltar a ser malvada e causar outros males à sua família. Meu sangue é composto por um líquido diabólico e não quero viver até os cem anos deste modo. Vou embora para sempre, porque me desliguei sozinha! Não se preocupe com a sua tia: ela está salva porque desativei a ligação entre nós duas. Na bancada você vai encontrar um pequeno cilindro de cobre que se achava atrás do meu ouvido esquerdo. Era a ligação com a sua tia Andora e não funciona mais. Muito obrigada a você, Max, que é um andróide bondoso e simpático. O Aqueus Profundis é a sua casa e você viverá feliz aqui, como sempre viveu. Há uma outra coisa que preciso dizer: Karkon construiu outros três andróides adultos, são modelos menos inteligentes do que eu, mas..."*

Andora fechou os olhos e deslizou para o chão. Pés e mãos chiaram por um instante, a boca ficou aberta e nenhum lamento foi emitido pelos lábios recobertos por pele falsa. A energia se esgotara e ela desligara. Estava morta.

A tragédia se consumou em poucos minutos, sem que ninguém pudesse fazer qualquer coisa. Max e Nina, que estavam no laboratório da vila, atarefadíssimos e concentrados, jamais poderiam imaginar o que acontecia no laboratório do fundo do mar.

– Pronto, a lareira voltou a funcionar – disse Max, limpando as mãos de metal numa toalha de papel. – Por favor, não faça maix experiênciax exquixitax. A fórmula para a Cabeleira de Cometa é muito difícil e não xei como ajudá-la.

Nina observou o fogo, que se havia tornado regular. Apertou a mão de Max, agradecendo, depois abriu o alçapão.

– Xozinho eu não vou... Tenho medo do túnel. Você pode me acompanhar até o Aqueux Profundix?

O bom andróide estava muito temeroso e não via a hora de voltar para sua “casa” embaixo da água. Nina riu e fez o que ele pedia. Juntos, desceram para o túnel, subiram no trole e, por fim, entraram no Aqueus Profundis.

A cena que se apresentou aos olhos deles foi terrível: Andora estava imóvel, caída no chão. Max correu, ajoelhou-se ao lado do andróide karkoniano e, desesperado, gritou:

– Andora, Andora, rexponda! O que aconteceu?

Max soube que nada mais poderia ser feito quando viu o tubo de alimentação retirado e compreendeu que a própria Andora se “desligara”.

– Andora xe dexligou xozinha. Xe matou... – disse, erguendo-se. Lágrimas desciam-lhe dos olhos, pois não se perdoava por tê-la deixado sozinha. – A culpa é minha: eu não devia tê-la abandonado.

Quando ele deu um soco sobre a bancada, Nina o abraçou e viu a carta... Leu-a e chorou, comovida.

– Afinal, ela era ruim porque Karkon a construiu assim. Sinto muito...

Max ergueu nos braços o andróide karkoniano.

– Vou colocá-la em um caixão mortuário de metal... Acho que xeria certo fazer um funeral.

A pequena alquimista assentiu com a cabeça.

– Também acho. Vou avisar minha tia, para ela saber que, de agora em diante, não corre mais nenhum perigo. Depois, vou comunicar a meus amigos. Eles também vão ficar tristes. Guarde esse cilindro de cobre, Max. Era a ligação entre o andróide e a minha tia.

Com a carta de Andora na mão, Nina voltou para a vila e contou a Ljuba o que havia acontecido. Era justo comunicar o fato também à boa Merengue, pois ela havia conhecido o andróide karkoniano. Em seguida, ligou para Madri.

Na pequena vila da rua Velázquez tudo estava sossegado e o telefonema de Nina fez suas velhas tias ficarem contentes. Carmen falava sem parar. Andora, quando soube o que acontecera, deu um profundo suspiro e, sem deixar que Carmen percebesse qualquer coisa, mandou um beijo para Nina, dizendo:

– É melhor assim, meu bem. Agora, pelo menos, posso viver tranqüila. Aliás, sabe de uma coisa?

– O que, titia?

– Carmen e eu resolvemos ir passar o Natal com você. Contente?

– Siiimmm! Muito contente. Sabe, papai e mamãe também vão vir. Vamos fazer um ceia deliciosa e nos divertir um bocado! – contou a garota, toda animada.

Merengue, que ouvia a conversa, começou a pular de tanta alegria. Até que enfim poderia cozinhar para a família toda!

Adônis e Platão começaram a correr um atrás do outro por todas as salas da Vila Espásia, enrugando e deslocando os tapetes, e Nina, apesar de ainda estar triste pelo fim do andróide karkoniano, brincou com os dois até ir se deitar.

No Edifício Karkon, porém, não havia o menor sinal de alegria. Karkon estava fora de si. Não apenas tivera que reforçar o Zero do motor da Estufa, como também fora obrigado a infectar com o Kabitus Morbante a máquina que aprisionava o Terceiro Arcano, para prevenir mais um possível ataque de Nina. Além disso, Alvise, Barbessa, Irene, Gastilo e Sabina estavam em situação cada vez pior. Precisavam com urgência de um transplante de coração de gato.

– Visciolo! – gritou o Mago, cuspindo a torto e a direito. – O Kabitus Morbante já entrou em funcionamento. A terceira máquina está segura. Nina nunca descobrirá como desbloqueá-la. Além disso, está infectada e mais poderosa do que antes. A Mecanogeometria e os Numeromagos estão protegidos. Agora, prepare as facas e os fios de ferro, porque nos próximos dias vamos abrir ao meio uma porção de gatos vira-latas!

– Sim, meu senhor! – O Caolho esfregou as mãos antecipando a alegria de matar os pobres animaizinhos. – Assim será feito.

O conde fechou a porta do laboratório K e resolveu passar ao plano de ataque, servindo-se da ajuda de seus três andróides adultos. Ativou todo o processo e o contato foi imediato. Ao mesmo tempo, em três lugares diferentes do mundo onde se encontravam os homens-robôs, o sinal chegou exatamente em seus circuitos cerebrais. No Peru estava Tupac, o "Feroz": olhos e cabelos negros, pele morena e dentes fortes, era um andróide com muito músculo e nada de cérebro; na Rússia adquiria vida Wladimir, o "Enganador": tinha olhos azuis, cabelos muito loiros, pele branca como leite e a capacidade de tapear qualquer pessoa; o terceiro karkoniano morava na China e se chamava Loui Meci Kian, o "Cínico": era muito esperto e tinha olhos tão apertados que lembravam duas fendas, cabelos muito curtos, castanhos, e físico enxuto. Há anos os três viviam normalmente, trabalhavam em empregos comuns e jamais haviam despertado qualquer suspeita por seu comportamento. Karkon os havia colocado na fase "hibernal", ou seja, fase em que eram incapazes de cometer qualquer maldade ou violência. Mas chegara o momento de "acordá-los".

– Sou Karkon, o Magister Magicum de vocês. Ordeno que se tornem ativos! Enviarei um baú a cada um e dentro dele encontrarão tudo que precisarem. Esperem minhas ordens. Entrarei em contato logo!

O Mago encerrou a comunicação. Acariciou o cavanhaque, já saboreando a vitória e o fim da pequena alquimista.

– Alguns meses e os meus três andróides estarão em condições de combater a netinha do professor Misha – disse para si mesmo, em voz alta. Então, gargalhou, erguendo o Pandemon Mortalis. – Desta vez, Nina não vai escapar!

Portanto, os problemas para Nina e seus amigos estavam se avolumando e a aventura para salvar Xorax se tornava mais árdua a cada dia que passava. No entanto, a determinação das cinco crianças era mais forte do que o Mal. De fato, haviam acontecido muitas coisas feias e a morte de Andora minara mais uma vez a segurança dos cinco amigos. Mas, por outro lado, a luta contra o conde havia alcançado tal nível que cada sofrimento era suportado e enfrentado com a maior coragem, em virtude da amizade que os unia.

O adeus ao andróide karkoniano aconteceu numa tarde muito fria em meados de dezembro, com o céu acinzentado e Veneza envolta em um manto de gelo. O olhar de Max 10-pl era muito triste; ele caminhava como um autômato de fato e, quando colocou o corpo de Andora no caixão mortuá-

rio de metal, duas lágrimas desceram pelas faces prateadas. Era a primeira vez que assistia à morte de um seu semelhante. Max sabia que Andora era um andróide muito diferente dele, fosse pela aparência, fosse pelo caráter, mas, assim mesmo, era doloroso vê-lo imóvel e sem vida.

Nina e os outros, com a cabeça inclinada, olharam pela última vez o sofisticado robô, que, apesar de haver criado tantos problemas, decidira morrer para não viver uma vida de maldades. Max colocou o féretro sobre a única escotilha existente no Aqueus Profundis: era uma abertura de emer-

gência que permitia a saída para o fundo da laguna. A porta hermética da escotilha era absolutamente segura e o mecanismo para abri-la e fazer o caixão mortuário deslizar para fora era muito complicado. Em silêncio, todos se despediram de Andora. O caixão deslizou para fora, flutuou entre as algas e peixes, depois pousou e se imobilizou no fundo arenoso.

E enquanto a história do andróide preferido do conde terminava na água gélida da laguna, um outro acontecimento complexo e desconcertante estava prestes a suceder com o professor José e o terrível prefeito LSL.

CAPÍTULO 10

# O interrogatório e o violino da terceira torre

– Os desenhos do Leão estão perfeitos, a descrição da estátua e as minhas observações sobre a absoluta falta de acontecimentos mágicos são convincentes.

O professor José falava sozinho ao mesmo tempo em que arrumava numa pasta, bastante volumosa, os vários documentos que havia escrito. Eram 9:00 da manhã do dia 16 de dezembro, no chalé da vila. Antes de ir falar com o prefeito Loris Sibilo Loredan, o professor tomava o café que havia acabado de fazer e cujo aroma se espalhava suavemente pela sala. Ele havia feito o possível para contentar o sombrio marquês e tinha certeza de que Dodô deixaria de ser perseguido e que não se falaria mais naquela esquisita história do Leão Alado. Claro, o professor bem sabia que a estátua era mágica, mas precisou demonstrar exatamente o contrário.

Vestiu a capa de sempre e pôs na cabeça o engraçado chapéu preto pontudo: para dizer a verdade, olhando-o bem, e vestido daquele jeito, ele não parecia professor, mas sim um mago muito bizarro. A cultura e o preparo de José eram tais que ninguém colocaria suas afirmativas em dúvida. Pelo menos, era o que ele pensava. Pegou a pasta e saiu, todo animado. De passagem, cumprimentou o jardineiro, que já estava desempenhando seu trabalho de manutenção do jardim da Vila Espásia.

Meia hora depois, o professor se achava sentado na sala de espera da Prefeitura e o costumeiro funcionário público, de rosto acinzentado e severo, levou-o até a porta do escritório de LSL e lhe disse que se acomodasse. O professor entrou na sala, porém o prefeito não estava. José observou mais uma vez os quadros pendurados nas paredes e resmungou:

– Pinturas horrorosas. Homens e mulheres com cabeças de serpente! Coisa de absoluto mau gosto.

Naquele momento entrou o marquês Loris Sibilo Loredan com um capote cinzento que ia até os pés e um cachecol amarelo. Cumprimentou José com um aceno e foi sentar-se em sua cadeira estofada, atrás da escrivaninha.

– Então, trouxe o que lhe pedi? – perguntou LSL.

– Trouxe, sim. Veja, aqui está a demonstração de que o Leão Alado de Veneza não é mágico, de maneira alguma. É uma autêntica estátua de mármore, de proveniência muito antiga. – Um tanto sem jeito, o professor José colocou a pasta com os documentos sobre a mesa do prefeito. – Está tudo certo.

LSL leu em silêncio por alguns instantes, depois olhou atentamente os desenhos, ergueu-se de repente e, com o dedo indicador em riste na cara do professor, berrou:

– O senhor é um mago! É um perigo para a comunidade veneziana. Este é um estudo criminoso: demonstra que o Leão é mágico e que voa!

– O que está dizendo, prefeito? – O professor José estava pálido. – Isso não é verdade.

– Guardas, levem o professor à Sala do Grande Conselho, para interrogatório!

A voz de LSL havia se tornado profunda e poderosa. A porta da sala se abriu e entraram dois guardas que pegaram o pobre José, cada qual por um braço.

– Sou inocente! Não fiz nada! – gritava ele, tentando se soltar. – Não sou um mago!

Mas o plano de LSL foi elaborado com perfeição, porque o prefeito havia decidido arrumar algum motivo para culpar

José e prejudicar Dodô. O pacto com Karkon era mais do que claro e o marquês obedecia às ordens dele.

Na Sala do Grande Conselho, achavam-se dez indivíduos esquisitos vestidos de roxo e sentados em dois bancos colocados em dois lados do aposento, um diante do outro. Assim que os guardas colocaram José no meio da sala, observaram-no com atenção e se puseram a sorrir.

O meirinho tocou um pequeno sino de prata e anunciou:

– Está iniciado o interrogatório. Que se fechem as portas!

O prefeito LSL se aproximou do professor com ar de desafio, abriu os braços e se dirigiu aos presentes:

– Vejam, este é o professor José, um mago espanhol que queria provocar confusão em nossa cidade. No entanto, eu mandei afixar em todos os muros um decreto bem claro: "O Leão de Veneza não é mágico. Não voa." Mas o professor afirma o contrário e os documentos que me entregou nesta manhã são provas evidentes.

E, assim dizendo, mostrou os papéis escritos e os desenhos para os dez senhores sentados nos bancos. Elevou-se um zum-zum, todos comentando em voz baixa os documentos do professor, que, transtornado por aquilo que estava acontecendo, gritou:

– Esses documentos provam que o Leão é uma estátua de mármore, e só! Não há magia alguma, eu juro!

– Silêncio! – repreendeu-o LSL. – O senhor insiste! Nega a evidência! Agora, responda às perguntas. Eu quero a verdade!

O interrogatório começou. Os dez personagens consultaram-se entre si, depois, um de cada vez, foram até o prefeito e segredaram-lhe suas perguntas. Visivelmente satisfeito, LSL perguntou:

– Professor, por que veio a Veneza?

José começou a suar frio.

– Para visitar amigos, apenas isso.

– Fomos informados de que o senhor está hospedado na Vila Espásia, com a netinha do professor Michajl Mesinskj, falecido há poucos meses...

O prefeito fitava o professor com seus olhos penetrantes e inquisitivos.

– Sim, estou no chalé da vila. – O coração de José batia descompassado. – Eu era muito amigo do professor Misha.

A essa altura, o prefeito declarou que o professor Misha era uma boa pessoa, porém muito original, e que levava uma vida esquisita, que gostava de alquimia e de magia. José não teve como contradizê-lo, mas também não tinha coragem de falar mal do querido amigo, além de temer colocar Nina em dificuldades. Mas o marquês continuou a fazer perguntas até chegar ao ponto crucial.

– O senhor se dá também com os amigos da pequena Nina, principalmente com Dodô, que é um péssimo exemplo para crianças! Ultimamente, ele se meteu numa porção de encrencas e não pára de falar em magia e no Leão Alado. – LSL estava mais do que determinado a acabar com Dodô. – Isto, o senhor não pode negar!

– Não, não é verdade. Dodô é um menino carinhoso. Nunca faria mal a quem quer que seja – respondeu José, cada vez mais impaciente.

Naquele momento, todos os senhores vestidos de roxo ficaram de pé e exclamaram:

– Dodô é um perigo! Ele deve ser punido!

O prefeito fez um sinal ao meirinho, que abriu a porta da Sala do Grande Conselho e fez entrar o menino, acompanhado por dois guardas. Haviam detido Dodô quando ele estava indo para a escola. Apesar de haver tentado, ele não conseguiu escapar e nem avisar os pais e amigos do que acontecia.

O menino estava apavorado, tremia e chorava. O professor fez menção de ir ao encontro dele, mas o prefeito o deteve e, aos empurrões, fez Dodô ir para o meio da sala.

– Você acredita em magia? – perguntou LSL.

Dodô olhou para José, que sinalizou "não" com a cabeça, e o pequeno respondeu:

– Não... Eu não acre... acre... acredito em ma... ma... magia – sussurrou, mordendo os lábios.

– Seu mentiroso! Nós temos provas! – afirmou o prefeito, dirigindo-se para todos ao redor. – Sabemos muito bem que você entrou como um ladrão na casa do conde Karkon Ca' d'Oro. O que roubou? O que foi fazer lá?

– Na... na... nada. Não sou um la... la... ladrão – respondeu o menino abaixando a cabeça.

– Ah, não? E, então, como explica que o viram sair voando de lá numa bolha de sabão?

As perguntas de LSL se tornavam cada vez mais insistentes.

– Quem me vi... vi... viu? – Dodô teve coragem de perguntar ao prefeito, que o interrogava.

– As crianças órfãs que moram no Edifício Karkon! Elas, sim, são boas crianças – disse o prefeito, com ar prazeroso.

– Eles nã... nã... não são cri... cri... crianças. Sã... sã... são andró... andró... andróides. Eles me ba... ba... bateram!

Dodô passou a falar com raiva, sem perceber que era gravíssimo o que estava dizendo. Ele mesmo havia piorado a sua situação. Tinha revelado que as crianças de Karkon eram andróides.

Teatral, LSL abriu de novo os braços, voltou-se para os dez personagens sentados nos bancos e discursou:

– Está aí! Viram, senhores? Dodô fala em andróides! Pura loucura. É a demonstração concreta de que este menino acredita em magia. Ele acredita, de fato, que uma pessoa respeitável como o conde Karkon é realmente um pérfido construtor de andróides. Isto é grave. Muito grave.

Nesse ponto, querendo remediar, o professor José se manifestou:

– Não, Dodô se expressou mal. Eu posso explicar...

– Calado! O senhor fique calado! Já o escutamos demais – cortou o prefeito. – O senhor quer disseminar a desordem em nossa cidade. Espalhou por aí que o Leão Alado é mágico e que existem crianças andróides. Sabe-se lá o que mais o senhor anda tramando!

– Então, se assim é, que eu seja castigado! – bradou o professor, em desespero. – Dodô e as outras crianças nada têm a ver com isso!

– É inútil o senhor tentar salvar este fedelho. Os dois são culpados, os dois são subversivos!

O prefeito gritava cada vez mais alto, dirigindo-se aos dez personagens, que fitavam com ódio o professor e o menino.

– O que devemos fazer com eles? – indagou o marquês em tom severo.

– Prendê-los! – foi a resposta seca dos dez.

– Muito bem. Então, serão levados para a prisão do Chumbo.

E, em seguida, o prefeito chamou os guardas.

Dodô jogou-se no chão e chorava, desesperado. O professor encaminhou-se para ele, a fim de consolá-lo, mas os guardas os separaram à força e arrastaram-nos para fora da Sala do Grande Conselho, enquanto o meirinho tocava de novo o sininho de prata.

– O interrogatório terminou. A sessão está encerrada.

O menino gritou, fora de si:

– Que... que... quero a mi... mi... minha mãe! Vão cha... cha... chamá-laaaaaa!

Mas o prefeito caçoou dele, arrancou-lhe o gorro cor-de-laranja da cabeça e jogou-o longe. Dodô ficou com a cabeça pelada à mostra e, entre o cabelo vermelho que despontava como minúsculos espinhos, ainda dava para ver as cicatrizes.

– Pare de choramingar, carequinha! A cadeia vai fazer você recuperar o juízo.

O professor, mesmo arrastado pelos guardas, conseguiu dar um chute no traseiro do prefeito, que ficou uma fera. Voltou-se e urrou:

– Fora! Levem-nos daqui! Eles vão apodrecer nas celas até admitir que a magia não existe!

Dodô pegou o gorro e enfiou-o na cabeça. Em seguida, com um gesto hábil, enfiou a mão no bolso antes que os guardas o levantassem pelos braços e o arrastassem para fora. Apertou com toda a força da sua mão o rubi da Amizade Duradoura: desta vez, ele o trouxera consigo. Torcia para que seus amigos chegassem logo, porque a situação era realmente trágica.

Era meio-dia em ponto. Roxy, Cesco e Flor estavam sentados em suas carteiras, na escola, ocupados em escrever uma redação para a prova de italiano, quando sentiram um estranho calor emanar de seus bolsos. Cesco olhou para as próprias calças e enfiou a mão no bolso. O rubi estava fervendo! Roxy e Flor também já tinham visto seus rubis. Os três se ergueram de um salto e exclamaram o nome do amigo que não fora à aula naquela manhã:

– Dodô!

A professora de italiano estremeceu de susto na sua cadeira e a classe inteira riu. Cesco pediu desculpa e, imitado pelas duas amigas, voltou a escrever. Os três estavam com o coração na garganta! Sabiam que Dodô corria perigo e que precisavam sair logo da escola. Roxy fingiu estar com dor de estômago, Flor e Cesco também disseram à professora que não se sentiam bem.

– No recreio comemos uns sanduíches e acho que eles não "caíram" bem – explicou o garoto, com o rosto contraído por inexistente dor.

A professora acreditou e deixou que fossem para casa.

O trio havia conseguido! Cinco minutos depois os amigos chegavam à Vila Espásia para avisar Nina. Mostraram os rubis quentes à pequena alquimista, que imediatamente vestiu um casacão e os quatro foram para o chalé a fim de contar ao professor que o amigo deles estava encrencado. Mas, ao entrar, tiveram uma triste surpresa: a mesa estava vazia, o trabalho sobre o Leão Alado não se achava lá. E não havia nem sinal de José.

Quando o jardineiro viu que as crianças estavam muito agitadas, disse-lhes que o professor saíra há várias horas e ainda não tinha voltado.

– Ele disse que ia à Ponte de Rialto – explicou Carlo.

Nina compreendeu: o professor tinha ido falar com o prefeito.

Os cinco amigos se entreolharam e Nina decidiu:

– Vamos para a Prefeitura agora mesmo! Eu acho que Dodô e José estão com o prefeito. Mas é bom nos prevenirmos para o pior e levar alguma poção mágica. Garanto que vamos precisar.

– Agora? Temos que fazer uma poção mágica justo agora? – objetou Cesco, que não estava de acordo. – Não podemos perder tempo!

Mas as meninas o convenceram: não teriam como enfrentar o maldoso marquês sem usar a magia.

Assim que entraram no laboratório da vila, Nina colocou a mão com a estrela sobre a folha líquida e, apressada, perguntou ao Systema Magicum Universi:

– Livro, Dodô e José estão em perigo. Que poção alquímica eu devo usar?

*Apenas o Sal Forte irá ajudar*
*a seus inimigos bloquear.*
*Com certeza não morrerão,*
*mas a memória perderão.*
*Diante de gente não use o Taldom,*
*pois isso nada irá trazer de bom.*

– Sal Forte? Claro, que boba! Não pensei nisso. É uma fórmula que vi no Caderno Negro do vovô!

Ainda falando, Nina já folheava o caderno e logo encontrou o que procurava:

*Composto por sal marinho e água da cor da esmeralda. Bebido ou borrifado no rosto, bloqueia a mente e torna o corpo imóvel por, no mínimo, 2 horas. Destilar por 1 hora e 43 segundos.*

– Uma hora e quarenta e três segundos? – Cesco desanimou: – É demais!

– Pare de reclamar e procure um garrafão com água cor-de-esmeralda!

Nina estava impaciente: com uma grande colher, pegou o sal marinho de um pote e colocou dentro de um vidro. Cesco achou o garrafão com água cor-de-esmeralda e o entregou à menina.

O relógio marcava 12 horas, 16 minutos e 7 segundos.

– A poção vai ficar pronta às 13:59:07, exatamente. Enquanto isso, vamos ligar para a Prefeitura e perguntar se, por acaso, José e Dodô estão com o prefeito. Talvez nos respondam.

Aquela idéia parecia ingênua, mas Flor imediatamente inventou uma mentira que talvez desse certo. Pegou o celular de Nina, ligou e, com voz muito convincente, disse:

– Alô?... É da Prefeitura?... Sou a cozinheira do marquês LSL e gostaria de saber se o prefeito já saiu daí porque o almoço está na mesa.

Do outro lado do fio, a secretária de LSL informou:

– Acredito que o prefeito não irá almoçar. Ele foi para a prisão do Chumbo por causa de uma situação muito delicada.

Flor desligou e, aflita, contou para os outros:

– Levaram os dois para a cadeia, tenho certeza! A secretária disse que o prefeito foi para a prisão do Chumbo por causa de uma situação muito delicada.

– Cadeia? – gritou Roxy, dando murros na parede. – Dodô e o professor estão presos?

– Precisamos agir imediatamente! – Cesco não parava no lugar, de tão nervoso. – Vamos libertá-los!

Nina empunhou o Taldom e segurou-o com força:

– Se LSL fizer qualquer maldade com o Dodô, juro que o mato!

O tempo de espera para que a poção ficasse pronta parecia nunca mais acabar: com os olhos fixos no vidro, os pequenos viram o líquido ir se transformando e ficando cada vez mais escuro. Às 13:59:13, estava completamente negro e pronto. Nina pegou o vidro, escondeu-o dentro do casacão e saiu correndo do laboratório com os amigos. A salvação de Dodô estava próxima.

Fazia muito frio. O céu mostrava-se encoberto por grandes nuvens cinzentas e não tardaria a chover, mas o grupinho ficou ao ar livre mesmo na lancha que os levava para a praça San Marco. Os quatro queriam desembarcar o mais depressa possível para se reunir a José e Dodô na prisão do Chumbo. Com os narizes gelados e as respirações ofegantes, chegaram ao portão do grande presídio de Veneza, onde uma sentinela estava de guarda. As crianças começaram a dar voltas em torno do soldado; ele achou que estavam brincando e riu, divertido, mas nesse momento Nina borrifou o Sal Forte no rosto dele. O rapaz fardado caiu, atordoado e com os olhos arregalados. A magia tinha funcionado. Rapidamente, as crianças o arrastaram para dentro, para não despertar a atenção dos passantes.

– Depressa, minha gente! A magia dura apenas duas horas – incitou-os Roxy, ansiosa: não via a hora de ver o Dodô. – Daqui a pouco, a sentinela vai acordar.

Nas pontas dos pés, percorreram um longo corredor onde, por sorte, não encontraram ninguém; desceram três escadas; quando chegaram ao fim da terceira, viram lá embaixo alguns carcereiros que distribuíam comida para os presos. Pé ante pé, viraram o ângulo do corredor e, sem fazer o mínimo rumor, passaram sem ser vistos. Quanto mais avançavam, mais forte ficava um cheiro nauseabundo de fossa.

– Tampem o nariz, não podemos voltar – murmurou Cesco. – Temos que encontrar Dodô e José.

Num pequeno espaço do corredor subterrâneo viram três cartazes com flechas que indicavam direções diferentes: “Celas de Ladrões”, para a esquerda; “Celas de Assassinos”, para a direita; “Celas para Subversivos”, no centro.

– É esta, temos que seguir em frente – disse Nina, avançando devagar. – Lembro-me bem de que o DECRETO do prefeito especifica que quem fala em magia é considerado subversivo.

A luz, proveniente de pequenas lâmpadas cheias de teias de aranha, se tornava cada vez mais fraca, as paredes eram descascadas e mofadas, o piso estava destruído por água empoçada. O frio era tanto que a umidade, que descia lentamente em gotas, formava estalactites penduradas no teto e de vez em quando caíam pedaços de gelo nas cabeças das crianças.

– Brrrr! Aqui faz um frio de louco! – Flor tremia de frio e por medo de que houvesse aranhas por ali.

Roxy assoprava as mãos para aquecê-las e torcia para que saíssem logo daquele lugar terrível. De repente, ouviram vozes e barulho de correntes: provinham do final do corredor, onde se percebia uma luz mais forte.

Cesco e Nina chegaram na frente e viram o prefeito com dois guardas, diante de uma cela.

– Vocês vão ficar aí até admitirem suas culpas! – berrou LSL.

Os guardas pegaram uma corrente grossa e a passaram pelas barras a fim de fechar a porta, com um cadeado. Nina criou coragem e correu para os três, gritando:

– Canalhas!

Borrifou a poção alquímica na cara do prefeito malvado e dos dois guardas, que não tiveram tempo para dizer sequer uma palavra: desabaram no chão, com as línguas de fora.

– Nina! – alegraram-se Dodô e José.

– Estamos todos aqui. Vamos sair desta prisão fedorenta!

A menina da Sexta Lua entrou na cela, acompanhada por Cesco, Flor e Roxy. O professor abraçou os pequenos e Dodô, com os olhos brilhando de lágrimas, beijou os quatro.

– Meus ami... ami... amigos, como estou fe... fe... feliz por ver vo... vo... vocês aqui! De... des... desta vez o ru... ru... rubi estava no meu bol... bol... bolso!

Nina abraçou forte o amigo, Cesco e Roxy sorriram e Flor ajudou o professor a colocar a capa nos ombros.

– *Muchas gracias*, vocês chegaram bem a tempo. Foi horrível. Eles me interrogaram, depois foi a vez de Dodô e resolveram prendê-lo também. Esse prefeito é doido! É evidente que ele está a serviço do conde Karkon.

O professor falava com dificuldade e batia os dentes por causa do frio.

– Claro que foi tudo provocado por Karkon – disse Nina, dando apoio ao professor. Mas vamos embora daqui. O efeito da poção Sal Forte dura apenas duas horas.

– Sal Forte! Grande menina! Grandes crianças! – O professor cumprimentou-os, aprovando tudo o que os pequenos haviam feito. – Vocês são alquimistas excepcionais. Essa é a magia certa!

– Quando eles acordarem, não vão se lembrar de nada. Pelo menos, é o que espero...

Nina falou olhando para o prefeito e os guardas estendidos no chão úmido.

Correndo, percorreram o corredor, subiram as escadas e saíram pelo portão da prisão do Chumbo, com os rostos transtornados pela ansiedade, mas contentes por estarem de novo na rua. Flor se apoiou por um instante numa das enormes colunas do edifício da cadeia para tomar fôlego.

– Mais uma vez, escapamos de boa! – comentou.

– É... – concordou Nina. – Agora, vamos voltar logo para a Giudecca. Vocês têm que ir para casa, senão seus pais vão ficar aflitos. Amanhã a gente se vê.

– E se fo... fo... forem me prender de no... no... novo? O que eu fa... fa... faço?

– Acho que não irão. Vão deixar você em paz, pelo menos por algum tempo. Espero que fiquem também longe de mim e de vocês todos. Caso contrário, vou usar minha alquimia e transformar LSL em sapo! – prometeu o professor José, com raiva.

As crianças olharam-no por um instante e começaram a rir. Roxy adorou a idéia de transformar o prefeito em sapo... Quem sabe aquilo poderia mesmo acontecer!

Cesco, Flor e Roxy acompanharam Dodô até a casa dele, onde o menino voltou a se sentir seguro. Ele não lhes contou nada dos terríveis momentos pelos quais passara. Ao contrário, fez de conta que nada havia acontecido. Entrou com os amigos e foi direto para o quarto, com a desculpa de precisar fazer as lições.

– Temos que estudar muito – explicou Flor à mãe de Dodô, que quis saber onde haviam ficado até aquela hora e se haviam comido.

– Almoçamos na casa da Nina – respondeu Cesco, prontamente. – O professor José nos explicou os problemas de matemática que precisávamos resolver.

Sem desconfiar de nada, a senhora voltou aos seus afazeres e os três se dirigiram ao quarto do amigo. Os quatro meninos trataram de encorajar uns aos outros e, comendo chocolates e chupando balas, passaram o resto do dia tramando como fazer LSL pagar por sua maldade. A raiva que sentiam era muita e o desejo de vingança aumentava a cada momento.

Nina e José foram para a vila e se acomodaram diante do fogo, na Sala da Lareira. O professor ficou calado, com o olhar fixo nas chamas. Nina compreendeu que a situação era muito perigosa para ele. Certamente, LSL e Karkon engendrariam outro plano para prender Dodô e ele.

– A esta hora, o prefeito já deve ter recuperado os sentidos – comentou a pequena alquimista, com um leve sorriso. – Deve estar querendo descobrir por que está deitado no chão úmido do subterrâneo da prisão do Chumbo.

– É, ele não se lembra de nada. Mas Karkon logo vai fazêlo recuperar a memória. Temos que nos preparar para o pior.

O professor falava com calma, entre goles de chá quente com biscoitos saborosos servido por Ljuba. As ameaças do maldito marquês ainda ecoavam na mente dele e José não conseguia se conformar com a maldade de terem prendido também Dodô.

– Quer voltar para Madri, professor? – perguntou Nina, com medo de que ele desse uma resposta afirmativa.

– De jeito nenhum! Você e os seus amigos precisam de mim. Ficarei aqui pelo tempo que quiserem – o professor espanhol se ergueu da poltrona, tornou a pôr a capa e piscou para Nina antes de sair. – Vou descansar no chalé. E você, trate de repousar um pouco também. Este foi um dia exaustivo para todos nós. Encontrou a solução para a Cabeleira de Cometa?

– Ainda não, mas não vou desistir. Acho que os Alquidesenhos vão me ajudar. Preciso apenas descobrir qual é a combinação certa dos metais e dos líquidos. – Esperançosa, Nina concluiu: – Vou conseguir, professor!

Acompanhou José até a porta e depois que ele saiu ficou por algum tempo imóvel, apoiada na parede e pensando que talvez devesse contar-lhe tudo. Mas não podia. A missão de salvar Xorax havia sido confiada a ela justamente porque era uma menina e a Sexta Lua precisava dos pensamentos das crianças, e não dos adultos, para não desaparecer no Nada. Por isso, vovô Misha, Etérea, todos os Alquimistas e Magos Bons de Xorax haviam decidido que a escolhida era ela, Nina De Nobili.

Olhou para a estrela da mão direita e acalmou-se um pouco. Decidiu ir ao Aqueus Profundis visitar Max, que ainda devia estar triste com a morte de Andora. Nina entrou pelo alçapão, ativou o trole, abriu o grande portão na rocha usando o Anel de Fumaça e entrou no laboratório no fundo da laguna.

– Olá, Max! Como vai?

– Trixte. Max quando vejo você, fico contente – respondeu o andróide, que tirava o pó de vidros e estantes.

A menina da Sexta Lua contou a Max o que havia acontecido a Dodô e ao professor espanhol, disse como era difícil continuar lutando contra Karkon e o prefeito LSL. Enquanto falava, o monitor gigante se iluminou de repente. Era Etérea.

*Para Nina 5523312,*
*Em Xorax tudo vai bem e o Grande Conselho dos Magos está acompanhando todas as suas ações.*
*Trago para você lembranças de algumas pessoas que conhece: seu avô Misha, Birian Birov, Tadino De Giorgis, o seu antepassado Hamoi Aturi e Osíris, que ficou muito bem impressionado com você.*
*Terá de enfrentar meses difíceis, sabemos disto muito bem.*
*Tenha coragem: estamos certos de que se sairá bem.*
*Ainda faltam dois Arcanos: a Terra e a Água. Não vai ser fácil libertá-los. Não se esqueça de que a Oitava Nota está em seu poder, apesar de você não ter mais os três Cubos.*
*Assim mesmo, a Harmonia do Universo soará quando você libertar o Quarto Arcano.*
*Espero que esta minha mensagem sirva para tranqüilizá-la e para fazê-la descobrir a força que existe em você.*
*Xorax continuará a existir apenas se você e seus amigos derrotarem o Mundo das Trevas.*
*Sei que não é nada fácil encontrar a Cabeleira de Cometa, a Farinha Escaldante e a Pimenta Roxa.*
*A fórmula para criar o Coentro Veloz é complicada, mas tudo acontecerá no momento certo.*
*Agora, concentre-se na prova.*

Nina e Max nem tiveram tempo de se aproximar do monitor e admirar a linda figura luminosa. Tudo se apagou.

A inesperada mensagem de Etérea reanimou a pequena alquimista, que, comovida, abraçou Max com força.

– A Oitava Nota, a Harmonia do Universo... – repetiu. – É uma música extraordinária, que estou louca para ouvir de novo. Você acha, Max, que vou mesmo conseguir cumprir minha missão?

– Tenho certeza que xim! – respondeu Max, afagando os longos cabelos de Nina e fitando-lhe os olhos. – Talvez um dia nóx doix iremox juntox a Xorax e eu verei de novo velhox amigox e o xeu avô Mixha, de quem xinto muita falta.

– O seu coração é do tamanho do mundo, Max! Estou muito feliz por ser sua amiga!

Nina puxou as orelhas em forma de sino, para fazer o andróide rir e, por fim, no rosto metálico surgiu um sorriso.

Juntos, ficaram olhando o fundo do mar através do vidro do laboratório: estava escuro e nenhum peixe nadava entre as algas; chovia e o frio pungente do inverno se fazia sentir também dentro do Aqueus Profundis, apesar de o sistema de aquecimento estar ligado no máximo.

A menina da Sexta Lua deu até logo a Max e voltou para a vila.

Mais uma noite se passou sem que a Voz interferisse nos sonhos de Nina. Mas ela logo retornaria incutindo novos medos em seu coração. O hálito fedorento de Karkon se achava dentro das suas veias e era muito difícil livrar-se da Voz da Persuasão.

Aquele fora um dia muito duro, com acontecimentos ruins sucedendo-se um após o outro, mas havia alguém em situação bem pior do que a de Nina.

Na Prefeitura estava acontecendo um encontro secreto.

– Eu não me lembro de nada! Juro! – Desesperado, o prefeito Loris Sibilo Loredan tentava explicar a Karkon o que havia acontecido. – Acordei nos porões da prisão do Chumbo, estendido no chão. Os guardas que estavam caídos ao meu lado também não sabem o que aconteceu e nem o que estávamos fazendo ali!

O prefeito Loris Sibilo Loredan estava transtornado e tentava explicar a Karkon o que havia acontecido.

– Meu caro marquês, sabe muito bem que deveria ter interrogado o professor José e tê-lo trancafiado na cadeia com aquele menino de gorro cor-de-laranja! Será possível que ninguém sabe explicar o ocorrido?

O conde estava desconfiadíssimo. Não acreditava no que o marquês dizia.

– Sim, sim! Os meus dez funcionários de absoluta confiança disseram-me que foi feito o interrogatório, na Sala do Grande Conselho. Garantem que eu acompanhei pessoalmente a prisão do professor e de Dodô. Só que eu não me lembro de nada, absolutamente nada do que aconteceu. O fato é que os dois não estão presos...

O prefeito, ainda sob os últimos efeitos do Sal Forte, falara agitando as mãos e sacudindo a cabeça.

– Provavelmente o senhor foi hipnotizado. Foi vítima de uma magia – explicou Karkon, visivelmente furioso. – Será possível que justamente o senhor, que entende tanto de magia, ainda não se conscientizou de que aquelas crianças são realmente terríveis? Precisamos eliminá-las o mais depressa possível. Porém, temos que tomar muito cuidado para não começarem a suspeitar do senhor e de mim.

O conde e o marquês estavam de fato irritados e não suportavam a idéia de que cinco crianças e um professor vindo de Madri fossem capazes de lhes criar tantos problemas.

– O senhor é o Magister Magicum, o Mago mais poderoso do mundo... – começou o prefeito, erguendo-se da poltrona em que estava. – Então, por que não os faz sumir com uma das suas magias?

– É justamente o que pretendo fazer. Mas o que está pensando? Aquela menina é muito forte. Ela conhece a Alquimia da Luz, sabe todos os segredos mágicos do professor Misha. Além disso tudo, tem um cetro de ouro muito poderoso, o Taldom Lux. Até agora não consegui me apoderar dele. Matei Misha para roubar o Taldom, no entanto também daquela vez não tive sucesso. Mas o senhor verá, meu caro prefeito, que em breve derrotarei Nina De Nobili! Inseri o Kabitus Mortante na Sala dos Encantamentos e ninguém conseguirá entrar lá.

Por outro lado, Karkon havia ativado um outro plano diabólico ao despertar seus três andróides adultos e tinha certeza de que no fim seria o vencedor.

Loris Sibilo Loredan, ainda perturbado, admirou pela milésima vez seus horrorosos quadros e acariciou-os:

– Todos logo conhecerão minha verdadeira natureza... Até agora eu tenho sido bondoso demais. E o senhor, preza-

do conde, sabe o quanto posso ser perigoso – disse, esticando o pescoço para a frente. – Aliás, a mina de ouro que o senhor me deu é muito útil porque me permite afinal viver como eu sempre sonhei. Mas é o senhor, conde, quem deve derrotar Nina e os amiguinhos dela.

Dito isso, o marquês enrolou o cachecol no pescoço e fitou Karkon de cabeça erguida.

– Por enquanto, meu caro prefeito, não aconselho que use magia. Nosso acordo permanece de pé e logo poderá revelar sua natureza diabólica. Tudo vai dar certo. Mas, como sabe, tenho outro problema para resolver o mais depressa possível: preciso de corações de gatos!

O Mago tinha esperança de que LSL o ajudasse, porém, ao contrário, ele abriu a boca exibindo sua repugnante língua verde.

– Gatos? Como assim, prezado conde? Sabe perfeitamente que sou doido por gatos! Gosto demais deles... Não posso me privar dos gatos para dá-los aos seus andróides. O senhor não pode me exigir isso!

– Claro, claro... Compreendo. Sei que a sua natureza requer esse alimento. O senhor se alimenta de gatos, caro prefeito. Eu sei disso. Desejo que os consiga sempre mais gordos e gostosos, mas eu também tenho que caçar alguns desses animaizinhos. Os meus pupilos estão morrendo e é preciso trocar os corações deles. – O Mago se levantou e, agitando a capa roxa, dirigiu-se para a porta. Ao alcançá-la, parou, voltou-se e deu uma última sugestão: – Faltam poucos dias para o Natal: trate de dar um jeito para que a cidade volte a ser tranqüila. Os cidadãos deverão amá-lo, prezado marquês... Precisam estimá-lo. O senhor é o prefeito! Se tiver os cidadãos do seu lado, ninguém irá pensar que é malvado. Será que me fiz entender?

LSL sorriu e prometeu fazer tudo para que tivessem um Natal sem escândalos ou polêmicas.

– Não se falará mais no Leão Alado. Mandarei cobrir a estátua com uma lona grossa, dizendo que precisa ser restaurada. Assim, ninguém verá mais nada do seu encantamento. Mesmo que à noite os olhos dela emitam uma luz roxa, ninguém verá. O Natal na cidade será uma festa. Mas nós, estimado conde – LSL falava quase sibilando –, prepararemos novas armadilhas... Armadilhas mortais!

Era evidente: o pacto entre os dois malvados se tornava cada vez mais forte. Novos problemas esperavam por Nina. Novas lutas. Novos sofrimentos.

Nos dias seguintes, os quatro amigos foram à Vila Espásia para ajudar a pequena alquimista a encontrar a Farinha Escaldante, a Cabeleira de Cometa e a Pimenta Roxa. Eram os ingredientes necessários para criar o Coentro Veloz. Mas não havia nem sombra de resultados concretos. Desta vez, o desafio era mais difícil e demorado. Nina começou a ter medo de não conseguir demonstrar sua capacidade de alquimista. Se isso acontecesse, seria o fim, para ela própria e para todas as crianças do mundo: quem as protegeria do malvado Karkon? Todavia, ela não desistiria, faria tudo para conseguir, também em memória do vovô Misha.

Por sorte, o Systema Magicum Universi deu um pequeno indício.

Foi assim: de repente, Cesco encontrou um frasco com um pó branco e apressou-se a mostrá-lo para Nina:

– O que acha? – perguntou. – Será que é a Farinha Escaldante?

A menina tocou a estranha substância e observou o frasco.

– Não tem nada escrito. Esquisito. Em geral, vovô catalogava tudo com minuciosa precisão. Vou perguntar ao Livro.

Colocou a mão com a estrela sobre a folha líquida, que se iluminou:

*Um pouco do pó branco em mim você deve jogar,*
*porque só assim conseguirei sua natureza analisar.*

Nina pegou uma colherada do pó e despejou-o na folha líquida, que o engoliu. Depois de alguns segundos ouviu-se um barulho estranho proveniente do interior do Systema Magicum Universi.

*Forte, fragrante e reboante*
*esta é a Farinha Escaldante.*
*Dois gramas apenas você deve pegar*
*e entre dois espelhos, então, colocar.*
*Por dez dias ela deverá repousar*
*para só então poder queimar.*
*A Farinha Escaldante, você acaba de encontrar,*
*agora a Cabeleira de Cometa tem que procurar.*
*Num livro de José ela está preparada,*
*mas, Nina, não fique muito agitada,*
*talvez o céu é que a poderá enviar:*
*depois do Natal a surpresa irá chegar.*
*Já a Pimenta Roxa aguardará esse evento*
*e com seus parentes fará seu aparecimento.*

– Por todos os chocolates do mundo! – entusiasmou-se Nina. – Cesco, você encontrou a Farinha Escaldante. Você é um gênio! Mas agora precisamos arranjar dois espelhos e esperar dez dias antes de fervê-la.

Ainda segurando o frasco, Cesco ficou todo orgulhoso; os demais o cumprimentaram e fizeram piadinhas sobre a pose altiva do amigo. O Livro havia dado instruções muito importantes. Teriam que esperar até o Natal para conseguir a Cabeleira de Cometa e a Pimenta Roxa. Além disso, o Livro havia aconselhado Nina a utilizar o livro de José, o de Alquidesenhos. Esta confirmação a fez ficar feliz, apesar de estar achando esquisita a história de que a Pimenta Roxa "chegaria" com seus parentes.

– Acha que suas tias de Madri é que vão trazer a Pimenta Roxa? – perguntou Roxy.

– Não sei... Seria muito difícil Carmen e Andora terem alguma substância alquímica – respondeu a menina da Sexta Lua, indecisa. – Vamos ver...

A procura dos ingredientes para criar o Coentro Veloz era complicada, mas também divertida, e as crianças sabiam que tinham muitos dias à disposição para ajudar Nina: entrariam de férias e as aulas só recomeçariam depois do Dia de Reis. Dodô, Cesco, Flor e Roxy não viam a hora de passar o dia inteiro na bonita vila, à espera da farta e deliciosa ceia da véspera do Natal. Os pais deles também estavam convidados e as mães se haviam oferecido para ajudar Ljuba a fazer os pratos especiais. Enfim, seria um Natal de arromba!

No dia 20 de dezembro, chegou um telegrama de Moscou: Vera e Giácomo confirmavam sua chegada e Nina quase explodiu de tanta alegria. Ljuba andava superocupada, assim como Carlo, o jardineiro, que havia feito a maior faxina na vila e preparado um quarto para os pais de Nina e outro para as tias, Carmen e Andora. José também havia ajudado com os enfeites de Natal: comprara mais bolas e figuras natalinas, vários fios com pequenas lâmpadas, que piscavam intermitentes, cordões prateados, dourados e guirlandas para serem penduradas em portas, paredes e janelas.

Uma imensa árvore de Natal foi montada no hall de entrada, coroas de azevinho adornavam as portas e centenas de velas vermelhas embelezavam os suntuosos aposentos.

O clima de festa afugentava as preocupações pela missão a cumprir e as crianças se empenhavam de corpo e alma nos preparativos.

O prefeito, seguindo sugestão de Karkon, havia mandado colocar arbustos iluminados em todas as pracinhas e campinhos da cidade; a praça San Marco estava enfeitada com enormes festões de veludo vermelho e luminárias douradas. Deste modo, a cobertura do Leão Alado passou praticamente despercebida. Os venezianos se achavam empolgados com o agradável trabalho de colocar presentes aos pés de suas árvores de Natal e não se perguntavam por que a estátua de mármore de que tanto se falara havia sido empacotada justamente naquela época festiva, com a desculpa de restauro. Portanto, o plano do conde e do marquês era perfeito.

Mas Nina não estava nada tranqüila.

E tinha razão!

Havia começado a caça aos gatos. Em duas noites inteiras Visciolo e as crianças andróides apanharam vinte gatos vira-latas. Os filhotes foram libertados, mas os maiores tiveram um fim triste. Tudo estava pronto na Sala de Torturas do Edifício Ca' d'Oro, para onde até o pobre Adônis fora levado meses antes. O caldeirão com água e piche fervia no fogo, enquanto os pobres gatos eram imobilizados sobre a bancada. Miavam e bufavam, mas ninguém poderia salvá-los. Foram esquartejados e seus corações colocados em banho-maria, como recomendava a pérfida magia de Karkon. A essa altura, Alvise e Barbessa já estavam muito fracos e os demais andróides se mantinham de pé a custo. Dentro de poucos dias, os corações estariam prontos para o transplante e este seria o presente de Natal que Karkon daria a seus malvados pupilos.

Nina e os amigos nada puderam fazer para salvar os gatos: entrar no Edifício Karkon depois do que havia acontecido com José e Dodô seria muito perigoso. Roxy e Flor insistiram, mas Cesco e Nina, se bem que sofressem muito com isso, decidiram que não iriam interferir. Pela primeira vez, os cinco amiguinhos brigaram e as duas meninas ficaram de mal com Nina. Apenas a providencial interferência do professor José trouxe a paz.

– É doloroso que Karkon mate os pobres animaizinhos, mas vocês precisam compreender que se tornou muito perigoso para nós agirmos agora. Corremos o risco de parar na cadeia. LSL poderia resolver mandar que nos matassem, talvez com veneno. Esse prefeito é ainda mais cruel do que Karkon e tenho certeza de que ele também utiliza a Alquimia das Trevas – explicou o professor espanhol. – Vou estudar a vida de LSL, vou colher informações. Aquele homem esconde segredos. Ele tem um olhar mau e estranho, que não me parece humano.

José estava coberto de razão. A verdadeira personalidade de Loris Sibilo Loredan ainda era um mistério. Só Karkon e poucos dos seus adeptos conheciam a verdade.

Nina sentia-se mal e perturbada. Saber que Karkon estava esquartejando os pobres gatos provocava profundo sofrimento na garota, mas, se ela e os amigos se envolvessem em

mais uma encrenca, seria o fim. Vigilantes e espiões haviam sido espalhados por todo canto, o prefeito mandara um policial seguir Dodô e José; os demais também deviam estar na sua mira. Bastava um pequeno erro e sabe-se lá o que o marquês faria. Ela tentou alertar a Associação de Proteção dos Gatos, mas o telefone da sede veneziana era atendido por uma chatíssima secretária eletrônica que repetia sempre o mesmo recado: "Perdoe-nos o transtorno, mas estamos fechados para o Natal. Voltaremos a funcionar depois do Dia de Reis."

A alegria de pensar na véspera do Natal, na chegada dos parentes e na frenética compra de presentes misturava-se com a imensa tristeza de não poder salvar os pobres animaizinhos da crueldade karkoniana.

A pequena alquimista não conseguia mais dormir sossegada; até que uma noite o cansaço foi tanto que adormeceu muito cedo. Eram apenas 20:30 quando Ljuba ajeitou amorosamente suas cobertas, apagou a luz da cabeceira e, antes de sair do quarto, beijou-lhe ternamente a testa.

Parecia uma noite como tantas outras, em que as luzes intermitentes ao redor das árvores iluminavam o jardim inteiro da vila. Tudo estava tranqüilo.

Mas é sabido que o Mal sempre mostra sua cara nos momentos mais serenos.

Nina sonhava que estava com Adônis e Platão no jardim, que corria com seus adorados animais e brincava com a fonte, tocando no jato de água toda vez que passava por ela. De repente, o sonho se interrompeu. O manto vermelho chegou, apagando todas as imagens. A Voz estava de volta!

A menina sentiu que sufocava, não conseguia gritar, nem abrir os olhos. Completamente dominada pelo medo, procurou reagir, mas a força do Mal a transportou pela terceira vez para o mundo da Persuasão. A única coisa que pôde fazer foi verificar se tinha consigo os dois bastõezinhos perfumados dados pelos Magos Bons de Xorax. O Verus e o Falsus, o branco e o negro, eram indispensáveis. Percebeu que os segurava com a mão direita e sentiu-se mais segura: desta vez iria usá-los e quem sabe a Voz desaparecesse para sempre.

O manto vermelho foi se diluindo e diminuindo até ficar com a aparência de uma nuvem. Nina viu que estava numa alameda arborizada. Dos lados dessa alameda, dezenas de tochas marcavam o caminho que ia terminar diante de um castelo maravilhoso: três torres se elevavam para o céu e as janelas todas achavam-se iluminadas, como se lá dentro houvesse uma festa. A noite não era fria e no céu cintilavam milhões de estrelas. Nada naquele lugar desconhecido parecia ameaçador. Nina andava olhando ao redor, mas não viu ninguém. O maldito monge não estava ali!

Quando ela chegou diante do castelo, o enorme portão de madeira e ferro batido, com quatro metros de altura, abriu-se, rangendo. A música de um violino, que vinha de uma das três torres, atraiu a pequena alquimista e ela entrou, curiosa para ver quem tocava. Ficou impressionada com os quatro canhões antigos que havia à entrada; nas paredes estavam pendurados escudos e lanças medievais. Não havia portas, apenas uma única escada em caracol. A menina da Sexta Lua subiu com dificuldade os degraus altos de mármore vermelho e chegou diante da entrada da primeira torre.

Como continuasse ouvindo o som do violino, à distância, Nina percorreu um longo corredor cujas paredes, dos dois lados, estavam forradas com quadros de época, que retratavam nobres e príncipes. Subiu outra escada em caracol, com degraus de mármore verde e um pouco mais estreitos. Ao chegar diante da porta da segunda torre, percebeu que a música provinha do outro lado do castelo. Continuou andando e atravessou duas salas mobiliadas de modo senhoril, com divãs de veludo, poltronas com tecidos adamascados, estantes de livros e móveis de madeiras preciosas. Saiu por um corredor muito comprido, cheio de estátuas que representavam animais estranhos. No final do corredor, subiu a última escada em caracol, com degraus de mármore roxo, pequenos e muito estreitos. Com os dois bastõezinhos perfumados bem apertados na mão, subiu a escada ofegando: começava a perder o fôlego. Agora ouvia perfeitamente o som do violino. Abriu a porta que dava no alto da terceira torre e entrou. A surpresa foi grande!

Viu um violino flutuando no ar...

O arco se movimentava suavemente, mal tocando as cordas. Não havia nenhum músico. O violino tocava, por si só, uma música triste e comovente. Nina se aproximou do instrumento e imediatamente foi dominada por uma vontade irrefreável de pegá-lo e continuar tocando. E assim fez! Arrebatada pela música, a pequena alquimista tocou como se conhecesse aquele instrumento desde sempre. Uma verdadeira magia. Era algo incrível, que ela mesma não entendia; sua paixão por aquela música era tão poderosa que tocou o violino como uma verdadeira profissional. Não mais sentia medo e pela sua mente não passava um pensamento negativo sequer: todos os problemas pareciam ter sido resolvidos pela maravilhosa melodia. Não tinha mais a menor lembrança de Xorax, de Dodô, dos Arcanos e de fórmulas químicas. Nina tocava com os olhos fechados, enquanto sentia a cabeça girar mais que um carrossel. De repente, a música cessou. Ela continuou tocando, até perceber que o instrumento musical não mais estava em suas mãos. Havia desaparecido completamente. Olhou ao redor e o viu num canto, na penumbra. Era ele, o monge!

– Estou feliz por tornar a vê-la – acolheu-a a Voz. – Então, você voltou para mim.

– Não. É você que entra nos meus sonhos! – rebateu Nina.

Tinha voltado a si e apertou mais os bastõezinhos que segurava com a mão direita.

– Lembre-se, eu sou aquele de quem você precisa. Não me rejeite. Estou aqui para ajudá-la, para lhe dar a felicidade que você merece. – O monge falava com a calma de sempre. Deslocando-se lentamente para junto dela, perguntou: – Você sentiu-se feliz enquanto tocava o violino?

– Sim, foi muito lindo, mas...

Ele a interrompeu bruscamente:

– Não tente entender por que conseguiu tocar aquele instrumento. Considere a beleza daqueles momentos e lembre-se de que poderá ter tudo que quiser. Eu estou aqui para isso e você sabe...

A Voz se tornava cada vez mais macia e as palavras do monge pareciam sábias.

– Eu não o escuto. Você é falso – insistiu a pequena alquimista.

Mas o monge se aproximou de um grande candelabro e, com as mãos, brincou com as chamas das velas.

– Veja, o fogo não é perigoso se você souber domá-lo – explicou a Voz. – É preciso apenas saber usar a força da mente.

– A força da mente? – repetiu Nina, aproximando-se do candelabro.

– Sim. Com a mente, com o pensamento, pode-se obter tudo – sentenciou o monge, permanecendo ao lado das velas e de costas para a menina.

– Etérea também me explicou que tudo depende do pensamento – concordou ela, sem perceber que a Voz a estava persuadindo.

– Sim, só que Etérea lhe pede muitos sacrifícios, muito sofrimento. Até mesmo fez morrer seu avô, o professor Misha. – E a Voz acrescentou: marcando bem as sílabas: – E o mantém lá, como escravo.

O monge acabava de revelar a Nina que sabia de tudo, que até mesmo conhecia o poder de Etérea, a Grande Madre Alquimista. E, assim que terminou de falar, girou lentamente e estendeu as mãos, como se esperasse tocar as mãos da menina.

– Meu avô não é escravo de Etérea. É um grande alquimista e foi Karkon quem o matou. – Percebendo que caíra numa armadilha, Nina reagiu: – Agora, vou provar que tudo que você disse é falso.

Com destreza, lançou o bastãozinho negro sobre as chamas das velas; o MENTIRA acendeu-se de imediato e desprendeu uma fumaça sutil e muito perfumada.

– Ahhhh! O que você fez? Vai se arrepender disso!

A Voz havia se tornado rouca e triste; o monge pegou no capuz para cobrir ainda mais o rosto misterioso, depois voltou-se e, num gesto brutal, jogou o grande candelabro no chão. As velas se apagaram e a torre ficou às escuras. Nina não viu mais nada e sentiu que o monge passava a seu lado.

A Voz desapareceu, deixando a pequena alquimista apavorada. Tateando, ela procurou a porta, encontrou-a, saiu e desceu correndo a escada em caracol. Com a pressa, tropeçou, caiu e rolou sobre os degraus até o piso inferior. Machucada, dolorida, tentou se levantar, quando ouviu de novo o som do

violino. Olhou para cima e nada viu, mas a Voz soou mais uma vez.

– Eu sou aquele de quem você precisa. O mal que quer me fazer voltar-se-á contra você. Não pode mais se livrar de mim. Estou dentro de você. Se me matar, matará a si mesma. Escute esta música: ela é triste, é minha alma que fala com você. Escute-me. Espero seus passos.

Nina suava frio, estava assustada e confusa. Quando começou a descer a segunda escada, o manto vermelho reapareceu, arrastando-a num vórtice violentíssimo.

Acordou gritando.

O pesadelo terminou. Na penumbra de seu quarto, Nina procurou se acalmar. Mal conseguia respirar.

Acendeu o abajur de cabeceira e foi ao banheiro beber água. Olhou-se no espelho. Os olhos azuis estavam vermelhos, as faces, pálidas, e os cabelos, em desordem. Ainda apertava na mão um bastãozinho: o branco, o VERDADE. Levou-o à altura do coração e pediu aos Magos Bons de Xorax que a protegessem. Entregou-se a um choro sentido, enquanto pronunciava o nome do avô, de seu amado vovô Misha...

Extenuada, deitou-se e suas lágrimas molharam o travesseiro. Adônis e Platão começaram a lamber-lhe o rosto, tentando consolá-la.

Mais uma vez, o Mal a tinha posto à prova.

## Capítulo 11

# O presente do vovô Misha

– Ninotchka, olha o café! Eu trouxe umas frutas, também. Vamos, levante-se, já são 9:00! – anunciou Ljuba, entrando no quarto de Nina. – Abra a janela e vai ver uma coisa linda!

Merengue colocou a bandeja na mesinha de cabeceira e esperou que a pequena acordasse.

– O que é que tem lá fora? – perguntou Nina, esfregando os olhos ainda inchados de tanto chorar.

– Abra as cortinas e veja. Vou para a cozinha, tenho um montão de coisas para fazer. Faltam só dois dias para a véspera do Natal. Amanhã seus pais e suas tias vão chegar.

Ljuba saiu tão apressada que não notou o rosto abatido de Nina.

Ela se levantou sem entusiasmo, pegou um biscoito da bandeja e deu-lhe uma mordida, ao mesmo tempo em que abria as cortinas. Diante dos seus olhos, apresentou-se uma paisagem inesperada.

– Está nevando!

Imediatamente, abriu a janela. O ar fresco acariciou-lhe o rosto, sentiu o cheiro limpo da neve e pareceu-lhe que renascia. Os tetos das casas estavam brancos, saía fumaça pelas chaminés, as gaivotas voavam baixo e nos ramos das árvores os passarinhos saltitavam, fazendo cair macios pedaços de neve.

*Veneza é ainda mais linda com a neve, é mais bonita do que Moscou*, pensou a garota, lembrando-se da infân-

cia transcorrida na fria capital russa, onde seus pais trabalhavam. Olhou para a laguna: os flocos branquinhos caíam também na água salgada do mar e derretiam lentamente. Tudo parecia coberto de creme chantili. Nina estendeu as mãos para fora da janela, olhou para o céu e gritou:

– É Nataaaal!

Sorrindo, fechou a janela e tomou o café-da-manhã recostada nos travesseiros. Deu um pedaço de banana a Adônis, que era doido por essa fruta, e pôs um pouco de leite num pires, para Platão.

O dia havia começado bem, mas a beleza da paisagem nevada não apagou a desagradável lembrança daquela noite. A Voz se mostrara poderosa, mas por sorte o bastãozinho negro tinha funcionado. No entanto, isso não era o suficiente: na certa, o monge não desistiria assim fácil. Nina ainda ouvia a música do violino e queria tocá-lo de novo, mesmo sabendo que aquela era uma sensação negativa. Querer o violino significava querer a Voz.

*Não. Não posso perder a lucidez. Preciso expulsar o Mal.*

Seus pensamentos se tornavam a cada momento mais confusos e a figura do castelo misterioso de três torres voltava-lhe continuamente à cabeça. Vestiu-se num instante, pôs nos bolsos a esfera de cristal que abria a porta do laboratório, o Taldom Lux, o Jambir, a Pluma do Gugui, as chaves da estrela e da meia-lua, o Anel de Fumaça. Guardou o bastãozinho branco dos Magos Bons no bolso do peito do macacão e correu para o laboratório do avô.

A primeira coisa que fez foi dar uma espiada nos dois espelhos, entre os quais havia colocado a Farinha Escaldante. Tudo perfeito. A magia estava em andamento, mas seriam precisos vários dias ainda para que a alquimia se realizasse.

Mesmo estando ativa, ela não conseguia pensar em outra coisa. A Voz a perseguia.

– Preciso entrar no Edifício Ca' d'Oro e destruí-la! – exclamou.

Olhou para o Systema Magicum Universi. Imediatamente colocou a mão sobre a folha líquida e perguntou:

– Livro, o que preciso fazer para entrar na sala da Voz da Persuasão?

*Ondula já deu o conselho esperto,*
*este não é o momento mais certo.*
*Não entre agora na casa do Mal:*
*seria um atrevimento mortal.*
*Mesmo porque o Kabitus Morbante*
*mataria você no mesmo instante.*

– Kabitus Morbante? – repetiu Nina, curiosa. – Para que isso serve?

*O Kabitus Morbante é um encantamento obscuro*
*que você não deve enfrentar agora, isso eu juro!*
*Não seja apressada e nem mesmo curiosa*
*porque no final irá se tornar vitoriosa.*
*É melhor que pense no Coentro Veloz*
*e deixe de pensar o tempo todo na Voz.*
*A calma haverá sempre de a ajudar*
*se você puder a mente livre conservar.*
*Assim, o Kabitus Morbante vai desaparecer*
*e toda a capacidade de fazer mal irá perder.*

Quer dizer, o Livro tinha acabado de aconselhar Nina a não fazer nada, a não entrar na casa de Karkon em busca da Voz. O Kabitus Morbante só seria anulado com o uso do Coentro Veloz. Por outro lado, os Magos Bons de Xorax já a haviam avisado de que aquela seria uma prova muito difícil de superar.

Sua obrigação era se concentrar na criação da poção do Coentro Veloz e esperar que aparecessem a Cabeleira de Cometa e a Pimenta Roxa. Todavia, a pequena alquimista sabia que Karkon não iria ficar de braços cruzados e que logo tentaria travar uma nova batalha com ela. O conde malvado tinha em seu poder os outros dois Arcanos e as brigas para tirá-los dele seriam numerosas e ferozes.

Nina lembrou-se de que, em suas Anotações, o Mago falava de três andróides adultos e que também Andora havia mencionado a existência deles na carta que escrevera antes de morrer. Portanto, a nova ameaça karkoniana poderia ser essa. Se o conde houvesse ativado os três homens-robô, seria preciso que ela se preparasse para novas e violentas lutas.

Muito nervosa, a menina da Sexta Lua fez mais uma pergunta ao Systema Magicum Universi:

– Livro, é verdade que Karkon tem outros três andróides adultos?

*Um de cada vez você irá encontrar*
*em lugares diversos vai, então, lutar.*
*No livro de Birov você vai encontrar*
*alguma coisa que a poderá ajudar.*
*Mas também para este detalhe obter*
*muita paciência você precisará ter.*

– O livro de Birian Birov? *Companheiros de aventura*! Tem que ser esse!

Nina correu para a Sala do Doge, subiu na escadinha portátil e pegou o livro que havia folheado alguns dias antes. Em seguida, foi se acomodar na Sala da Lareira e passou a examinar atentamente as páginas. No final do livro havia um capítulo cujo título era “Os homens-robô”, com uma série de

desenhos que mostravam três andróides. Mas não havia qualquer explicação de como funcionavam. Embaixo de cada um dos desenhos, encontrava-se, apenas, uma série de algarismos. Mais nada.

– Números. Sem dúvida são os códigos de Karkon para ativar os andróides. Vou ter que utilizar de novo a Numeromagia e a Mecanogeometria!

Nina estava concentradíssima, porém foi distraída da leitura por vozes que vinham do espaço diante da entrada da porta principal da vila.

– Ei, Nina! Estamos aqui! Venha brincar na neve!

Era a voz vibrante de Roxy, que, com os outros, fazia um barulhão.

A menina da Sexta Lua saltou em pé e, com o livro na mão, correu ao encontro dos amigos, que já se estavam no hall.

– Ler e estudar! Você não pensa em outra coisa? Vamos, vista um agasalho e venha brincar com a gente!

Cesco parecia muito a fim de se divertir e Nina aceitou o convite. Mas, antes de sair, mostrou aos companheiros os desenhos dos homens-robô:

– Eles vão nos ajudar a saber que poderes têm os três andróides de Karkon. Aqui embaixo estão os códigos e...

Flor arrancou-lhe o livro das mãos.

– Vamos pensar na alquimia e em Karkon hoje à tarde. Agora, vamos brincar. É Natal!

Adônis abanava loucamente o rabo e tinha uma bola vermelha entre os dentes; Platão arranhava a porta e Ljuba, com uma espumadeira na mão, exortou as crianças a saírem.

– Todos para fora, já! E cuidado para não escorregarem! Ponham as luvas, senão as suas mãos vão congelar.

Nina vestiu o casaco e assim que saiu foi bombardeada por bolas de neve. A batalha começou, mas dessa vez era apenas uma brincadeira muito divertida. As crianças saíram correndo pelo jardim, perseguindo umas às outras, escondiam-se atrás das árvores que tinham os galhos pesados de neve, pregavam-se peças, trocavam gracejos, gritavam e, por fim, se deitaram sobre o macio manto branco, cantarolando a conhecida canção natalina: *Jingle bells, jingle bells. Jingle all the way! Oh, what fun it is to ride in a one horse open sleigh!*

O professor José saiu do chalé para ver o que acontecia e, agasalhado com a capa de sempre, caminhou em direção às crianças. Mas os sapatos dele não eram especiais para neve... Escorregou e caiu sentado. Foi uma risada geral. O professor tentou se levantar, mas escorregou de novo e, a tentação era demais!, os pequenos o cobriram de neve. As faces de Dodô estavam vermelhas, Flor não conseguia parar de rir e Cesco já rira tanto que estava com soluço.

*Que gostosa!*, pensava Nina, comendo neve, como fazia quando era pequena.

O frio caiu de repente no seu estômago, provocou arrepios pelo corpo e ela gostou muito da sensação. Olhando para seus companheiros da Giudecca, pensou que jamais iria se esquecer deles e que seriam amigos verdadeiros para toda a vida. Teve certeza de que a amizade era um sentimento forte, indestrutível, e que nada jamais a destruiria. Nem Karkon, nem LSL e nem a maldita Voz.

Adônis latia e, com um golpe de uma das patas, fez a bola rolar para o lado das crianças. Roxy pegou-a e colocou-a sobre o nariz do professor, que ainda estava deitado no chão. José parecia mesmo um boneco de neve!

Flor e Cesco brincavam com Platão, que saltava aqui e ali sobre as folhas e a terra geladas. Perto da grande magnólia, o gato viu um passarinho e deu um salto para apanhá-lo, mas foi cair sobre alguma coisa que estava coberta de neve. Cesco parou no mesmo instante.

– Essa não! É o balde que deixamos aqui para recolher Água de Chuva! Está cheio de neve. E agora?

Nina foi correndo ver: o balde de cobre estava cheio de gelo.

– Está tudo bem – disse, acalmando Cesco. – É a água da chuva que caiu nos dias anteriores. Congelou e quando descongelar poderemos usá-la. Aí deve ter mais do que os cinco litros necessários para a fórmula do Coentro Veloz. Vamos levar o balde para o laboratório.

Transportaram o "ingrediente" para dentro de casa com a ajuda de José, que não tinha a menor idéia de para que serviria aquele balde velho cheio de gelo.

Ljuba começou a berrar como jamais havia berrado em toda a sua vida:

– Tirem os sapatos, agora mesmo! Encerei o soalho, que ficou um espelho!

Merengue tinha razão: havia passado dias caprichando na limpeza e na arrumação da vila por causa do Natal. Com a neve escorrendo dos casacos, todos obedeceram, tiraram os sapatos e os colocaram num canto. As meias de lã de José estavam furadas e ele foi para a cozinha, pedir à boa governanta que as remendasse. O grupinho foi para o laboratório, carregando como podia o balde de cobre.

– Vamos deixá-lo perto da pirâmide de Dentes de Dragão – sugeriu Roxy e tratou de abrir espaço, deslocando frascos de vidro que se arriscavam a ficar em cacos. – Precisamos de uma tampa.

Já tinham encontrado dois dos elementos necessários para fazer a poção do Coentro Veloz: a Farinha Escaldante e a Água de Chuva. Teriam que esperar pelo restante.

Nina sentou-se num banquinho alto e, com os cotovelos apoiados na bancada de experiências e o rosto entre as mãos, começou a contar o último pesadelo da Voz. Os amigos a escutaram em silêncio e a pequena alquimista explicou como tinha sido lindo tocar violino na terceira torre do castelo, mas disse também que estava muito assustada por sentir-se atraída por aquele monge que aparentemente era sábio, e não malvado.

– Sei que os Magos Bons me disseram que a Voz é uma prova a ser superada. Mas é muito difícil mesmo! Sei que ela voltará nos meus sonhos, então todas as noites tenho medo de adormecer e ver o monge de novo. Espero me sair bem dessa... Espero não ser arrastada pelo Mal.

O olhar de Nina se havia tornado muito triste e Dodô se aproximou:

– Vo... vo... você é a menina da Sex... Sex... Sexta Lua. Não pode desapontar seu a... a... avô Misha. Nós va... va... vamos ajudá-la.

A pequena abraçou o amiguinho. De tanta emoção, ele esbarrou com uma das mãos no gorro cor-de-laranja, que caiu descobrindo a cabeça que já não estava totalmente careca: entre o cabelo que crescia, ainda dava para ver as cicatrizes.

– Você já fez tanto por mim! – respondeu ela, com meiguice. – Todos vocês têm se mantido a meu lado. Eu lhes devo minha vida.

Cesco estufou o peito e, fazendo voz grossa, exclamou:

– Juntos até o fim! Quando encontrarmos o Quarto Arcano, você vai ver só a festa que vamos fazer!

– Assim espero... – murmurou Nina. E acrescentou: – Mas há uma coisa que o monge me disse e que não me sai da cabeça!

– O quê? – perguntaram os quatro em coro.

– Ele disse que Etérea mantém meu avô como escravo. Quer dizer, que o explora... Eu não acredito. Sei que isso não é verdade, mas...

– Mas o quê? – tornaram a perguntar os outros em uníssono.

– Mas meu avô está lá em cima. Não está mais aqui comigo... com todos nós. E eu não posso ir para lá e ficar com ele. É verdade que recebo as suas cartas, que o vejo por alguns segundos quando vou a Xorax. Mas não é como se ele estivesse vivo. Vocês entendem?

Nervosa, Nina passava a mão nos cabelos e sacudia a cabeça.

– Eu a entendo, Nina, mas veja: o fato é que tudo aconteceu por culpa de Karkon. Foi ele que matou seu avô. O mais importante, agora, é saber que o professor Misha está vivendo na Sexta Lua. Por isso ele pediu que você o ajudasse, salvando aquele magnífico planeta do qual se originou toda a vida que existe no universo. Você mesma nos explicou isso. Como pode estar duvidando, agora?

Cesco acabava de fazer um belo discurso no qual Nina percebia a grande afeição que os companheiros lhe devotavam.

– Obrigada, Cesco! Seria impossível falar melhor do que isso! – conseguiu dizer a menina com voz embargada e, comovida, apertou a mão do amigo. – Como eu sou boba! Não deveria ter trazido vocês para esta aventura complicada e perigosa.

– É tudo culpa da Voz! – garantiu Flor. – E não se esqueça de que Karkon vai usar de toda magia que conhece para derrotar você. Mas nós vamos ganhar, isso eu garanto!

Roxy pegou o livro de Birov e procurou as páginas que continham os desenhos dos homens-robô.

– Vamos, Nina, copie os códigos. Se, de fato, o conde mandar esses andróides contra nós, estaremos prontos para enfrentá-los.

A menina da Sexta Lua pegou papel e caneta, transcreveu os números e guardou a anotação na primeira gaveta da mesa.

– Agora que os Numeromagos estão em nosso poder – afirmou, animada –, Karkon jamais nos vencerá.

O relógio do laboratório marcava 15 horas, 43 minutos e 5 segundos. Flor se dirigiu para a porta:

– Vamos fazer nossas compras, pessoal! Vocês se esqueceram que também temos que dar presentes? E são muitos! Por isso, vamos andando.

Pela primeira vez, depois de tantos meses de estudos e de fórmulas alquímicas, os cinco amigos saíram para dar um passeio. Nas ruas de Veneza havia um contínuo vai-e-vem de pessoas apressadas, querendo completar os últimos afazeres dos preparativos do Natal. A neve caía sem parar e era muito leve, conferindo à cidade uma atmosfera de conto de fadas. Músicas natalinas, sons de sinos e de gaitas-de-fole, cânticos e coros tornavam Veneza mágica de verdade. Nos campinhos erguiam-se as feiras, com bancas iluminadas ofe-

recendo montanhas de doces, maçãs carameladas, torrones de amêndoas, algodão-doce e panetones para todos os gostos.

Cesco havia resolvido o que dar de presente para os pais e Flor já tinha comprado um perfume para sua mãe e um cinto para o pai. Dodô estava em dúvida: não sabia se compraria uma agenda ou um cachecol para o pai. Roxy havia comprado um pacotinho de doces, mas, gulosa como era, já havia comido quase tudo. Nina parou diante de uma vitrine de animais de pelúcia onde um urso gigantesco dançava, chamando a atenção.

– Vou comprar esse urso para meus pais. Assim, quando estiverem no Ferk, vão se lembrar de mim toda vez que olharem para ele.

As crianças não se esqueceram de José, de Merengue e de Carlo Bernotti: todos receberiam pequenos presentes e manifestações carinhosas.

A tarde passou num instante e quando o grupinho despreocupado chegou à Ponte de Rialto viu uma pequena multidão junto dela.

– Vamos ver o que está acontecendo lá – disse Flor e saiu correndo na frente.

A cena que se apresentou aos olhos deles não era realmente agradável. O prefeito estava distribuindo pacotes coloridos e com laços de fita para as crianças. Fotógrafos faziam explodir *flash* após *flash* para imortalizar um LSL sorridente, com os pequeninos venezianos felizes com seus vistosos presentes.

Cesco não se conteve.

– Mas que mau caráter! Esse cara joga crianças na cadeia e agora está aí, dando presentes!

As pessoas que se achavam perto dele recuaram e o fitaram, fazendo o rapazinho ficar da cor de um pimentão maduro. Nina pegou-o pela mão a fim de levá-lo embora, porém LSL esticou um braço e segurou o rapaz pelo casaco.

– O que foi que você disse? – perguntou o prefeito.

Cesco encarou-o e, apesar de tremer de medo, cuspiu-lhe na cara.

– Ohhhh! – exclamaram as pessoas.

LSL fingiu que nada havia acontecido, limpou o rosto com um lenço e soltou Cesco.

– Essas crianças estão sempre querendo brincar! – disse, forçando uma risada. – É Natal, vamos deixar pra lá!

Na verdade, o marquês fervia de ódio e, voltando-se para os cinco companheiros, sussurrou-lhes:

– Vocês logo irão pagar caro! Vou fazê-los conhecer o inferno!

E ele não estava brincando... Abriu caminho entre a multidão que o aplaudia, pegou uma menininha no colo, e voltou a ser gentil e sorridente: tinha que desempenhar o papel de prefeito bondoso e distrair a atenção dos venezianos das magias do Leão Alado.

Dodô começou a puxar Cesco por uma das mãos, até que conseguiu levá-lo embora.

– Você é mesmo doido, hein, Cesco? – zangou-se Nina. – O que lhe deu na cabeça? Quer que ele jogue todos nós no presídio do Chumbo?

– Desculpe, mas eu não pude ficar calado. Aquele prefeito me embrulha o estômago.

O menino estava arrependido por não se ter controlado, mas ver LSL agradando as criancinhas tinha sido demais!

A alegria e a euforia pela compra dos presentes se desvaneceram. Todos ficaram tristes, pois a realidade que os esperava não era nada simpática. Mas, com seu costumeiro comportamento de adorável menina esnobe, Flor parou diante de uma vitrine de jóias e disse, em voz alta:

– Eu queria tanto aquela pulseira de coraçõezinhos de ouro! Mas acho que o prefeito não dá presentes desse tipo... Aposto que dentro dos pacotes bonitos ele colocou apenas porcarias.

Cesco e Dodô caíram na risada, Nina e Roxy taparam a boca de Flor e todos saíram correndo antes que LSL os pegasse. Quando chegaram à Vila Espásia, ajeitaram ao pé da grande árvore de Natal os presentes que haviam comprado, sob o olhar amoroso de Ljuba, que se emocionava toda só de pensar na linda festa natalina que teriam.

À hora do jantar, quando os amiguinhos tinham ido para suas casas, o professor José procurou Nina. Os olhos dele estavam luminosos, como se tivesse encontrado sabe-se lá o quê!

– Preciso falar com você agora mesmo. Vamos para a Sala da Lareira.

E, para espanto da doce Merengue, que levava para a mesa um convidativo frango assado com batatas, ele pegou Nina por um braço e quase a arrastou para a sala.

Depois de se acomodarem em poltronas, o professor pegou um papel e o entregou à pequena alquimista.

– Leia, é muito importante – explicou.

Nina desdobrou o papel e leu com atenção:

*Veneza, Ficha do Marquês da Nobre Família Loredan*

*Documentum Secretus.*

*Loris Sibilo Loredan, marquês, conhecido estudioso da Alquimia das Trevas e da Magia Oculta. É dele a invenção do Alquitarô.*

– Por todos os chocolates do mundo! – Muito agitada, Nina saltou em pé. – O prefeito é um mago!

– Sim. Um Mago do Ocultismo. Um alquimista perigoso – concordou o professor em voz baixa. – Eu sabia que havia alguma coisa errada com aquele sujeito.

– Onde encontrou este documento? – perguntou a menina.

– Fui à antiga Biblioteca Marciana – contou José com evidente satisfação –, aquela que fica na praça San Marco, e com um estratagema consegui entrar na Sala de Documentos Secretos de Veneza.

– O senhor não existe, professor! Mas e agora? – indagou Nina, angustiada. – O que vamos fazer?

– Temos que desmascarar esse mentiroso, assim toda cidade vai saber que ele é um mago malvado e que o seu DECRETO contra a magia é falso, que o promulgou apenas para encobrir os desmandos do conde Karkon. Mas é preciso muito cuidado e atenção – explicou o professor. – Não podemos deixar LSL perceber que conhecemos seu segredo.

– É... Acho que tem razão, professor – confirmou a menina. Ainda com o documento na mão, ela perguntou: – Mas o que era esse tal de Alquitarô?

– Acredito que se trate de um baralho tarô mágico, mas não o conheço. Seu avô o estava estudando, mas nunca me disse nada – explicou o professor espanhol. – De qualquer modo, acho que se trata de uma invenção diabólica e monstruosa!

– Então, eu vou descobrir. Eu prometo, professor!

Nina ergueu a cabeça e levou a mão com o documento à altura do coração.

Aluna e mestre, com os rostos iluminados pela certeza, ergueram-se e foram devorar o frango com batatas feito pela excelente Merengue.

– Amanhã todos vão chegar e eu preparei um menu especial para a ceia. Vai ser uma véspera de Natal sem precedentes – anunciou Ljuba, sem esconder sua profunda alegria.

– Quantos vamos ser? – perguntou José.

Merengue contou nos dedos:

– Bom... Cinco crianças, dez pais, duas tias, Carlo, o jardineiro, o senhor, professor, e eu. – E a governanta russa concluiu, toda feliz: – Seremos vinte.

– Bem, talvez nos tornemos 21 – corrigiu Nina.

– Quem mais vai chegar? – indagou Ljuba, curiosa.

– Um amigo. Uma pessoa muito simpática que vocês não conhecem!

O jeito misterioso com que Nina falou fez José e Ljuba se entreolharem surpresos. Mas eles nada disseram.

A menina da Sexta Lua, na verdade, estava pensando em Max. Queria descobrir um modo de fazê-lo participar da noite feliz. Não seria justo o bom andróide ficar sozinho no Aqueus Profundis enquanto todos festejavam o Natal.

Disfarçá-lo seria a única maneira de ninguém perceber que Max era um robô. Mas disfarçá-lo como?

Na manhã seguinte, Nina correu para a casa de Dodô. Antes de tudo, contou-lhe sobre a descoberta do professor José: que LSL era muito perigoso, por ser um Mago do Ocultismo e que ele havia inventado o Alquitarô.

– Ma... Ma... Mago do Ocul... Ocul... Ocultismo? Mas en... en... então ele acre... acre... acredita em magia!

Nina não tinha tempo de contar tudo ao amigo, mas tratou de sossegá-lo dizendo-lhe que logo o prefeito seria desmascarado e vencido.

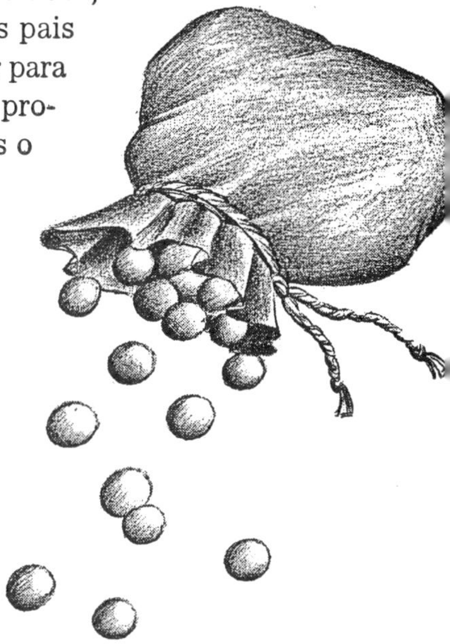

– Conte essa novidade aos outros, Dodô, porque esta noite nossos pais vão estar lá em casa e não vai dar para a gente falar nisso. É claro que o professor não vai comentar com eles o que descobriu. Mas, agora, vou ter que lhe pedir um favor – declarou Nina, decidida. – Preciso de uma roupa que fique bem no Max, assim ele poderá participar da ceia de Natal.

A "Loja Dominó", que era dos pais de Dodô e de Cesco, sem dúvida deveria ter alguma coisa que servisse para essa finalidade.

– Fa... fa... falou. Vou agora mes... mes... mesmo até a loja, pego uma rou... rou... roupa, sem que minha mãe per... per... perceba e levo para você.

E o menino de cabelos vermelhos e rosto sardento achou a solução perfeita!

Às 17:00, Vila Espásia fervia como massa de bolo com fermento: Vera e Giácomo, que haviam acabado de chegar de Moscou, estavam desfazendo as malas, ajudados por Nina. Quando a campainha tocou, cão, gato e menina correram para o hall: eram as tias Andora e Carmen, que, com malas e pacotes, tinham chegado também. Abraços e beijos comoveram Merengue, que, suja de farinha de trigo e de chantili, corria quase sem parar da cozinha para a Sala das Roseiras: a mesa, já posta para a ceia, estava sensacional. Sobre uma toalha de linho branco, toda bordada, estavam os pratos brancos com decorações em azul-turquesa, copos de cristal, candelabros de prata e ramos de azevinho. Tudo se achava pronto para a magnífica noitada.

Andora aproximou-se de Nina e colocou um saquinho em sua mão:

– Este é meu presente especial para você. Mas não conte a Carmen e nem à sua mãe. São antigas pérolas roxas da sua avó, a princesa Espásia. Eu as guardei durante todos estes anos e agora são suas.

A tia a beijou e Nina agradeceu. Assim que ficou sozinha, abriu o saquinho para olhar as pérolas e, num gesto instintivo, colocou uma delas na boca.

*Que engraçado! Tem gosto de pimenta, pinica a língua!* No mesmo momento Nina compreendeu que aquilo não era pérola, era a Pimenta Roxa. O Livro dissera que seria trazida por um parente dela.

Às 19:30, chegaram os demais convidados. Os pais dos amigos de Nina logo fizeram amizade com os pais dela e as mulheres foram ajudar a incansável Merengue. Carlo Bernotti e o professor José cuidavam para que não faltasse lenha nas lareiras e os pais conversavam na maior animação.

Dodô tinha um embrulho na mão. Aproximou-se de Nina e segredou:

– Eu trou... trou... trouxe a roupa para Max.

A menina deu um pulo de alegria e, enquanto desciam para o Aqueus Profundis, mostrou a Pimenta Roxa aos amigos.

– Legal! Você a encontrou! – exultou Roxy, batendo palmas.

Os demais gritaram de contentamento.

Quando chegaram ao laboratório no fundo do mar e mostraram a Max a roupa que ele deveria vestir, o simpático robô negou decididamente com a cabeça e não quis saber de nada. Não queria pôr aquela roupa vermelha esquisita.

– De jeito nenhum! Nunca vou concordar com ixxo. Eu xou um andróide xério! – repetia sem parar, enquanto Roxy e Flor tentavam convencê-lo.

Cesco e Nina seguravam cada qual uma peruca com fartos cabelos brancos, uma longa barba e bigodes falsos, também brancos. Dodô segurava um estranho gorro, comprido e vermelho, com um pompom branco na ponta.

Por fim, as cinco crianças terríveis conseguiram vestir Max.

– Você está lindo! – garantiram, rindo como doidas. – É o Papai Noel mais legal que já vimos!

O andróide olhou-se num espelho e gritou:

– Ahhhh! Eu extou horroroxo! Eu, Papai Noel? Vocêx enlouqueceram? Extá bem... Concordo em participar da ceia, max com uma condição!

– Qual é? – perguntaram os pequenos, curiosos.

– Que me deixem levar aquela caixa grandona, com laço vermelho, para o quarto de Nina – disse Max, com olhar estranho.

– É para mim? – animou-se a pequena alquimista.

– Xim, foi xeu avô que mandou. Max xó poderá abri-la depois da meia-noite.

A garota concordou: estava curiosíssima para saber o que o avô lhe mandara de Xorax.

Com um andar desajeitado, ajustando a barba e a peruca, o andróide se acomodou no trole com a caixa grande; subiu sem ajuda a escada em caracol e colocou o presente do vovô Misha em cima da cama de Nina. Depois, desceu correndo e se preparou para a entrada triunfal na sala de jantar.

Todos já estavam à mesa quando o grupinho de amigos chegou com o Papai Noel. Explodiram aplausos ensurdecedores. Por fim, a ceia iria começar.

Max sentou-se ao lado de tia Andora e, olhando-a com carinho, se apresentou:

– Boa noite, xenhorita Andora. É um imenxo prazer extar ao xeu lado.

– Boa noite, Papai Noel – respondeu a tia, sorrindo. – Já nos conhecemos?

– Xim, eu a conheço bem e a senhora também xabe quem eu xou – disse Max, triste por se lembrar do andróide karkoniano.

– Bem... Mas com toda essa barba e bigode – replicou Andora – não consigo reconhecê-lo.

– Max eu xou o Papai Noel, todo mundo me conhece! – exclamou Max, fazendo todos rirem por causa do seu modo esquisito de falar.

Entre brindes, brincadeiras, pratos suculentos e doces de todo tipo, a noitada transcorreu muito agradável e mais tarde, enquanto os adultos conversavam, as crianças desembrulharam seus presentes, felizes, sentadas sob a grande árvore de Natal que cintilava no hall de entrada da vila. Mas, assim que deu meia-noite, os cinco saíram correndo para o quarto de Nina, ansiosos para ver o que continha a grande caixa misteriosa enviada pelo professor Misha.

E, sob os olhares ansiosos dos pequenos, a menina da Sexta Lua abriu o presente:

– Ohhhh! Não acredito! – gritou ela quando viu o que havia na caixa. – Por todos os chocolates do mundo! Obrigada, vovô!

Em cima de alguns objetos embrulhados em papel de seda, havia uma cartinha do avô.

*Moja djèvocka,*

*Aqui está o meu presente de Natal.*

*Use estes objetos com inteligência.*

*Você já se tornou uma ótima alquimista e superou perigosos obstáculos.*

*Logo terá que enfrentar outras provas e tenho certeza de que irá se sair bem, mesmo porque os seus quatro amigos e o professor José saberão dar-lhe bons conselhos.*

*Mas, não se esqueça, a Alquimia da Luz tem suas regras: não desobedeça a elas e jamais acredite na Voz.*

*Bom Natal*

1004104 

*Vovô Misha*

Com delicadeza, Nina desembrulhou o primeiro objeto: era uma caixinha de vidro em forma de estrela e com duas letras gravadas na tampa:

– CC? O que será que tem nessa caixinha? – perguntou Flor, morrendo de curiosidade e tocando a estrela de vidro.

– Contém uma substância branca e gasosa – informou Cesco, querendo abri-la naquele instante.

Mas Nina recolocou-a na caixa grande, dizendo que poderia ser perigoso. – Depois a gente abre, no laboratório – disse, para consolar o amigo.

Em seguida, ela tirou o segundo objeto contido na grande caixa: era a Sikkim Qadim, uma antiga faca egípcia pertencente a Osíris. Com ela, havia este bilhete:

– A Sikkim Qadim! – surpreendeu-se Roxy. – Foi com essa faca que Osíris me cortou para obter o sangue que salvou Flor!

– Isso, é ela mesma. Mas não podemos usá-la. Veja, está escrito que só pode ser retirada da bainha se for preciso – explicou Nina.

E pegou o terceiro e último objeto. Era algo muito importante: o Alquitarô. Um maço de 12 cartas de baralho, altas e estreitas, amarradas com uma fita azul. Sobre elas, vinha a recomendação:

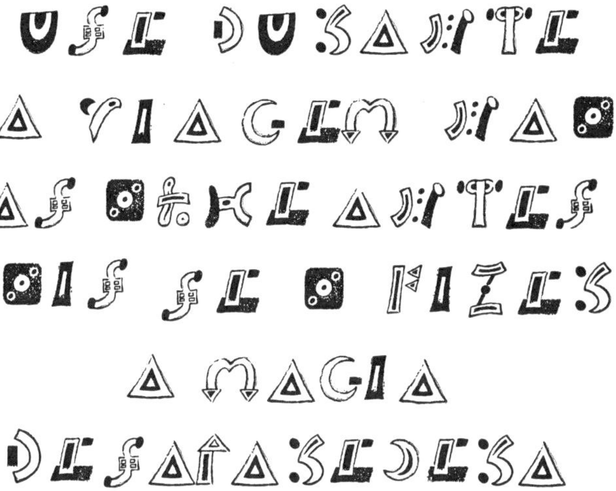

– O Alquitarô? O baralho inventado por LSL? – gritaram todos juntos. –Agora vamos saber também o segredo dele!

– Mas não podemos olhar as cartas do Alquitarô, senão a magia desaparece – avisou Nina. – Temos que esperar e usá-lo durante uma viagem.

– Vi... vi... viagem? Pa.. pa... para onde? – quis saber Dodô, olhando desconfiado para o estranho baralho.

– Talvez seja uma viagem para o passado, como a que já fizemos – sugeriu a pequena da Sexta Lua.

– Nina, agora você é uma verdadeira alquimista! – festejou Cesco.– Esse é o seu futuro!

– O nosso futuro! – corrigiu a menina, aproximando-se da janela através da qual se viam, claras e luminosas, as estrelas e a Lua.

– O no... no... nosso futuro? – indagaram os quatro em coro.

Nina sorriu para os amigos e respondeu:

– Sim, e viveremos esse futuro juntos.

# As anotações de Karkon

# PREMISSA

*Existe o que está embaixo, assim como existe o que está em cima. E o que está em cima é igual ao que está embaixo.*

*Apenas por meio do* SABER *pode-se conseguir anular a* CRIAÇÃO.

O *vento leva os pensamentos e as almas se aquecem ao* Sol. *As crianças se apagam se não houver luz.*

O *Mal volta a reinar.*

*Quatro inimigos a serem derrotados, quatro os Arcanos a serem revelados para poder* REINAR.

## O GRANDE INÍCIO

Primeiro Ano Karkoniano – 23:45 do dia 7 de maio – Plenilúnio, Marte em equilíbrio, Plutão oculto, Júpiter estável.

*É esta a hora, é este o dia do Grande Início.*

*Hoje eu posso dar vida à Alquimia das Trevas, que irá destruir a Alquimia da Luz. A posição dos planetas e das galáxias me ajuda a compreender o destino de minhas ações.*

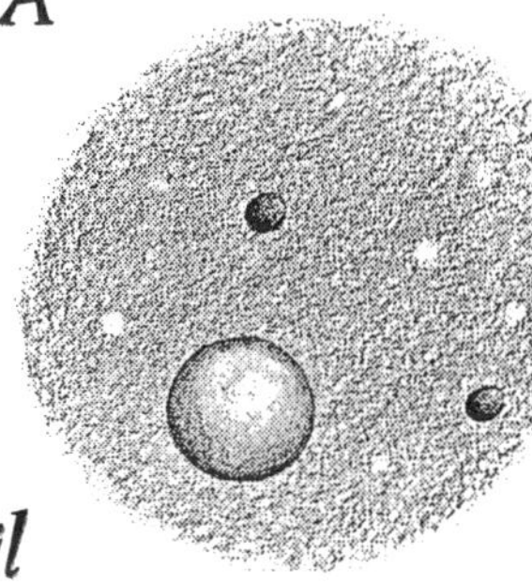

*O inimigo a destruir é Michajl Mesinskj, detentor dos segredos do Planeta Misterioso, Xorax, que guia o Bem contra o Mal.*

*Eu, Karkom Ca´ d´Oro, Magister Magicum, conquistarei a Sexta Lua e me tornarei o maior alquimista do universo. Reinarei sobre todos os seres vivos, os animais serão meus servidores, estrelas, luas e galáxias serão apenas minhas. Mas, para conseguir isso tudo, preciso matar o professor Misha e o amigo dele, o escritor Birian Birov.*

ELES SABEM AQUILO QUE EU AINDA NÃO SEI. ELES SABEM TUDO A RESPEITO DE XORAX E DO UNIVERSO ALQUÍMICO.

*Eles têm instrumentos e poderes mágicos desconhecidos. Têm um cetro de ouro, chamado Taldom Lux, que é muito poderoso e, com certeza, é proveniente de Xorax.*

*Vou me apoderar dele! Já realizei grandes magias e estou estudando o modo de aprisionar definitivamente os Arcanos Alquímicos: Água (Alma Frágil), Terra (Alma Encantada), Fogo (Alma Forte) e Ar (Alma Luminosa). São três as máquinas de encantamento que vou criar para aprisionar três Arcanos. Mas ainda não sei que magia adotar para o quarto, porque ele é o mais difícil de bloquear. Para manter prisioneiro o Quarto Arcano, não adianta usar máquinas encantadas. É preciso outra coisa...*

*Sem os Arcanos em seus devidos lugares, o Bem enfraquecerá. Os pensamentos das crianças serão destruídos, o Pensamento da Vida morrerá, as andorinhas não levarão mais as imaginações infantis para a Sexta Lua, que deixará de ser invulnerável.*

TUDO ISTO ME DÁ UMA IMENSA ALEGRIA!

## NUMEROMAGIA E MECANOGEOMETRIA

Segundo Ano Karkoniano – 00:30 do dia 30 de dezembro – Lua crescente, Saturno com rotação lenta, Vênus oculto, Marte estável.

*Depois de mais de um ano de pesquisas e estudos alquímicos, afinal consegui transformar os primeiros números em forças mecânicas. Só assim poderei construir as máquinas que irão manter presos os três Arcanos. Eu já roubei os Arcanos. Porém, apesar de eles não mais se encontrarem nos locais em que os Magos Bons os mantiveram escondidos durante muitos séculos para ajudar a Sexta Lua, a energia que produzem é a cada momento mais poderosa e temível. Por isso preciso fechá-los em um ambiente seguro e inacessível.*

*Modifiquei a Matemática graças à Magia Persuasiva. A Magia Persuasiva aumenta o poder da Alquimia das Trevas e pode derrotar a Alquimia da Luz.*

*Eis o que é preciso fazer para conseguir isto:*

Primeiro é preciso pegar CARTA MATER, escrever cuidadosamente os números nela, usando a GRAFITE ROXA e, depois, pronunciar três vezes e em voz alta estas palavras de encantamento: "NUMERUS NOCTIS".

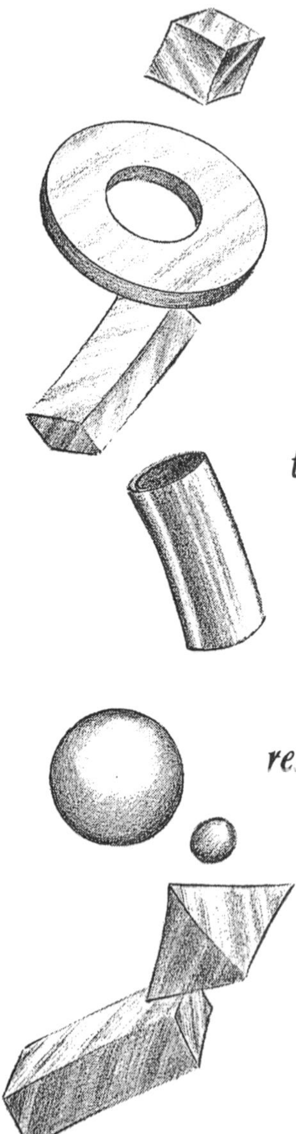

Então, o Numeromago se destacará da Carta Mater e poderá ser utilizado de acordo com as fórmulas da Alquimia das Trevas, que permitem a realização de engenhosos maquinários mágicos.

A Mecânica e a Geometria não têm mais segredos e eu uni as duas. Assim, todas as formas geométricas e as combinações mecânicas obedecem à minha alquimia.

A cada Numeromago corresponde um elemento da Mecanogeometria. Só desse modo poderei construir as potentes máquinas que manterão os Arcamos prisioneiros. Já preparei a Sala dos Encantamentos.

*0 – O ZERO é o início de todos os Numeromagos. É o MOTOR de todos os mecanismos existentes. O equilíbrio do motor depende de sempre se manter o O no Norte. O motor é alimentado por água.*

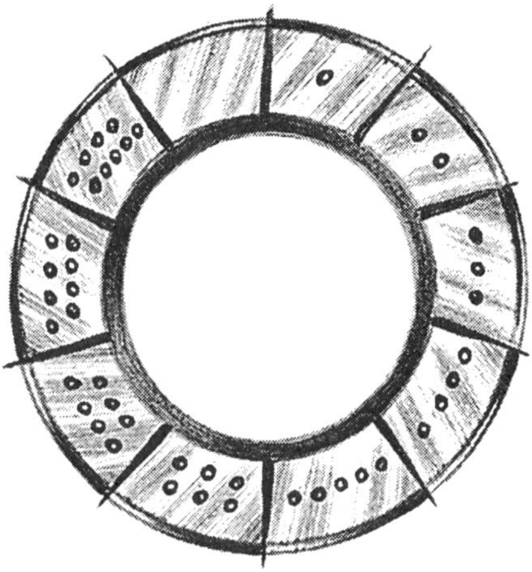

*1 – O UM é o Numeromago que liga as várias partes de cada mecanismo e corresponde às BARRAS. Toda barra é imantada.*

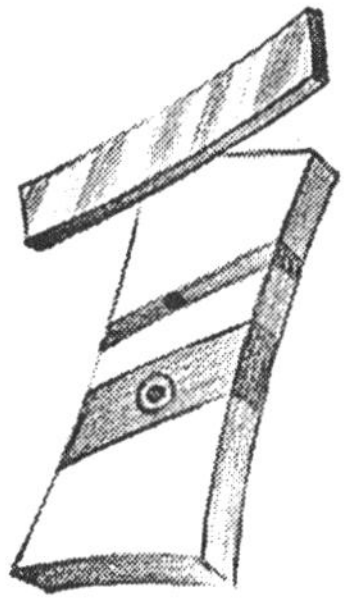

*2 – O DOIS é o Numeromago que permite manter suspensas as partes de um mecanismo e corresponde ao GANCHO. Cada gancho tem à sua disposição uma corda de TENSIUM.*

# À MEIA-NOITE MATEI BIRIAN BIROV

Terceiro Ano Karkoniano – 2:22 do dia 6 de julho – Sol e Lua em fase de eclipse, Saturno com tempestade de meteoritos, Júpiter em equilíbrio.

*Ele não quis confessar! Não quis me dizer onde fica exatamente a Sexta Lua e como se chega a ela. Atirei nele com o Pandemon Mortalis e Birov desabou no chão ainda empunhando o Taldom Lux. Mas ele chegou a pressionar as teclas daquele maldito cetro de ouro e pronunciou uma frase incompreensível. Em seguida, uma fumaça branca se desprendeu do corpo dele: era sua alma indo embora para longe. Talvez os Magos Bons não morram de fato. Pode ser que passem a viver em outra dimensão. Talvez em Xorax. É possível, sim! Se for verdade, preciso descobrir isso também. Mas, por enquanto, quero apenas eliminar meus Inimigos da Terra.*

*Agora é a vez do professor Misha. Espero roubar-lhe o Taldom antes que ele morra.*

*Enquanto aguardava o momento da nova batalha, transformei mais quatro Numeromagos.*

*3 – O TRÊS é o Numeromago que compõe a rede elétrica de todos os mecanismos. Pelos FIOS*

ELÉTRICOS *passa uma corrente de potência variável que pode chegar a um milhão de volts.*

4 – O QUATRO *é o Numeromago que movimenta o mecanismo e corresponde às* RODAS. *As rodas são engraxadas com* ÔMBIO, *um óleo verde criado com saliva de dragão e urina de cisne.*

5 – O CINCO *é o Numeromago que cria os* CILINDROS *do mecanismo. Cada cilindro pode ser fixo ou móvel.*

6 – O SEIS *é o Numeromago que cria os* CUBOS. *Cada cubo tem a função de criar os encaixes do mecanismo.*

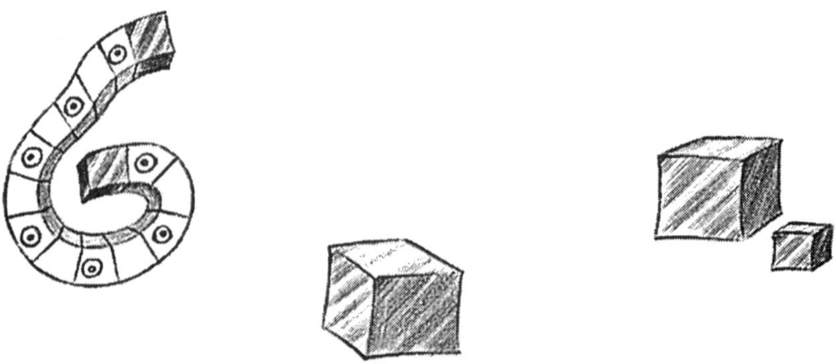

# A ANDRÓIDE ANDORA

*Quarto Ano Karkoniano – 13:56 do dia 2 de fevereiro – Lua Cheia, Marte em oposição, Urano em rotação veloz, Júpiter em fase lenta.*

*Durante os últimos anos, o professor Misha deu instruções alquímicas à sua pequena neta Nina, filha de Vera e Giácomo De Nobili. Nina tem poderes alquímicos e pode se tornar um verdadeiro perigo para mim. Enquanto a pequena família morava em Moscou, tudo permaneceu em sossego, mas depois as coisas mudaram. Então, criei um "clone" mecânico de uma tia da menina: Andora, que é o meu andróide preferido e que irá controlar aquela infeliz bruxinha. Daqui a alguns dias, Nina vai chegar em Madri e eu já coloquei o andróide em campo. Minha Andora vai ser muito malvada! Foi muito fácil trocá-la pela verdadeira tia.*

*A verdadeira Andora é minha prisioneira e os pequenos andróides tomam conta dela, na Torre de Toledo. Ela não pode escapar!*

*Não permitirei que Nina prejudique os meus planos: a falsa Andora irá mantê-la sob controle. Vou matar o avô da bruxinha e, assim, ela também não poderá fazer mais nada.*

*Minhas pesquisas alquímicas estão indo muito bem e já terminei a Numeromagia. Assim, estou em condições de construir as máquinas que manterão os Arcanos presos.*

A VITÓRIA ESTÁ PRÓXIMA.

7 – O SETE *é o Numeromago que cria as* PIRÂMIDES. *Cada pirâmide tem a ponta em fogo que aquece a água do motor e aciona o mecanismo.*

8 – O OITO *é o Numeromago que cria as* ESFERAS. *As esferas têm a função de manter o peso do eixo do mecanismo. Elas se movimentam de um lado para o outro, permitindo que ele funcione.*

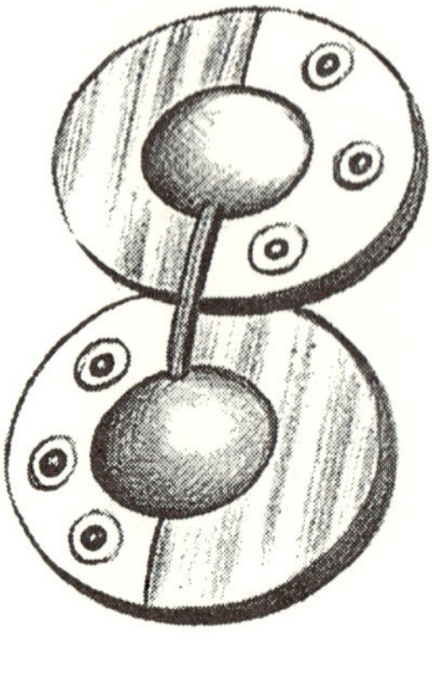

*9 – O NOVE é o Numeromago que cria os PARALELEPÍPEDOS. Os paralelepípedos desempenham a função de conter os líquidos e as substâncias alquímicas dos mecanismos. Sem os elementos alquímicos, nenhum mecanismo funciona.*

## FÓRMULAS DA ALQUIMIA DAS TREVAS

Quarto Ano Karkoniano – 22:20 do dia 3 de setembro – Sol manchado, Lua minguante, Plutão visível, Vênus velado, Urano estável.

*Terminei o formulário da Alquimia das Trevas. Criei misturas mágicas poderosíssimas que me permitirão fabricar as máquinas que manterão os Arcanos aprisionados. No momento só posso construir três. Para o Quarto Arcano, o mais complicado e difícil de encontrar e bloquear, terei que imaginar outra magia.*

*A Sala dos Encantamentos está pronta para receber as três máquinas. Tudo está perfeito.*

*Dentro de seis meses, bloquearei três Arcanos.*

### OURO TACITUS

*Colocar 3 quilos de ouro para derreter durante 6 horas, mexendo a cada 2 minutos; acrescentar as vísceras de um cachorro e 6 cabeças de galinhas. Macerar por 24 horas. Acrescentar à mistura*

Fumus Diabolicus. O Ouro Tacitus serve para encantar o Numeromago ZERO, que cria o motor.

## PRATA AMBÍGUA

Derreter 2 quilos de prata pura por 2 horas, então acrescentar 15 gotas de Sangue Falso, 6 gotas de Verme Putridis e 8 gramas de Cinza Adormecida. Misturar durante 2 minutos. A substância irá endurecer e servirá para formar grande parte dos componentes dos mecanismos encantados.

## SANGUE FALSO

É o sangue da Hiena Ridens, que deve ser deixado em um vasilhame de cobre durante três semanas, para apodrecer. Não deve ser bebido porque é mortal. Deve ser misturado a outras substâncias para imprimir-lhes o fascínio da mentira.

## VERME PUTRIDIS

*O Verme Putridis nasce dos cérebros dos ratos que morreram envenenados. Tem poderes colantes: não se desgruda mais de onde encostar.*

## CINZA ADORMECIDA

*Só se obtém a Cinza Adormecida queimando pombos e barbatanas de tubarão. Tem a cor azul e o poder de despertar a matéria e os metais, fazendo-os funcionar.*

## ORVALHO DE LÍRIO

*Líquido preciosíssimo e muito raro, que se encontra em determinados lírios brancos que nascem uma vez a cada cem anos. Para conseguir meio litro de Orvalho de Lírio, são necessários no mínimo 10 lírios. Bastam 10 gotas para encantar as máquinas e o encantamento dura dez anos.*

## TOPAZIUS FERRANTE

É uma pedra preciosa de um amarelo muito claro. Encontra-se nas minas da Índia e tem poderes energéticos. Funciona como ímã.

## FUMUS DIABOLICUS

Obtém-se queimando filhotes de foca esquartejados, fígados e corações de babuínos. O Fumus Diabolicus deve ser colocado em um barril de amianto. É um dos componentes essenciais para preparar o Ouro Tacitus.

## ÔMBIO

Líquido viscoso de cor verde, criado com saliva de dragão e urina de cisne. É um óleo precioso que faz girar as rodas dos mecanismos.

## TENSIUM

Material super-resistente criado com aço e couro líquido. São necessários 4 quilos de aço puro e 2 litros de couro

líquido. Misturar durante 6 horas e 3 minutos. Despejar o líquido nas formas apropriadas e deixar condensar.

## PETRA ROCCIS

Pedra duríssima. É o resultado da mistura de terra negra com aço. São necessários 5 quilos de terra negra e 2 quilos de aço puro: derreter durante 5 horas e deixar esfriar durante 3 dias.

## VIDRO LODO

É o resultado da mistura de vidro com espuma de nuvem branca. São necessários 3 gramas de vidro e 5 gramas de espuma de nuvem. Misturar os dois elementos, colocar num vidro e sacudir por 7 segundos. Deixar ao Sol durante 5 horas. O líquido irá endurecer apenas quando usado para colar partes de máquinas encantadas. Serve para fixar os encaixes das engrenagens.

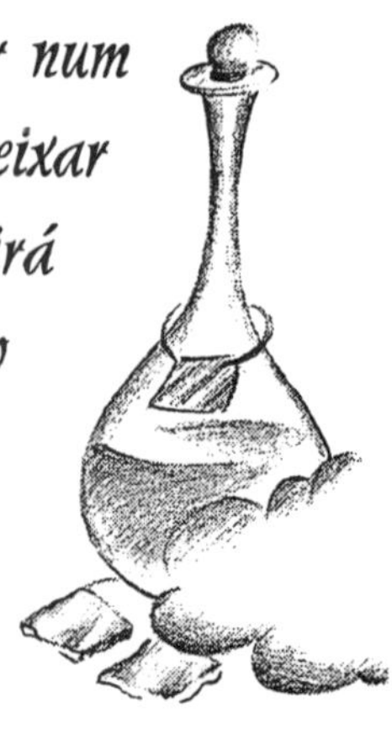

## CARTA MATER

*É o nome dado aos papiros egípcios originais. Despejar sobre a Carta Mater gotas de Orvalho de Lírio, leite de cabra e cinzas de safira. Macerar por dois dias. Sobre ela se escrevem os números para transformá-los em Numeromagos.*

## GRAFITE ROXA

*Raspa bem fina de grafite. Colocar 8 gramas em uma tigela e acrescentar 15 gotas de lágrimas de elefante. Deixar repousar por 5 minutos. A pasta assim obtida serve para formar as minas dos lápis. Só com minas de Grafite Roxa será possível escrever os números sobre a Carta Mater.*

## ERVA MEDICALIS

*As folhas da Erva Medicalis são verdes e muito grandes. Torradas e reduzidas a cinzas, servem para curar ferimentos.*

## MAGMA SULFUROSO

*Misturar magma colhido de erupções de vulcões com enxofre líquido e deixar ferver durante 7 horas e 13 segundos. É introduzido nas veias artificiais de andróides adultos. É o sangue deles!*

## ARCANOS APRISIONADOS

Quinto Ano Karkoniano – 20:15 do dia 1° de fevereiro – Plutão sob chuva de meteoritos, Sol em fase de explosões, Urano oculto, Marte estável, Lua cheia.

*Por fim, depois de tantos esforços, construí as três máquinas e consegui aprisionar definitivamente os Arcanos.*

*GRAÇAS À ALQUIMIA DAS TREVAS, AGORA ELES SÃO MEUS!*

***Os** pensamentos das crianças estão bloqueados, as andorinhas não os transportam mais para Xorax. A Sexta Lua está morrendo. Mas preciso matar o*

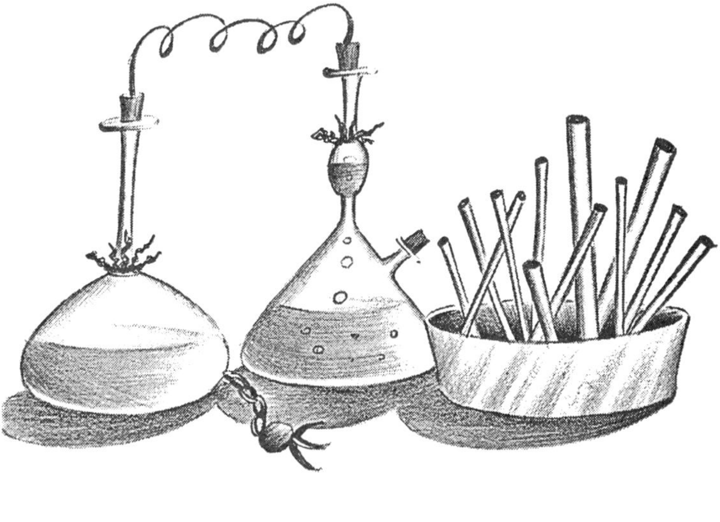

*professor Misha. Ele tem o Taldom Lux e poderia libertar os Arcanos. Vou matar também Nina, a neta dele.*

*Na Sala dos Encantamentos, há dois alambiques de vidro, que medem mais de um metro de altura e contêm líquidos de cor indefinida: esses líquidos servem para alimentar as máquinas. Quatro lajes de cobre fixadas no piso servem para não desperdiçar a energia. Uma vasilha baixa e larga, vários bastões, bastõezinhos e tubinhos de metal servem para a manutenção das máquinas. Nas paredes há desenhos de aparelhos mecânicos, fórmulas alquímicas e nomes de metais sublinhados em vermelho: anotações importantíssimas!*

*As três máquinas compõem um triângulo eqüilátero e ligam-se entre si por tubos de aço e fios elétricos. No centro do triângulo formado por elas há um timão que gira automaticamente para a esquerda.*

*Com os Numeromagos e a Mecanogeometria, construí as máquinas. Os códigos que aprisionam os Arcanos estão arquivados em meu computador, no laboratório K:*

*1 – Estufa a carvão que emite um silvo ensurdecedor – Ela mantém aprisionado o Arcano da Terra – código 6065512.*

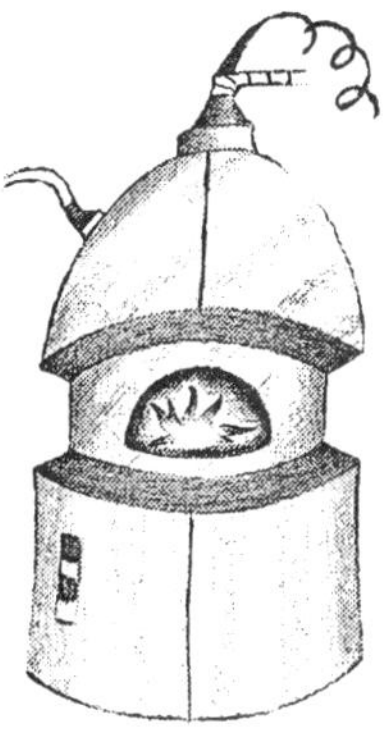

*2 – Forno que tem ao lado um monte de folhas gigantes (Erva Medicalis) com algumas ardendo dentro dele – É ele que impede o Arcano do Fogo de escapar – código 6065513.*

*3 – Míssil com portinholas luminosas – Ele mantém preso o Arcano do Ar – código 6065514.*

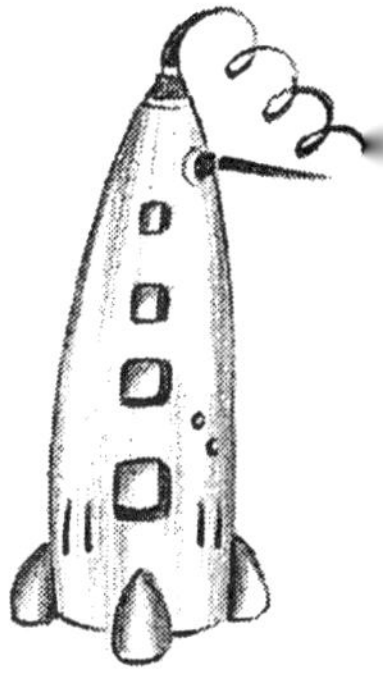

*Consegui um local secretíssimo para o Quarto Arcano, a Água. Escondi-o em um local muito distante, onde ninguém jamais conseguirá encontrá-lo. O Quarto Arcano é o mais poderoso e o mais importante: mas ainda não sei como usá-lo! Preciso estudar, preciso compreender.*

*Então, Xorax será meu!*

## MATEI O PROFESSOR MISHA!

Quinto Ano Karkoniano – 1:02 do dia 3 de junho – Nebulosa do Guerreiro à vista, Lua em quarto minguante, Marte iluminado.

*Eu o matei! Sim, o professor Misha morreu. Há algumas horas consegui entrar na Vila Espásia e lutei com ele. Disparei o Pandemon Mortalis e Misha revidou lançando línguas de fogo com seu Taldom Lux. Porém, eu me saí melhor: atingi o professor com uma descarga poderosíssima. Ele caiu no mesmo instante e... de repente seu corpo se transformou em luz e desapareceu. No chão não ficou o menor sinal dele. O Taldom Lux também se desvaneceu no nada!*

*Misha desapareceu do mesmo modo que Birov!*

*Minha próxima vítima vai ser Nina!*

*Agora o Taldom Lux está com ela e não sei como ele reapareceu! Talvez depois de se haver transformado em luz o professor tenha feito o cetro reaparecer quando eu já tinha vindo embora. Mais uma magia pérfida que eu não previ!*

## O SEGREDO DE MEUS ANDRÓIDES

Quinto Ano Karkoniano – 21:19 do dia 28 de junho – Saturno em oposição, Lua cheia, Sol estável, Plutão atingido por meteoritos.

*Para derrotar Nina, preciso aperfeiçoar as técnicas de construção de meus andróides. Eles me ajudarão! Por enquanto, tenho o auxílio de umas dez crianças andróides bastante eficientes. Mas os corações delas vão durar pouco tempo. Esses pequenos robôs vivem até os 11 anos, graças aos corações de gatos que implantei em seus peitos. Eles param de bater depois desse tempo. Morrem. Preciso arranjar um modo de fazê-los durar por mais tempo, talvez arranjando gatos sadios, que tenham corações resistentes. No que se refere a meus andróides adultos, tudo bem. Eles não têm coração! Vivem cem anos graças ao fluido*

mágico que lhes corre nas veias artificiais: o MAGMA SULFUROSO é excepcional! Tem uma estrutura complicada e consegue fazer o sistema elétrico cerebral funcionar mesmo nas condições mais difíceis. Os microchips instalados neles desempenham variadas funções e são transformáveis. Andora é meu melhor andróide, o último que criei; foi aprisionada por Nina, mas irá se sair bem. Tenho certeza! Os outros três são andróides adultos que ainda se encontram "hibernando" e que, por enquanto, permanecerão nos locais para onde os enviei. Quando for preciso, eu os ativarei!

# Índice


O Decreto 2

PRÓLOGO 5

CAP. 1 – O Cubo de Prata 9

CAP. 2 – O Verbum Tinta e Platão azul 41

CAP. 3 – Os Numeromagos de Karkon e o Zero Nevoento 63

CAP. 4 – O desafio de Dodô e o sonho de Nina 79

CAP. 5 – Na terra de Osíris 107

CAP. 6 – O Livro dos Mortos e o Segredo de Toiran 134

CAP. 7 – Hauà e a voz de Ondula 163

CAP. 8 – A ameaça dos Oculis Serpentis 187

CAP. 9 – O documento dos Magos e o adeus de Andora 210

CAP. 10 – O interrogatório e o violino da terceira torre 246

CAP. 11 – O presente do vovô Misha 280

**AS ANOTAÇÕES DE KARKON** 305

ACOMPANHE TODAS

AS AVENTURAS

DE NINA E SEUS AMIGOS

Livro 1

**A MENINA DA SEXTA LUA**

Livro 3

**NINA E O MISTÉRIO DA SERPENTE EMPLUMADA**

*Lançamento: segundo semestre de 2006*

Este livro foi composto na tipologia Century Light, em corpo 11/14.5,
impresso em papel off-white 80g/m², no Sistema Cameron
da Divisão Gráfica da Distribuidora Record.